Ernest Tidyman · Shaft und die sieben Rabbiner

Auch unter Privatdetektiven gibt es solche und solche, aber **Shaft** ist eine Kategorie für sich: Echt, wütend und verdammt trotzig. Ein schwarzer Privatdetektiv aus Harlem, mit Soul, Pep und den richtigen Hormonen. Shaft, ein Name, bei dem man an Power, Soul und Kult denkt. In seinem zweiten Fall geht es um die Aufklärung von Auftragsmorden, mit der die New Yorker Diamantenbranche der Fifth Avenue aufgemischt wird Und warum? Ein scheinbar einfacher Job für den schwarzen Privatdetektiv aus Harlem. Als die sieben Rabbiner ihm den Auftrag erteilen, ahnt Shaft jedoch noch nicht, dass er in dieser Partie um Leben und Tod gefährliche Mitspieler hat – die gerissensten Diamantenhändler der Welt, den israelischen Geheimdienst und eine mysteriöse, schöne Fremde.

Ernest Tidyman erhielt einen Oscar für das Drehbuch zu *French Connection.* Mit seinen Shaft-Krimis zieht er den Leser hinein in die Hinterhöfe von New York. Seine Figuren sind authentisch und hart, die Erzählweise ist packend und temporeich. Mit Shaft schuf Tidyman (1928 - 1984) den ersten farbigen Privatdetektiv, mit dem sich auch die Schwarzen identifizieren konnten.
Der Kinofilm „Shaft" (1971) mit dem coolen Richard Roundtree wurde zu einem Wegbereiter für die „Blaxploitation"-Welle der 70er Jahre (*Foxy Brown* mit Pam Grier). Isaac Hayes bekam einen Oscar für „Theme From Shaft" und schuf einen neuen Stil in der Musik. Der Film war eine Sensation. Noch nie zuvor hatte das Publikum einen afro-amerikanischen Typen gesehen, der so hart und sexy wie John Shaft war. Drei Kinofilme und eine TV-Serie machten Shaft weltbekannt. Im Jahr 2000 gab es ein erfolgreiches Shaft-Remake mit Samuel L. Jackson und Vanessa Williams in den Hauptrollen.

In diesen ungekürzten und unzensierten Neuübersetzungen der Shaft-Krimis entfaltet Ernest Tidyman einen knallharten und ungeschliffenen Shaft.

Ernest Tidyman

Shaft

und die sieben Rabbiner

Aus dem Amerikanischen
neu übersetzt
von Emanuel Bergmann

PENDRAGON

Für meine besten Freunde
Bewahrt mich in eurem Herzen und Ansehen
Auf dass mich eure Geborgenheit nie verlässt

1

Shaft betrachtete sein Büro mit einer Mischung aus Zuneigung, Kummer und erheblichem Zorn. Ihm war, als hätte man einen alten Freund im Schlaf ermordet. Aus der Ecke sprang ihm ein orangefarbenes Sofa ins Auge, anstatt dort in aller Ruhe zu warten, bis er sich mal aufs Ohr hauen wollte. Von einer Wand zur anderen erstreckte sich ein kreischend blauer Teppich, so grell, dass es fast schon ein Verbrechen war.

„Oh mein Gott", murmelte er und drehte sich mit seinem Stuhl herum – weg, nur weg von dem durchsichtigen Plexiglastisch, der ihm besondere Qualen bereitete. Doch vor lauter Ärger nahm er selbst das kaum noch wahr.

Das Umdrehen half nichts. Denn so war Shaft gezwungen, weitere bestürzende Anblicke in sich aufzunehmen, nämlich seinen grellweißen Aktenschrank, dann einen blank polierten Aluminiumrahmen, der seine Zulassung als Privatdetektiv enthielt, ein hellblaues Telefon mit einem daran befestigten (und farblich abgestimmten) Notizblockhalter sowie eine abstrakte Metallskulptur, die auf dem kleinen Seitentisch neben dem Sofa wie im Vollrausch hin und her zu taumeln schien... Selbst das Fenster, von dem aus man die Bars des Times Square, Ecke 46th Street überblicken konnte, half ihm jetzt nichts. Kurz nach Mittag brach im November die Dunkelheit ein und hob die Neonkleckse draußen stärker hervor. In der grellen Spiegelung des Elends hier drinnen gingen sie jedoch beinahe verloren.

Warum hatte er sich von ihr nur dazu überreden lassen, fragte sich John Shaft?

„Jetzt hör mir mal gut zu", hätte er sagen sollen. „Die Schwuchtel soll sich verpissen und du dekorierst das Büro um. Du weißt wie das läuft – klatsch einfach etwas Farbe an die Wände, geh mit einem Besen über den Fußboden... Vielleicht kannst du den Geizkragen von einem Hausbesitzer überreden, mal das Scheißhaus am Ende vom Flur putzen zu lassen. Lieber würde

ich in ein Tankstellenklo im tiefsten Süden von Tennessee pissen, als hier..."
Aber er hatte brav das Maul gehalten. So war ihm der Fehler unterlaufen, ihr Getue widerspruchslos hinzunehmen. Das war nun einmal der Preis für ihre Pussy. Und den zahlte er jetzt ab. Seine Nerven waren bereits völlig am Ende, dabei hatte er sie gerade erst drei Wochen lang an den Sandstränden Jamaikas notdürftig zusammengeflickt.
Er wandte sein braun-schwarzes ovales Gesicht ab und warf einen finsteren Blick über seine Schulter. Ein Bild des Elends, das seinen Augen wehtat. Durch die Blau- und Orangetöne wurde der Fokus seines Blicks unkontrolliert hin- und hergeschaltet. „Verdammt noch mal", fluchte er laut. Wie war er nur in eine solche Scheiße hineingeraten?

„Hallo... Sie sind also Privatdetektiv", hatte sie mit sanfter Stimme geflüstert, wie ein Kind, das sich besonders artig gab. Aber außer dem Klang ihrer Stimme war da nichts Kindliches. Sie war groß, blond und schlank, ihr Gesicht wie aus Bienenwachs gegossen. Sie hatte sich wohl den Sommer über in der Sonne braten lassen, was man ihr immer noch ansah.
„Ja", sagte er. Bevor er geantwortet hatte, waren seine Augen gewohnheitsgemäß ihre langen Beine entlang geglitten, über die Rundungen ihrer Brüste, ihre schlanken Arme und ihren Nacken entlang. Sie störte das nicht. Nichts von dem, was sie zu bieten hatte, störte sie. Schließlich war es dazu da, betrachtet zu werden.
„Neulich jemanden abgemurkst?", fragte sie und verbarg ihr Lächeln hinter dem Rand des Highball-Glases.
So eine war das also. Es hatte wohl jemand vor sechs oder acht Jahren die falsche Tür aufgemacht und die ganzen verdammten Zicken rausgelassen.
„Nur meinen Appetit", sagte er. „Diese Versammlung von Arschlöchern geht mir auf die Nerven."
In ihren grau-blauen Augen flackerte es belustigt auf. Jetzt gab

es zwei Möglichkeiten: Entweder sah sie ihn als würdigen Gegner an und ging aufs Ganze, oder sie machte sich aus dem Staub und fiel irgendwo über ein leichteres Opfer her. Vielleicht der Schaufensterpuppentyp in dem dunkelblauen Pierre-Cardin-Outfit. Dem würde es nicht mal auffallen, wenn sie ihm die Eier ausriss.

Doch sie reagierte ganz anders.

„Vielleicht tut sich mit Ihrem Appetit doch noch was", sagte sie, „dann können wir uns irgendwohin verziehen."

„Alles klar", meinte er zustimmend und folgte ihr. Sie bahnten sich ihren Weg durch das Gedränge von Cocktail-Säufern und Dummschwätzern, die sich auf Rollie Nickersons Party eingefunden hatten, einem mit ihm befreundeten Schauspieler. Immerhin hatte die Kleine einen ganz guten Arsch, dachte er und schaute zu, wie sie sich durch die Menge wühlte. Einen tollen Arsch.

„Hey, Bruder, gehst du schon?", fragte Rollie, als Shaft sich in der Nähe des Kücheneingangs an der Bar vorbeischlängelte. Nickerson war ein groß gewachsener, knochiger Kerl, dessen Theaterkarriere den Bach runterging, seit Abraham Lincoln und Basketballspieler auf der Bühne aus der Mode gekommen waren. Er schielte über die versammelten Köpfe auf das Objekt von Shafts Begierde und beantwortete seine Frage selbst.

„Alles klar, John. Du musst los."

So ging die Sache los für Shaft. Genau so. In seinen dreißig Jahren hatte er noch keine so verrückte Nacht erlebt, dabei hatte er schon einiges durchgemacht. Und diese Nacht fing gerade erst an.

Sie liefen die West Side entlang, durch die schmierigen und stinkenden mittleren Fifties, wo neben Rollie Nickerson so gut wie jeder arbeitslose Schauspieler New Yorks abstieg. Die unangenehmen Pausen, die bei neuen Bekanntschaften häufig entstehen, gab es zwischen den beiden nicht. Sobald sie auf den Gehsteig getreten waren, nahm sie seine Hand. So blieben sie miteinander verbunden, bis sie ins San Marco kamen,

einem kleinen italienischen Restaurant westlich der Sixth Street. „Hier war ich noch nie“, sagte er, als er die Tür aufhielt.
„Und ich nur zum Lunch“, erwiderte sie. „Aber die Küche ist gut.“
Er aß ein Steak mit Nudeln und Beilagen. Sie hatte Sardellen mit Paprika, ließ ihn davon probieren und spielte mit ihrem Salat herum. Sie unterhielten sich über irgendetwas. Nur was? Er konnte sich nicht mehr genau erinnern. Nur eines wurde ihm klar: Sie trieb keine Spielchen mit ihm. Sie legte keine Unsicherheit an den Tag und hatte offensichtlich nicht das Bedürfnis, eine hysterische Nummer abzuziehen. Vielleicht war es genau das: Sie kam offen auf ihn zu. Das taten nicht viele. Genau genommen so wenige, dass es etwas Anstrengung erforderte, sich genauso offen zu geben.
„Hast du irgendwelche gute Musik, die wir uns anhören können?“
„Klar“, sagte er, „aber...“
„Deine Wohnung ist ein Saustall, stimmt's?“
John Shaft hatte gelächelt. Sein sonst so kühles und unverbindliches Gesicht hellte sich auf entwaffnende Weise auf. Aber irgendwie passte es nicht zusammen, dieses Lächeln und sein breiter, kräftiger, 1 Meter 96 großer Körper. Seine Narben verliehen dem Lächeln etwas Dämonisches ... die Naht über seinem rechten Auge, wo ihn die Fahrradkette getroffen hatte, die Platz- und Schürfwunden, die man ihm mit dem Kolben einer Pistole bei seiner Suche nach Beatrice Persons vor einem Jahr beigebracht hatte... Nein, das war ja schon fast zwei Jahre her.
„Kein Saustall“, brachte er zur Verteidigung seiner Wohnung hervor. „Es ist nur ... etwas chaotisch.“
„Meine ist sowieso näher, nehme ich an. 64th Street, zwischen Madison und Park Avenue.“
„Um einiges näher.“
Zwischendurch fiel Shaft ein, dass er sich wohl nach ihrem Namen erkundigen sollte, aber es ergab sich nicht. Und sie wusste das. Aber ihm fiel es im Traum nicht ein, so etwas zu sülzen wie:

„Also, ich heiße John Shaft, ich bin Detektiv, und du?" Das war einfach nicht sein Stil. Zwischen ihnen ging es bereits viel zu heiß zu. Was machte der Name schon für einen Unterschied? Er würde ihn irgendwann schon rauskriegen. Oder auch nicht. Darauf kam es dann auch nicht mehr an. Wichtig war nur, dass sie beide hier saßen und bald in ihre Wohnung in der 64th Street gehen würden, weil seine eigene „etwas chaotisch" war. Blitzschnell drängte sich das „Chaos" in seine Gedanken. Er hatte seit zwei Wochen und drei Weibern das Bett nicht gemacht. Auf seinem Herd stand ein Kaffeefilter mit drei Tage altem Satz darin. Die Aschenbecher quollen über. Auf den Tischen und dem Kühlschrank standen verschmierte, klebrige Gläser, die Überbleibsel einer Party. Selbst ein Fakir würde sich weigern, barfuss durch John Shafts Wohnung zu laufen.

Also gingen sie zu ihr. Der Unterschied war gewaltig. Seine Wohnung war an der relativ ruhigen Ecke von Jane Street und Hudson Avenue gelegen, am Westrand des Greenwich Village. Ihr Haus war früher wohl einmal eine Privatvilla gewesen, aus der man vor fünfzehn oder zwanzig Jahren Wohnungen gemacht hatte. Diese lagen jetzt, dicht gedrängt wie die Schichten eines Sandwiches, zwischen zwei Sandsteinhäusern. Das eine war ein elegantes Hotel, das andere war zu einer Botschaft umfunktioniert worden, die sicher um einiges bedeutender war als der Millionär, der das Haus seinerzeit hatte erbauen lassen. Der Name auf dem Türschild war A. Taylor-Davis.

„Wer von beiden bist du?", fragte er. Heutzutage bestand eine Ehe aus zwei Menschen und einem Bindestrich auf dem Briefkasten. Er folgte ihr in ein Zimmer mit hoher Decke, das aus dunklen Braun- und Goldtönen zu bestehen schien, mit rosaroten Akzenten auf den Kissen und Stoffen.

„Alle beide", sagte sie über ihre Schulter und ging durch das Zimmer auf ein anderes zu, ein kleines Schlafzimmer, in dem sie das Licht anknipste. „Amy Taylor-Davis. Mit Bindestrich zwischen Taylor und Davis."

Er schaute sich in dem Zimmer um. In der Ecke, die dem Eingang gegenüber lag, stand ein runder Tisch mit einer hellen, goldfarbenen Tischdecke und einem Keramikklümpchen, das eine hübsche Lampe abgab. Darauf stand eine Ansammlung von kleinen silbernen Fotorahmen. Die Gesichter auf den Fotos konnte er allerdings nicht genau ausmachen. Vor einer langen, soliden Couch in dunklem Wildlederbezug und Metallrahmen stand ein niedriger Sofatisch aus Stahl und Glas. Darunter lag ein üppiger, goldfarbener Orientteppich, der die Möbelstücke miteinander in Einklang brachte. Es gab zudem einen großen, ledernen, mit Messingnägeln beschlagenen Ohrensessel und an den cremefarbenen Wänden...

„John?“

Er hatte gerade an all das Geld gedacht, das in die teure und stilvolle Ausstattung dieses Zimmers geflossen sein musste. Zimmer wie dieses waren manchmal in Zeitschriften zu sehen. Fragte jemand nach dem Unterschied zwischen der Upper East Side und dem restlichen New York, konnte man getrost von diesem Zimmer erzählen, denn es verriet einiges über seine Bewohner. Zudem hatte Shaft gerade daran gedacht, sich auf das große, braune Sofa zu setzen. Wenn sie sich neben ihn setzte, würden sie ein Stündchen quatschen und er könnte sich an sie ranmachen. Und wie! Immerhin hatte sie einen verteufelt geilen...

„John?“

Er schreckte auf. Sonst reagierte er nicht so nervös. Wollte sie mit ihm ins Schlafzimmer? Begriff sie nicht, dass er überlegte, wie er sie innerhalb der nächsten zwei Stunden zu einem Fick auf dem braunen Sofa bugsieren konnte? Er warf seinen beigefarbenen Trenchcoat auf die Couch und folgte dem Klang ihrer Stimme.

Sie stand vor einem Ankleidespiegel neben dem Bett, im matten Licht einer kleinen Lampe, und versuchte sich so weit zu drehen, dass sie ihr Genick im Spiegel sehen konnte. Ihre Arme waren erhoben und die Hände hinter dem Nacken verschränkt, am Reißverschluss. Unter dem leichten Wollkleid zeichneten sich ihre Brüste ab.

„Hilf mir doch aus diesem verdammten Ding raus“, sagte sie. Wo zum Teufel bin ich da wieder reingeraten?, fragte er sich. Aber nicht lange. Ihr Reißverschluss steckte tatsächlich fest. Zwei Minuten lang zupfte und zerrte er daran herum, aber vergeblich. Seine Finger kamen ihm vor wie riesige Bananen.
„Mach schon. Reiß es auseinander.“
„Ich will es nicht kaputt...“
„Reiß das verdammte Ding auf“, sagte sie.
Und Shaft riss. Der störrische Reißverschluss löste sich an der Naht vom Stoff ab, die Wolle platzte auf und gab ihre pfirsichfarbene Haut bis zu den sanften Rundungen ihrer Pobacken frei.
„Ich, äh...“ Es blieb ihm nichts weiter übrig, als sich unauffällig zu verdrücken. Sollte sie sich doch um den Schaden kümmern. Sie unterbrach seine stammelnde Entschuldigung, wandte sich ihm mit einem triumphierenden Lächeln zu und schälte sich aus den Überresten ihres Kleids heraus.
„Danke.“ Sie trug keinen BH. Ihre Brüste waren klein, aber perfekt geformt. Ihre Brustwarzen waren dunkel, aber nicht zu dunkel. Er wusste, dass sie in seiner Hand oder seinen Lippen vor Erregung aufblühen würden. „Das tut die chemische Reinigung den Kleidern an.“ Ihr Körper war schlank. Er betrachtete die Bewegungen ihres Fleisches – kein Fett – als sie sich bückte, um aus den Überresten ihres Kleids zu steigen. Sie hatte einen flachen Bauch, der über dem bräunlichen Rand der Strumpfhose beinah nach innen gewölbt war. Sie trat das Häufchen zerrissener Wolle in Richtung eines Papierkorbs, der neben dem Ankleidetisch stand, und hakte ihre Finger in ihre Strumpfhose ein. Erst jetzt fiel ihm auf, dass sie ihre Schuhe bereits abgestreift hatte. „In dem Schrank da ist ein Kleiderbügel. Dort rechts. Warum hängst du nicht deinen Anzug auf?“ Hauchdünnes, schmiegsames Nylon glitt sanft an ihren wohl geformten, langen Beinen hinab. Er war einigermaßen verblüfft. Einen Augenblick lang dachte er, sie hätte keinerlei Schamhaare. Dann erst, als sie sich aufrichtete, um die Strumpfhose über einen

kleinen Stuhl vor dem Ankleidetisch zu werfen, sah er, dass sie so goldfarben schimmerten, dass sie auf ihrer hellen Haut beinahe unsichtbar schienen. „Da drüben." Sie nickte in Richtung des Schranks, wandte sich ab und ging auf das Bett zu. Ihm bot sich der Anblick ihres unglaublichen Hinterns. Er sah zu, wie sie sich über das Bett beugte, die blaue Tagesdecke über den buttergelben Laken und Kissen beiseite zog, das Knie anhob, auf das Bett kroch und sich gegen ein Kissen lehnte. Sie nahm eine Zigarette aus einer kleinen, silbernen Schatulle auf dem Nachttisch, zündete sie an und betrachtete ihn lächelnd. „Wann immer du bereit bist, John."

Warum sollte ihm das peinlich sein? Bereit sein? Er war so bereit, dass sich beim Ausziehen die Hose in seinem Ständer verfangen würde. „In dem Schrank da." Wieder nickte sie in die Richtung. Er ging darauf zu, wandte sich von ihr ab, öffnete die rechte Schranktür und fand den Kleiderbügel. Er nahm sein Sakko ab, blickte sie an, vielleicht um sicherzugehen, dass sie noch immer da war. Scheiß drauf. Es kam, wie es kommen musste. „Ich wollte nichts überstürzen oder zu viel rumfummeln." Er hängte seine rote Seidenkrawatte vorläufig über den Schranktürschlüssel, knöpfte sein Hemd auf und zog es aus. Sein ungezwungener Rhythmus verblüffte ihn geradezu. Ihm war, als stünde er unter einem Zwang, als steuerte jemand den Motor seiner Begierde. Langsam hob er seine Füße an, band die Schuhe auf und schlüpfte aus ihnen heraus. „Ich will, dass du dich an jedes Detail erinnerst, John. Du sollst diese Erinnerung genießen, wie einen Drink." Lieber Gott, ein Drink wäre ihm jetzt gerade recht. Seine Hose und seine Shorts bereiteten ihm beim Ausziehen wie erwartet Schwierigkeiten. Einen Moment lang stand er da und hielt sie in der Hand. Er wollte nicht, dass beim Aufhängen das Kleingeld aus der Tasche fiel. „Mr. Shaft, hat Ihnen bereits jemand gesagt, dass Sie verdammt gut gebaut sind?" Ging er zum Bett? Rannte er? Oder flog er gar? Er flog. Er berührte den Boden kaum, kam sich vor wie im Traum. Und dann...

Sie rückte zur Seite, um Platz für ihn zu machen. Er verspürte eine Woge des Verlangens, ein Bedürfnis, für dessen Befriedigung schon Kriege begonnen wurden. Er wollte sie berühren, doch sie ließ ihn nicht.

„Kein Vorspiel, Darling. Das hab ich nicht nötig. Ich bin schon feucht, seit ich dich auf der Party gesehen habe und daran dachte, dich in mir zu spüren."

Er wurde fast wahnsinnig. Seine Augen drohten zu platzen, sein Gehirn zu explodieren. Sein Fleisch würde sich unter dem Druck auflösen. Er hielt es nicht aus. Was trieb sie mit ihm? Was hatte sie vor?

„Hier. Auf die Knie."

Zarte Hände, deren Berührung wie Feuer war, zwangen ihn vor ihr auf die Knie. Ihre schlanken Beine umfingen ihn. Ihre Fußgelenke, Knie und Oberschenkel spreizten sich der Decke entgegen. Er war wie verzaubert von dem Ritual, wie ein Mann, der vor einem Altar kniet. Ganz vorsichtig ließ sie ihre Fußgelenke auf seine Schultern sinken.

„Du hast einen wunderschönen Penis", sagte sie. Was für ein kaltes, klinisches Wort. Ein Wort für Klugscheißer. Es war sein Schwanz, sein Ständer, seine schwarze Lakritze, und es gab mindestens 735 Wörter fürs bumsen, ficken und rammeln. Aber es könnte sein, dass er von nun an nie mehr etwas anderes als sein Penis sein würde, nun, da sie ihn so nannte, ihn berührte, ihn einführte.

„Langsam, John", sagte sie. Sie war heiß wie Feuer. „Schau uns an. Schau, wie deine Kraft in mich eindringt. Ist das süß? Ist das warm? Ist das schön anzusehen?"

Er stöhnte. Jede Faser seines Körpers, jeder Knochen und Muskel hatte auf diesen einen Moment gewartet.

„Komm noch nicht. Bitte. Noch nicht. Ich will jeden Zentimeter von deinem süßen, schwarzen Fleisch in mir spüren. Ich will mit dir verschmelzen, und das hier soll immer ein Teil von uns bleiben."

Die Ekstase wuchs ins Unermessliche. Wie ein Strudel, der ihn

immer tiefer einsog. Ihr goldenes Vlies und sein schwarzes Schamhaar schienen miteinander zu verschmelzen. So etwas hatte er noch nie zuvor gespürt. Ihre Oberschenkel drückten gegen seine Brust, sie war unter seinem Körper gefangen, ihr Mund offen, nur wenige Zentimeter von seinem entfernt.
„Oh Gott, ich will dich", flüsterte sie. Sie gab die Kontrolle auf und entfesselte eine rhythmische Raserei.

Tja, und so war er zu dem orangefarbenen Sofa, dem blauen Teppich, dem Plastikschreibtisch und dem ganzen Rest gekommen, zu dem ganzen Scheißdreck, der ihn entweder in den Wahnsinn oder auf den Fenstervorsprung treiben würde. Wie ein Affe, der über dieser verrückten Stadt genüsslich hin und her schwang. Verdammt noch mal, dachte er. Warum hatte er sie überhaupt in sein Büro gebracht? Weil, und hier musste er ehrlich mit sich sein, sie ihn von Anfang an in der Hand gehabt hatte.

Herzel war zornig, enttäuscht und verbittert. Sein kleiner, alter Körper war gebeugt von der Last seiner Jahre und einem Leben, das sich über Mikroskopen und Labortischen abspielte. Vor Sonnenaufgang war ihm kein Schlaf mehr vergönnt und jeden Morgen erwachte er mit einem Fluch auf den Lippen. Dann entschuldigte er sich sofort bei seinem Gott und stand auf, um zu lesen und zu beten. Darin fand er etwas Erleichterung, aber keinen Trost. Er war sich darüber im Klaren, dass man ihn für einen Narren hielt. Einen brillanten Narren, vielleicht, der wie durch Zufall auf einen Traum der Menschheit gestoßen war, aber nichtsdestotrotz für einen Narren.
Nach dem Morgengebet erlaubte sich Herzel die Wärme und Wohltat einer Tasse Tee. Ganz leise schlich er mit seinen Filzpantoffeln durch die Küche seines kleinen, weißen Hauses. Seine Tochter schlief nur fünf bis acht Meter entfernt in dem einzigen Zimmer des Hauses, das man als Schlafzimmer bezeichnen konnte. Mit ihr wollte er seine Probleme lieber nicht

besprechen. Sie war zwar eine liebevolle Tochter, ein schönes Mädchen, aber in den letzten Wochen war ihm eine gewisse Arroganz an ihr aufgefallen, die ihn an seine Auseinandersetzungen mit Ämtern und Beamten erinnerte. Ihre harten Gesichter und festgefahrenen Haltungen waren gegenüber der Logik seines Antrags ganz und gar nicht aufgeschlossen. Er hatte ihnen nicht alles erzählt. Und seiner Tochter gar nichts. Jetzt litt er unter der Last dieser Entscheidung und schlürfte seinen Tee. Oft dachte er in diesen kalten und stillen Morgenstunden an seine Frau. Sie war bereits vor vielen Jahren von ihm gegangen, hatte sich seinen Sorgen für immer entzogen, aber die Erinnerung an sie wärmte ihn wie ein Schal über seinen knochigen Schultern. Mit ihr hätte er darüber sprechen können. Sie hätte ihn verstanden. Sicher hätte sie einen nützlichen Vorschlag gehabt, denn sie war eine sehr praktisch veranlagte Person gewesen. Vielleicht hätte sie auch ein paar tröstende Worte für ihn übrig gehabt, über die Zustände und Menschen, denen er in den Ämtern begegnet war. „Avrim, du weißt doch..." Natürlich wusste er gar nichts, bis sie es ihm nicht ehrerbietig und schlüssig erklärte.
Avrim Herzel saß nickend und gebeugt auf dem harten Küchenstuhl. Die weißen Haarsträhnen lagen sorgfältig gekämmt unter seiner Yarmulka. Er griff mit einer Hand in die Innentasche des schlichten, grau-schwarzen Anzugs, den er über einem weißen Hemd mit offenem Kragen trug, und holte ein kleines, gefaltetes Papiertaschentuch hervor. Seine schlanken, vom Alter gebleichten Finger falteten ganz vorsichtig das Päckchen auseinander, bis der Inhalt nackt im klaren Licht des Morgens lag, das durch die Küchenfenster fiel. Vier Steine, die in dem kargen Umfeld obszön glänzten: Ein siebenkarätiger Diamant, der blaue Flammen spuckte, daneben ein fünfkarätiger Smaragd aus den grünen Tiefen der Seele, daneben das runde, blutrote Feuer eines Rubins von etwa zehn oder elf Karat und schließlich ein zweiter Diamant, größer noch als der erste, eine kalte, harte Flamme von neun Karat.

„Siehst du?“, sagte er flehentlich. „Siehst du, wie schön mein Werk ist?“ Es war, als spräche er mit seinem Gott oder mit seiner Frau, so wie er mit beiden mindestens ein Mal am Tag sprach, immer auf eine Antwort hoffend, ohne wirklich eine zu erwarten.

Morris Blackburn hatte das Gefühl, seine Haut stünde in Flammen. Selbst seine kleinen, dicklichen Handrücken schienen zu brennen. Seit seiner Kindheit in Europa hatte er so etwas nicht mehr gespürt. Damals hatte er sich durch Ungeziefer irgendeine Entzündung zugezogen und musste sich einer grauenvollen aber wirksamen Säuberung durch seinen Vater unterziehen. Sein kleiner, zappelnder Körper war mit Petroleum übergossen worden. Die eisige Kälte des Petroleums schlug sofort in brennende Hitze um. Im selben Augenblick löschte sein Vater dieses entsetzliche Antiseptikum mit Seife und heißem Wasser. Noch Tage darauf brannte seine Haut wie Hölle. So wie sie jetzt brannte. Die Stimme am Telefon plapperte weiter mit der gnadenlosen, nasalen Herablassung reicher Amerikaner.
„...Wir sind schon so lange befreundet, Morris, ich bin einfach sprachlos, dass so etwas passieren konnte, aber...“
Bei dem „aber“ handelte es sich um eine schwarze Perle im Wert von 160.000 Dollar. Morris Blackburns brennendes Fleisch begann zu schwitzen. Am liebsten hätte er sich die teuren Kleider vom Leib gerissen und wäre auf die Straße gerannt, in den kalten Novemberwind, der an der Fifth Avenue Rußwolken vor sich hin trieb. Nur die diamantenharte Disziplin seiner Welt, der Welt der Edelsteine, hielt ihn zurück. Er hielt den Telefonhörer umklammert. Seine Gedanken überschlugen sich unglaublich schnell – er musste sein immenses Unbehagen unter Kontrolle bringen, sich eine Lösung zu dieser grässlichen Situation einfallen lassen und versuchen, seine Stellung zu sichern.
Morris Blackburn war schön, wirklich schön. Er war groß und schlank und sein lockiges, schwarzes Haar war an den Schläfen ein klein wenig ergraut. Nicht viel, nur ein bisschen. Ein le-

bensfroher Mann von Anfang fünfzig. Man hätte ihn für vierzig halten können, bis die Fältchen an seinem Kinn und seinen Augen beim Lachen sichtbar wurden, oder beim Nachdenken, oder wenn er vor Müdigkeit gähnte. Auch sein Anzug war schön. Marc Bohan von Dior hatte ihn für Morris maßgeschneidert, aus einem edlen, braunen, weichen Stoff, in den cremefarbene Streifen eingewoben waren. Dazu trug er eine Weste und darunter ein daunenweiches, beigefarbenes Baumwollhemd und eine braune Krawatte, die in einem riesigen Knoten gebunden war. An seinen kleinen, schmalen Füßen trug er rotbraune englische Schuhe.

„Morris ist so verdammt gut aussehend, ich komme mir richtig ordinär vor, wenn ich seine Rechnung bezahle", verkündete eines Abends auf einer Party, auf der sie beide eingeladen waren, die Witwe eines Mannes, der Redakteur bei einer öffentlich-rechtlichen Sendeanstalt gewesen war. Morris' gepflegte Erscheinung fiel immer auf. „Er sieht aus wie ein italienischer Gigolo, nicht wie ein Juwelier."

Aber er war Juwelier, und seine Schönheit war der Schlüssel zu seinem Erfolg, wenngleich zuweilen auch eine Last. Die Reichen kauften ihre Klunker am liebsten mit einem gehörigen Schuss Fantasie. Das war auch nötig, denn die Konkurrenz hieß Tiffany, Cartier, Van Cleef & Arpels, Harry Winston und David Webb. Sie alle sponnen glitzernde Netze um ihre Kunden. Morris war zum Beispiel in der Lage, ein Diadem aus Perlen und Diamanten an eine junge Dame der Möchtegern-Aristokratie von Grosse Pointe zu verkaufen, während sie die Tagesdecke seines ziemlich authentischen Rokokobetts zerwühlte, ihre Augen verzückt zum Baldachin hob und kicherte. Gemeinsam gelangten sie beide zu der Einsicht, einige Wochen später, an einem Nachmittag, an dem sie eine ungewöhnliche, aber höchst befriedigende Stellung auf seinem Schreibtisch entdeckt hatten, dass ihr Mann nicht unbedingt wissen musste, wie viel es gekostet hatte. Zumindest nicht, bis sie alle ihre Aktienanteile zu Geld gemacht hatte. Morris konnte natürlich warten. Geduld in finanziellen Dingen gehörte ebenso zu seiner Verkaufsstrategie, wie der schwarze Samt, auf dem er seine Waren – und manchmal sich selbst – in all ihrer nackten Pracht darbot.

Das Warten, das Warten. Darauf, dass die Feudalherren dieser angepassten, wichtigtuerischen Welt ihre verbleibenden Geldmittel dem Luxus zukommen ließen. Das ewige Warten. Auch die Ehefrauen der Politiker mussten warten, nämlich bis ihre Männer wieder an der Macht waren und sie somit die Rechnungen der Lebensmittelhändler, der Juweliere usw. begleichen konnten. Wer mit Edelsteinen handelte, musste Geduld haben. Man musste warten können. Zuerst auf das, was die Erde hervorbrachte, dann auf den Facettenschliff, die Einfassung, den Verkauf und schließlich die Bezahlung. Warten war teuer. Warten war der halbe Preis. Und für einen so ungeduldigen Mann wie Morris Blackburn, der den Geschmack des Erfolgs so sehr liebte, war es der höchste Preis. Es blieb ihm gar keine andere Wahl. Er musste betrügen.

Wenn die fette Kuh nur nicht so tollpatschig gewesen wäre und einen seiner Ohrringe auf den Marmorfußboden hätte fallen lassen! Wäre sie nicht so blind gewesen, vor lauter Hysterie beim Suchen draufzutreten. Wäre sie nur nicht so unglaublich dumm gewesen, ihn zu einem Nichtskönner von einem Juwelier in Palm Beach zur Reparatur zu bringen, statt ihn auf der Stelle an ihn zurückzuschicken. Und wäre der Juwelier in Palm Beach nicht so bösartig, so gewissenlos gewesen, seine tiefe Bewunderung für diese „unglaublich realistische Fälschung“ auszusprechen.

„Mein lieber Edward“, sagte Morris Blackburn in den Telefonhörer. Sein Gesicht war ebenso warm und schmeichelhaft wie seine Stimme. „Beruhigen Sie sich. Unser kleines Täuschungsmanöver hat Sie viel zu sehr aufgeregt. Lächeln Sie. Sie müssen umwerfendes Wetter haben da unten ... und lassen Sie mich erklären. Sie wissen ja noch, wie schrecklich schwer es Julia fiel, auf die Ohrringe zu warten. Natürlich wissen Sie es. Nun, im Verschluss der Schmucknadel gab es ein kleines, aber zeitauf-

wendiges Problem ... ein Problem, das wir soeben gelöst haben... Ich versichere Ihnen, dass die Ohrringe hier im Safe sind, falls Sie derartige Beteuerungen nötig haben sollten."
„Nun, Morris, ich bin..."
„Aber Julia konnte ja nicht warten. Also habe ich ihr einfach unser Vorzeigemodell zukommen lassen, bis es so weit ist..."
Er sprach sehr schnell, sehr sanft. Man hatte ihm gesagt, dass er aussah wie ein Schauspieler. Vielleicht hätte er einer werden sollen. Es lag keine schwarze Perle im Safe. Aber Morris wusste, dass er das Stück gut über die Bühne bringen würde, solange ihm wenigstens eine kurze Pause vergönnt war.

Max Lishkin konnte sich endlich entspannen, als er in seinem Schrotthaufen von einem Mietwagen das Geschäftsviertel von Miami hinter sich ließ und über den Highway in Richtung Flughafen fuhr. Mit seiner linken Hand rollte er das Fenster herunter. Seine Augen waren auf die Fahrbahn gerichtet, seine rechte Hand hielt das Lenkrad umklammert. Die kühle Nachtluft Floridas vertrieb den Aschenbechergeruch, in dem er eingesperrt war, seitdem er die Garage verlassen hatte. Lishkin rauchte nicht und der Geruch gehörte zu den Ärgernissen, die er ertragen musste, wann immer er in einem Zimmer oder einem Auto feststeckte, das seinen Ansprüchen von Sauberkeit nicht gerecht wurde. Es gab viele Umstände dieser Art, die ihn ärgerten. Max Lishkin war ein kleiner, dicker Mann in einem einfachen, dunklen Anzug und einem hellblauen, gestärkten Hemd, das auf seinen Reisen einiges mitmachte. Er brachte darüber hinaus keine Kleidung mit sich, nur ab und zu kaufte er ein Hemd. Seine Socken und Unterwäsche wusch er stets im Waschbecken seines Hotelzimmers. Die kleinen Ärgernisse, die ihn bedrückten, brachte er nie jemandem gegenüber zur Sprache. Nur manchmal beklagte er sich, dass das Einzige, was mit den Leuten nicht stimme, ihre Angewohnheiten waren. Ihre schlechten Angewohnheiten.
Denn Max Lishkin hatte keine Angewohnheiten, außer der,

keine zu haben. In den letzten dreißig Jahren hatte er niemals dasselbe zweimal hintereinander am selben Ort getan. Dies führte zu folgendem Dialog zwischen zwei seiner engsten Bekannten.

„Wo ist Max?"

„Wer weiß."

„Max weiß es."

„Dann frag Max."

Er wurde niemals irgendwo erwartet.

Ein Zuhause? Er hatte zwei kleine Zimmer, eines in Brooklyn, das andere in der Wohnung seiner Schwester in der West End Avenue in Manhattan. Dort schlief er abwechselnd, wenn er nicht gerade in einem Hotel wohnte, oder im Sloane House YMCA in der 34th Street, oder in dem Fitnessclub, bei dem er eine Mitgliedschaft hatte. Er bereiste diese Orte mit der U-Bahn, dem Bus, per Taxi, zu Fuß oder mit einem Mietwagen. Genauso machte er es auf seinen Reisen durch Amerika und nach Übersee. Wäre er ab und zu geflogen, hätte er mittlerweile mehrere Jahre eingespart. Max Lishkin hatte Dallas, Texas, durch die Fenster eines Greyhound-Buses gesehen, die Vororte von Tulsa, Oklahoma, aus dem Speisewagen eines Zugs, die Strecke zwischen Denver und San Francisco durch die Windschutzscheiben verschiedener Autos und große Mengen atlantischen Ozeans durch Bullaugen.

Jetzt war er ausnahmsweise im Begriff, nach New York zu fliegen, nach Abschluss einer einigermaßen erfolgreichen, dreitägigen Geschäftsreise nach Miami. Man hatte ihn etwas umständlich per Anrufbeantworter und Fernbote zu einem wichtigen Termin am nächsten Morgen bestellt. Aber niemand wusste, ob er kommen würde, oder wie.

Dementsprechend war er einigermaßen überrascht, dass er – als er sich im Parkhaus des Flughafens vorbeugte, um die Handbremse anzuziehen – die kalte Mündung einer kleinkalibrigen Pistole an seiner Schläfe spürte.

Wer, fragte er sich im Sterben, wer war das?

Max Lishkins abgetragener und billig aussehender schwarzer Aktenkoffer nahm den nächsten Flug nach New York. Darin befanden sich lose Diamanten im Wert von 97.000 Dollar, was eine ziemlich ärmliche und enttäuschende Beute war. Max Lishkin war einer der besten Diamantenhändler der Welt gewesen und hatte während dieser drei Tage in Miami über zwei Millionen Dollar umgesetzt. Verkaufszahlen in dieser Größenordnung zu Beginn der Feriensaison waren für ihn so üblich, dass sie schon fast eine Angewohnheit waren.

Scheiß drauf, dachte Shaft, als er sich aus dem brandneuen, schwarzen Ledersessel erhob. Er hatte die Schnauze voll vom Büro. Und das bereits nur wenige Minuten, nachdem er die Tür aufgeschlossen und die Post durchgesehen hatte. Er wollte sie eigentlich heute Nachmittag in ihrem Büro anrufen und ihr sagen, dass er zurück war, dass sie heute Abend zum Dinner gehen konnten und dann sofort ins Bett steigen oder es einfach an der nächsten Kreuzung treiben sollten, denn er war seit drei Wochen ausgehungert.

Aber darauf hatte er jetzt keine Lust mehr. Er fühlte sich als Opfer eines gemeinen Streichs. Mr. Aschenputtel, oder wie auch immer das Früchtchen hieß, hatte ihm ein paar Zeichnungen unter die Nase gehalten und etwas von „Farben" geschnattert. Aber Shaft hatte wohl nicht richtig zugehört, so eilig hatte er es gehabt, die Stadt zu verlassen. Oder vielleicht hatte er es auch nur innerlich abgelehnt, seinen Lebensstil der Kontrolle eines Fremden zu überlassen.

Shaft nahm seinen Regenmantel vom Fensterbrett, wohin er ihn aus Trotz geworfen hatte, statt ihn über die weißen Porzellankleiderhaken zu hängen. Dann zwängte er den Wollärmel seines blauen Sakkos in die Fütterung des Mantels hinein und überlegte nebenbei, dass diese Fütterungen mit irgendetwas behandelt worden sein müssen, was das Anziehen erschwert. Mit seinen großen, fleischigen Händen griff er nach dem Stapel Post und stopfte die Umschläge in die Manteltaschen hinein. Er war sich noch nicht sicher, wo es hingehen sollte. Vielleicht in irgendeine ruhige Bar im Village. Nur gab es im Village keine ruhigen Bars. Vielleicht in seine Wohnung. Vielleicht sollte er seine Nachrichten abhören. Als er nach dem Telefon griff, dachte er sich: Scheiß drauf. Auch das konnte bis morgen warten. Wer sollte ihn schon anrufen? Familie hatte er keine, nur das Sozialamt, und die hatten bei ihm nicht mehr angerufen, seit der Jugendrichter ihn der Armee beitreten ließ und ihn nach Vietnam statt hinter Gitter geschickt hatte. Und das war schon ewig her. Freunde? Wen kannte er schon in dieser Stadt, diesem freudlosen, fremden New York, in dem jeder nur ums Überleben kämpfte? Wer würde sich schon fragen, ob Shaft wieder in der Stadt sei?

Er wollte gerade gehen, griff nach den Zigaretten und Streichhölzern und dachte aus irgendeinem Grund an den Rettungsschwimmer am Strand von Montego Bay. Der hoch gewachsene Schwarze, der fünfzehn Kilo mehr Muskeln als Shaft auf den Knochen hatte, hatte behauptet, Amis könnten keinen vernünftigen Joint rollen. Daraufhin hatte er eine Tüte Ganji genommen, sich einen gerollt und ihn unter der Karibiksonne geraucht.

„Hallo?"

Shaft musste an Cowboys und Indianer denken. Der Kopf, der vom Flur aus um die Ecke lugte, trug einen schwarzen Bart und einen großen, schwarzen Sombrero. Na ja, in den Abwässern des Times Square schwammen so manche seltsame Fische. Es sollte ihn nicht überraschen, wenn sich ab und zu mal einer aufs Land beziehungsweise in den dritten Stock seines Bürohauses verirrte.

„Ja?"

Statt zu antworten, schaute sich der Cowboy langsam und vorsichtig in Shafts Büro um. Dann blickte er Shaft an.

„Mir geht's wie Ihnen", sagte Shaft und stopfte die Briefumschläge in seine Tasche. Er knöpfte den Mantel zu.

„Mr. Shaft?"

„Der Name steht an der Tür."
„Wir würden gerne kurz mit Ihnen reden."
Wir?
„Hier drinnen oder auf dem Flur?"
Daraufhin betrat der Cowboy sein Büro.
„Entschuldigung", sagte er und nickte zustimmend über seine Schulter.
Es waren sieben. Und alles Cowboys. Nur dass sie eigentlich keine waren. Aber irgendetwas mussten sie sein. Alle unterschieden sich in Gestalt, Größe und Alter. Die sieben Männer, die im Gänsemarsch sein Büro betraten, waren identisch gekleidet – jeder von ihnen trug einen breitkrempigen, schwarzen Hut, einen langen, schwarzen Mantel, einen dunklen Anzug mit Rock, weiße Hemden und schwarze, altmodische Schuhe. Sie alle hatten Bärte. Vor oder neben ihren Ohren baumelten lange Ringellöckchen.
Shaft musste daran denken, wie er eines Nachts in der No Name Bar gegenüber von seiner Wohnung einen Schreiberling kennen gelernt hatte, der ihm von seinem nächsten Buch erzählt hatte: Jüdische Revolverhelden des Wilden Westens. Es sollte bei „Cool-Hand Cohen" anfangen und im Pulverrauch des „Rasenden Rabinowitz von Dodge City" enden. Bei dem Gedanken musste Shaft lächeln. Nur erwiderte niemand sein Lächeln. Die Männer drängten sich in seinem Büro so eng zusammen, als wären sie Besucher in einem fremden, feindlichen Land. Ausgiebig nahmen sie Shaft und dessen Umfeld in sich auf. Ihm war mittlerweile natürlich klar geworden, dass es keine Cowboys waren und dass ihm solche bärtigen Typen mit großen Hüten schon einige Male schroff und energisch über den Weg gelaufen waren.
Er nahm an, dass sie Juden waren, denn sie wirkten schlicht und einfach wie Juden. Er ging, ohne weiter darüber nachzudenken, davon aus, dass ihr formelles Auftreten einen besonderen Grund haben musste oder vielleicht ihren Status in der Gesellschaft beschrieb. Vielleicht waren sie Rabbiner. Ein Be-

such von sieben Rabbinern? Der Gedanke irritierte ihn, denn er glaubte nicht an Gott und lehnte organisierte Religionen grundsätzlich ab. Im Grunde glaubte er nur an sich selbst und wusste nicht so recht, wie er sich frommen Menschen gegenüber verhalten sollte. Insbesondere Leuten, die sich die Religion zum Hauptberuf machten.

„Wollen Sie sich nicht setzen?", fragte er. Immerhin würden sie mit ihren schlichten Kleidern die Farben verdecken. Während sich fünf der Männer auf der Couch und den beiden schwarzen Bürostühlen breit machten, blieben zwei - die Jüngsten - einfach stehen. Shaft nahm an, dass einer ihrer Kollegen sich mit der Sammelbüchse aus dem Staub gemacht hatte und sie ihn nicht öffentlich auffliegen lassen wollten, um einen Skandal zu verhindern. Aber wenn selbst Gott den Kerl nicht finden konnte, wie sollte er es dann schaffen?

„Vielen Dank", sagte der Anführer der Gruppe. „Wir sind an Ihren Diensten interessiert."

„Worum geht es?"

„Um eine Ermittlung. Eine Untersuchung, die sehr schnell und diskret durchgeführt werden sollte. Daher wollen wir uns natürlich erkundigen, was Sie normalerweise tun."

Shaft nahm an, dass sie ganz genau wussten, was er normalerweise tat. Sonst würden sie sich nicht wie eine neu gegründete Rockband dicht gedrängt in seinem Büro die Füße platt treten und so dreinschauen, als wüssten sie nicht, wie sie ihre Gitarren vom Pfandleiher zurückbekämen. Irgendwo in seinem Aktenschrank waren Ausschnitte aus der Daily News und anderen Zeitungen, in denen stand, wer er war und was er normalerweise tat.

„Vielleicht haben Sie in der Zeitung von meinen Fällen gelesen...„, fing er an. Sie starrten ihn entsetzt an. „Wie sind Sie denn sonst an meinen Namen gekommen?"

„Aus den Gelben Seiten", sagte der Lead-Sänger. Ein ganz schöner Arschtritt, den sie ihm da verpassten. Und es kam noch dicker: „Ihre Adresse war am nächsten."

Das war fast so deprimierend wie die Entdeckung, dass man aus seinem Büro eine Kulisse für eine Halloween-Party gemacht hatte, nur ohne Kürbisse. Damit hatte er in etwa die gleiche Stellung wie ein Herrenklo an einem kalten Tag. Hätte er nur sein Büro ein paar Minuten vor ihrem Auftritt verlassen!

„Also, in den Gelben Seiten stand sicher auch, dass ich ein Privatdetektiv bin. Ich kümmere mich um Fälle, die die Polizei nicht anrührt."

Das schien ihnen zu gefallen. Sie nickten alle. Warum legten sie eigentlich nicht ihre Hüte ab?

„... in Fällen, wo kein Beweis für ein Verbrechen vorliegt, aber Verdachtsmomente bestehen, kann ich unter Umständen herausfinden, ob man die Polizei einschalten sollte, bevor jemand zu Schaden kommt."

Sie nickten noch immer. Also quasselte er weiter. Er erzählte ihnen von Scheidungsfällen (was finstere Blicke hervorrief), und wie er sich manchmal als Putzhilfe in schicken Kaufhäusern wie Saks Fifth Avenue oder Gimbel's ausgab, um Fällen von Ladendiebstahl auf die Spur zu kommen (jetzt verschwanden die finsteren Blicke), und dass er sich als Schwarzer mancherorts einschleichen konnte und so unauffällig an Informationen herankam. (Das rief große Zufriedenheit und lebhaftes Kopfnicken hervor. Er spürte förmlich die leichte Brise vom Auf- und Abwippen ihrer sieben breitkrempigen Hüte.)

„Und was kostet das alles?"

„Das ist oft unterschiedlich, aber ich verlange mindestens fünfzehn Dollar pro Stunde, plus Spesen."

„Spesen?" Wieder finstere Blicke von allen Seiten.

„Anrufe, Taxis. Manchmal muss ich für Informationen zahlen..."

„Warum müssen Sie für Informationen zahlen, wenn Sie selbst fünfzehn Dollar pro Stunde dafür bekommen?"

Jetzt machte Shaft ein grimmiges Gesicht.

„Manchmal gibt es eben keine andere Möglichkeit. Außerdem muss es oft schnell gehen. Manche Leute haben zwar Informationen, können damit aber nichts anfangen, weil sie sie nicht verstehen. Sie hören einfach nicht richtig zu. Das einzige was sie gut hören, ist das Rascheln von Geldscheinen neben ihrem Ohr."

Das verstanden sie. Es wurde reichlich genickt. Shaft entging nicht, dass einige von ihnen das Büro sehr genau inspizierten, so als würden sie die Kosten solcher Kinkerlitzchen abschätzen wollen. Am anderen Ende der Couch hob einer von ihnen den grünen Aschenbecher vom Nebentisch hoch und blickte darunter. Shaft hoffte, er würde das gottverdammte Ding einfach in den Falten seines langen, schwarzen Mantels verschwinden lassen.

„Also", sagte er. „Wollen die Herrschaften vielleicht über etwas Bestimmtes reden?"

„Bitte entschuldigen Sie uns einen Augenblick", sagte der Sprecher und wandte sich in seinem Stuhl den anderen zu. Dann blickte er über seine Schulter und fragte: „Sprechen Sie eigentlich Jiddisch?"

„Wie bitte?"

„Jiddisch."

„Nein."

Der Sprecher nickte und wandte sich wieder den anderen zu, um mit ihnen ein paar schnelle Worte zu wechseln. Glaubte jedenfalls Shaft. Er erwartete einen kurzen Disput darüber, ob und was sie ihm erzählen sollten, und ob sie ihn anschließend bitten würden, das Problem – was auch immer es sein mochte – zu lösen. Stattdessen, so klang es in seinen Ohren, entbrannte eine heftige Debatte über Gott und die Welt, mit allen nur erdenklichen Argumenten. Und das in einer fremden Sprache. Offensichtlich hatte jeder der sieben Knilche eine Rede auf Lager, die er gerne loswerden wollte. Und jeder hatte Einwände und Gegeneinwände auf Lager.

Eine Weile saß Shaft in seinem Chefsessel und hörte zu. Er verstand kein Wort. Ein paar Mal schnappte er das Wort „Schwarz" auf und überlegte ob dieser Mr. Schwarz vielleicht für ihre

Misere verantwortlich war. Da er kein Jiddisch verstand, ahnte er nicht, dass sie von ihm redeten. Er zündete sich eine Zigarette an, wandte sich ab und blickte aus dem Fenster über den Times Square. Als er mit seiner Zigarette fertig war, wandte er sich ihnen wieder zu. Sie quatschten noch immer. Also zündete er sich noch eine an, holte seine Post aus den Manteltaschen und sah sie durch. Sie stritten sich weiter, während er siebenundzwanzig Briefwurfsendungen, vierzehn Rechnungen und zwei Postkarten las. Außerdem war da noch ein Brief von einem Kumpel aus der Army, der jetzt im Bundesgefängnis von Danbury schmorte und auf Hilfe hoffte sowie ein Schreiben vom Hauswirt, der verärgert war, weil das Büro ohne Erlaubnis neu gestrichen worden war. Zur neuen Einrichtung käme dann noch eine Mieterhöhung hinzu. So waren nun mal die Hauswirte. Shaft schaute auf seine Uhr. Es waren mindestens zwanzig Minuten vergangen. Und sie redeten noch immer. Er musste ans Abendessen denken, an Drinks, ans Auspacken, Duschen, Ficken und daran, dass er gerne mal das Gras probieren würde, das er aus Jamaika eingeschmuggelt hatte. Er war hundemüde. Dann kam ihm die Idee, die Kerle einfach rauszuschmeißen. Die ganze Sache ging ihm auf den Wecker.

„Okay, okay", sagte er und unterbrach damit die feurige Ansprache eines Mittdreißigers mit rotem Bart und großem Durchhaltevermögen. Sie wandten sich ihm alle zu, aber er sprach nur mit ihrem Anführer. „Ich verzieh mich. Ich hab Hunger, bin müde und will unter die Dusche. Also sammeln Sie Ihre Gartenzwerge ein und machen Sie sich auf den Heimweg. Vielleicht laufen Sie ja Schneewittchen über den Weg, dann können Sie besprechen, was Sie eigentlich von mir wollen. Morgen früh bin ich wieder hier. Sie können ja anrufen..."

„Natürlich", sagte der Oberzwerg. „Weitere Gespräche sind überflüssig. Aber wir sind ein Ausschuss und jeder muss seine Meinung äußern können. Wir haben eine Entscheidung getroffen."

„Und die wäre?"

„Dass wir Sie gerne damit beauftragen würden, herauszufinden, was in unserer Branche vor sich geht. Der Diamantenbranche."
„Was hat sie denn?"
„Das weiß keiner. Aber es geht etwas Seltsames vor."
„Kann passieren."
„In Ihrer Branche vielleicht, aber nicht in unserer. Im Diamantenhandel..." – und jetzt nahm seine Stimme einen harten und selbstgerechten Tonfall an – „...ruft selbst der leiseste Hauch ungewöhnlicher Vorgänge Angst in den Herzen Tausender von Menschen hervor. Etwas Ungewöhnliches passiert höchstens einmal alle hundert Jahre. Aber jetzt gerade passiert es."
Shaft dachte einen Moment darüber nach.
„Und was soll ich dagegen unternehmen? Und wie? Was wollen Sie wissen?"
„Alles. Angefangen bei den kleinsten Staubflecken, bis hin zum Schneiden der größten Steine, alles, was anders gemacht wird als gestern oder vorgestern."
„Alles? Unmöglich. Dafür brauchen Sie Hunderte solcher Leute wie mich."
„Nein. Nur einen ... einen, den die Augen und Ohren von uns allen unterstützen... Sie werden die Arbeit von hundert Leuten tun."
„Hey, Mann!" Er wollte sich gerade beschweren, denn das war nun wirklich zu viel verlangt für seine fünfzehn Dollar plus Fahrkarten. Die hatten ja einen Schuss, alle, die ganze Bande. So was war nicht sein Stil.
„Sie werden für diesen Auftrag realistisch und ehrlich entlohnt, denn etwas anderes kommt nicht in Frage. Ein sehr kleiner Prozentsatz der Einnahmen geht an uns alle ... wir sind nur ein Komitee, das die anderen repräsentiert ... falls Sie unser Problem lösen können."
Von der Couch kam ein Einspruch in Jiddisch, den der Anführer zur Kenntnis nahm. „Aber keine Spesen", sagte er.
Jetzt erinnerte sich Shaft wieder, warum er Juden nicht leiden

konnte. Er war erschöpft, verärgert und hatte keine Lust, über seine Gefühle rational nachzudenken. Diese verdammten Geizkrägen!

„Na, dann, okay, dann sammeln Sie mal Ihre Band zusammen und machen sich aus dem Staub“, sagte er. „Ich zähl meine Aschenbecher und geh nach Hause.“

Sein Ärger schien sie nicht zu berühren.

„Lassen Sie uns Ihnen noch die Umsätze vom letzten Jahr aufschreiben, bevor Sie ablehnen.“

Mit zwei oder drei krakeligen Schriftzügen auf einen Notizblock öffnete sich für den schwarzen Schnüffler Shaft eine Welt, die er vorher nicht gekannt hatte, von deren Existenz er nicht einmal zu träumen gewagt hatte. Seine Bezahlung, wenn er seinen Job ordentlich erledigte, lag bei etwa fünfhundertvierundsiebzigtausend gottverdammten harten Dollars.

Sein Körper litt unter Geldschock. Dieser dauerte etwa eine Sekunde, dann fing er im Geiste an, das Geld auszugeben.

2

Das erste Mal, als Herzel zur Flucht gezwungen war, hatte er ein tiefes Gefühl der Demütigung verspürt. Damals war er noch jung und kräftig gewesen. Er hatte sich zutiefst geschämt, den Beschimpfungen und Hieben dieser Schlägertypen nichts entgegengesetzt zu haben. Doch einer gegen zwanzig, in einer dunklen Straße Berlins, zu einer Zeit, in der die Saat des Hasses bereits erblüht war ... das war kein Heldentum, das war Wahnsinn.

Er fühlte sich immer noch wie ein Schäfer, dessen Herde von einem Wolfsrudel angegriffen wird. Die Blutspritzer hatte er abwaschen können, aber die Scham? Sie hatte ihn nie wieder verlassen. Auch nicht die Anteilnahme derer, die ähnliche Demütigungen erlebt hatten. Es waren so viele! Herzel schöpfte Kraft aus der Geschichte seines Volkes. Da erhob sich nach neunzehn Jahrhunderten wieder der wahnsinnige Titus aus dem blutigen Rom, um Jerusalem zu verbrennen und die Juden auszurotten. Da war sie wieder, die Diaspora, die große Flucht. Man konnte nichts tun, außer vor den Barbaren zu fliehen. Der Überlebende lernt durch das Überleben; den Toten bleibt selbst der Grund ihres eigenen Todes verborgen. Der jungen Generation fehlte das Wissen vom Tod, dass er besaß. Er hatte vor langer Zeit gelernt zu rennen. Am besten rannte man direkt auf den Feind zu. So hatte er sich in den letzten drei Wochen mit den Beamten dreier Ministerien getroffen. Am Ende der Besprechungen hatten sie ihm alle ihre Bedingungen dargelegt und auf seine Stellungnahme gewartet. Sicher waren sie über sein Kommen und Gehen informiert, aber inwieweit, konnte er nicht sagen. Sein fortgeschrittenes Alter und die Tatsache, dass er auf sie zugekommen war, schien gegen allzu extreme Überwachungsmaßnahmen zu sprechen. Gut, damit konnte er leben. Aber nicht mit ihren Erwartungen.

Herzel hatte den Beamten mitgeteilt, in zwei Wochen seinen Entschluss bekannt zu geben. Ob sie so freundlich wären, die

Besprechung zu arrangieren? Er sprach nicht direkt mit den Amtsleitern, denn derartige Vorbereitungen wurden meist von niederen Diensträngen arrangiert – nur so wirkte es angemessen zeitaufwendig. Zwei Wochen lang würden nun Akten hin und hergeschickt werden.

Am folgenden Tag sprach Herzel mit seiner Assistentin.

„Wann ruhen wir uns aus?"

„Ausruhen?", wiederholte sie. „Nie und nimmer. Wir haben zu tun."

„Wir können uns ausruhen", sagte er. „Ich habe eine Entscheidung getroffen, die unsere Arbeit sehr verändern wird, Ihre mehr als meine. Sie werden mehr Verantwortung haben. Ich werde nachdenken. Und Sie müssen sich vorbereiten."

„Ich bin auf alles vorbereitet", erwiderte sie stolz.

„Dann sollten Sie sich ruhigen Gewissens ausruhen. Legen Sie sich doch etwas in die Sonne."

Sie umarmte ihn herzlich und verließ das Labor mit dem Versprechen, in zwei Wochen mit neuer Kraft zurückzukehren. Er nickte ihr zum Abschied zu und wünschte ihr Frieden und Gesundheit. Sollte sie ein Spitzel sein, so konnte sie die nächsten zwei Wochen höchstens melden, er habe eine Ruhepause eingelegt. Und genau das sollten sie glauben.

An diesem Abend sagte er zu seiner Tochter: „Ich fahre nach Jerusalem."

„Ich kann im Moment nicht weg", sagte sie mit einem Stirnrunzeln und dachte dabei an die Aktenstapel auf ihrem Schreibtisch im Kultusministerium.

„Es wird schwer, ohne dich zurechtzukommen, aber vielleicht findet sich ja jemand, der mir das Essen zurechtschneidet und das Glas an die Lippen führt."

Da war sie verletzt. Aber es gab Zeiten, in denen die Kinder damit aufhören mussten, die Rolle der Eltern zu übernehmen. Dies war so eine Zeit.

„Ich verstehe. Wann kommst du wieder?"

„Wenn ich fertig bin."

„Und wenn jemand nach dir fragt?"
„Es kann warten, bis ich zurück bin."
Am nächsten Morgen machte sich Avrim Herzel auf den Weg nach Elath, den Hafen Israels. Außer der Kleidung an seinem Körper hatte er kein Gepäck dabei. In seinen Taschen war ein ansehnlicher Betrag von Dollarnoten, den ihm ein alter Freund – ein Juwelier in Tel Aviv – ohne zu fragen vorgeschossen hatte. Außerdem hatte er all seine Edelsteine dabei, die Früchte seiner jahrelangen Bemühungen im Labor. Er war ein wandelndes Bankschließfach, was man ihm aber nicht ansah. Er wirkte nur wie ein alter, gebeugter Mann in einem dunklen Anzug.
In Elath hatte er einen weiteren Freund.
„Einen kanadischen Pass? Warum ausgerechnet Kanada?"
„Nicht alle Juden sind nach Israel geflohen."
Der Freund zuckte mit den Achseln. „Welche Stadt?"
„Quebec. Mein Französisch ist noch ganz gut."
„Und der kanadische Akzent?"
„Können die Amerikaner nicht unterscheiden."
Es dauerte drei Stunden, die Papiere zu arrangieren, eine weitere für das Schiff.
„Es ist unterwegs Richtung Türkei. Es ist das erste, das ablegt, und die Reisezeit ist am kürzesten."
„Bin schon fast da."
Das war er tatsächlich. Bei Windsor, Ontario, betrat er die Vereinigten Staaten. Sieben Tage später flog er von Detroit zum John F. Kennedy International Airport. Er ging davon aus, dass ihm noch eine Woche blieb, bis die Suche anfing. Das war sein einziger Fehler. Sie waren ihm bereits nach drei Tagen auf der Spur.

„Was weißt du über Diamanten?"
„Tja, vor siebzehn Jahren habe ich meiner Frau einen gekauft. Hab letzte Woche die letzte Rate bezahlt", sagte Victor Anderozzi. Er war ein dürrer, grauer Mann, der zusammengesunken über einer Tasse Kaffee Shaft in einem Selbstbedienungs-

laden an der West 57th Street gegenüber saß. „War ein ziemlicher Klunker. Konnte man fast ohne Brille ausmachen."
„Hör auf mit dem Scheiß und beantworte meine Frage", beharrte Shaft. „Wer hat hier den Kaffee springen lassen?"
„Ich."
„Aber nur weil ich kein Kleingeld hatte. Ich bin dir was schuldig."
Anderozzi schlürfte aus seiner Tasse, ohne auf diese Tatsache weiter einzugehen. Er mochte Shaft, aber ein guter Polizist misstraute grundsätzlich allem und jedem. Insbesondere denen, die anderen Regeln folgten – oder gar keinen. Dies war einer der Gründe, warum er sich von John Shaft zu einem Treffen bei einer Tasse Kaffee hatte überreden lassen. Zudem musste er als Detective der New Yorker Polizei stets die Ohren offen halten. Er musste alle nur erdenklichen Informationen mit den Morden und Gewalttaten des Polizeiregisters in Zusammenhang bringen. Und Shaft besaß immer einige Informationen, die ihrem beiderseitigen Nutzen dienten. Sie aus ihm herauszubekommen, war etwas anderes.
„Warum dein plötzliches Interesse an Diamanten? Hat dir irgendeine Tussi einen Verlobungsring abgeluchst?"
Die Frage war Shaft leicht unangenehm. Das Gesicht von Amy Taylor-Davis drängte sich ihm auf wie ein überbelichtetes Bild. Nicht, dass ihn persönliche Fragen störten. Mit solchen Bemerkungen wollte er nur von seinen eigenen Unzulänglichkeiten ablenken. Anderozzis Nase war so spitz wie ein Linoleummesser und von erlesener Hässlichkeit.
„Nein, kommt nicht in Frage. Eher würde ich welche klauen, wenn ich unbehelligt davon käme. Aber jetzt mal im Ernst."
„Bist du sicher, dass du kein Kleingeld hast?"
„Ganz sicher. Wieso?"
„Weil ich gerne noch einen Kaffee hätte. Und du?"
Shaft sagte ja und schaute zu, wie Anderozzi zum Kaffeeautomaten ging. Bislang war es ihm noch nicht gelungen, irgendetwas aus ihm rauszuholen. Das Gespräch war in ein

Wortgefecht übergegangen. Und so würde es wahrscheinlich weitergehen, bis er von sich aus Informationen preisgab. Vielleicht kannten sie einander einfach zu gut. Als dann die schweren, hellbraunen Tassen dampfend vor ihnen standen, hatte Shaft sich endlich die passende Lüge ausgedacht.

„Du weißt ja wie das ist, Vic", sagte er und versuchte, den Schwindel mit Vertraulichkeiten zu verbergen. „Ein Klient kam mit einem Fall von Ladendiebstahl zu mir. Eine Lappalie. Normalerweise würde kein Hahn danach krähen, aber es soll auch nicht zur Gewohnheit werden. Wenn's heute mit Kleinigkeiten klappt, dann vielleicht nächste Woche mit einem großen Ding..."

„Schon klar", grunzte Anderozzi. „Was noch?"

Shaft runzelte die Stirn. „Das war's." Der kalte Ausdruck in Anderozzis Augen gefiel ihm nicht. So also fühlten sich die Gangster Manhattans, wenn er seinen Blick auf sie richtete. „Mehr weiß ich nicht."

„Dann stehst du vor einem Problem, Johnny", sagte Anderozzi. „Du hast einen Klienten, der dich genauso für einen Trottel hält, wie du mich für einen hälst."

Einen peinlichen Moment lang schien es, als wäre die Zeit stehen geblieben, als hätte er plötzlich einen Schock erlitten. „Vielleicht", sagte Anderozzi, der mittlerweile ahnte, worum es in Wirklichkeit ging, „sollte ich dir deine Lizenz entziehen ... mir fällt sicher was ein, bevor ich zum Telefon greife. Vielleicht werd ich auch einfach deinen Arsch 48 Stunden lang einbuchten, weil du deine Freunde anlügst, insbesondere den netten Herrn Wachtmeister."

„Leck mich", sagte Shaft wütend. „Verdammt noch mal, da kann ich doch nichts dafür, wenn die Klienten mir nur Scheiß auftischen. Die kommen angetanzt, heulen mir ihre Probleme vor und ich muss dann losziehen und es richten. Mehr nicht. Warum sollte ich dich anlügen?" Anderozzi fielen ein paar Gründe ein. Shaft fielen etwa 570.000 ein.

„Hier", sagte Shaft und schob Anderozzi die Kaffeetasse hin.

„Wenn du so denkst, kannst du dir deinen Kaffee an den Hut stecken."

Shafts dreiste Lüge und Anderozzis Drohung verpufften in einer momentanen Feuerpause. Dann fingen beide an zu lachen. Anderozzi schob den Kaffee zurück. Alles eine Frage von Geben und Nehmen.

„Da du die ganze Zeit auf Achse bist", sagte Anderozzi, der etwas neidisch war, weil er selbst so gut wie nie verreist war, nur einmal zum Gefangenentransport nach Florida und Kalifornien, „hast du wohl noch nicht mitgekriegt, dass in den letzten acht Monaten fünf bekannte Diamantenhändler kaltgemacht wurden."

„Ich hab davon gelesen..."

„Viel kannst du nicht gelesen haben. Keiner der Morde geschah in New York. Sauber durchgezogen. Erst Kopfschuss, dann die Ware geraubt. Eigentlich nicht ungewöhnlich, aber es sind Diamanten im Wert von Abertausenden von Dollars verschwunden."

„Und du bist an der Untersuchung beteiligt?"

„Klar. Fünf Morde sind ziemlich viel. Wir helfen so gut es geht. Fünf separate Morddezernate in fünf verschiedenen Städten sind involviert. Das FBI ist auch mit dabei, denn es sieht so aus, als ob die Kerle kreuz und quer durch das ganze Land ziehen. Ob die Morde in New York geplant worden sind? Sieht eigentlich nicht so aus, aber die Opfer stammen von hier."

„Außerdem ist New York das Zentrum des Diamantenhandels. Hier geht der ganze Scheiß los."

Anderozzi gab sich geduldig, betont verständnisvoll.

„Der Diamantenhandel hat kein Zentrum. Er ist eine fahrbare Spielbank, von Afrika bis Amsterdam, von New York bis Hongkong, mit Zwischenstopps in Südamerika, dem Nahen, Fernen und Mittleren Osten. Das Zentrum des Diamantenhandels ist überall dort, wo jemand Edelsteine hat, die ein anderer kaufen, erbetteln, leihen oder stehlen will."

Noch eine Stunde dauerte das Gespräch über den nunmehr

leeren Kaffeetassen. Für Shaft war es eine Nachhilfestunde, die er auf seinem Weg durch die morgendliche Menschenmenge zwischen der Fifth und Sixth Avenue noch einmal Revue passieren ließ. Als er in das Schaufenster eines Pelzhändlers schaute, wurde er von einem Windstoß gepackt, dessen eisiger Griff ihm durch den Mantelkragen hindurch die Kehle zuschnürte und ihn schmerzhaft daran erinnerte, dass der Winter vor der Tür stand und bald in Finger und Fußzehen beißen würde. Er überlegte, ob er bei diesem Auftrag viel Zeit damit zubringen musste, im Schnee rumzustehen. Und wie viel Bedeutung sollte er Anderozzis letzter Bemerkung zugestehen?

„Eines solltest du wissen. Die Leute in der Juwelenbranche sagen nie die Wahrheit, ob es nun um Größe geht, um Gewicht, um ihre eigenen Vorhaben, ganz egal. Sie haben einfach zu viel zu verlieren. Du kennst wahrscheinlich nicht mal die echte Adresse deiner Auftraggeber..."

An der Ecke der I. Miller-Boutique trat er vom Bordstein und überquerte die belebte Fifth Avenue in Richtung Tiffany's. Es war ein kompaktes, weißes Haus, so sicher wie ein Safe. Er stand vor den Schaufenstern an der Fifth Avenue und betrachtete die Edelsteine, die wie Eissplitter verstreut herumlagen: der erbärmliche Versuch eines Schaufensterdekorateurs, eine Winterlandschaft nachzustellen. Winter. Verdammte Scheiße. Der jetzige Winter würde bestimmt der kälteste, härteste und matschigste in der Geschichte New Yorks werden. Wie alle anderen. Vielleicht sollte er woanders hinziehen. In den Süden vielleicht? Die Südstaaten, das war zum Lachen. Darf ich Ihnen mit Ihren Koffern helfen, Massa? Ihrem Rasen? Ihrem Abfall? Er bemühte sich, durch das funkelnde Prisma des Diamantenherzens im Schaufenster zu schielen. Dabei fiel ihm ein Typ aus Harlem ein, den er vor Jahren flüchtig gekannt hatte. Der hatte nämlich einen Diamanten von genau dieser Größe in seinem rechten Eckzahn gehabt. Jim hatte er geheißen, „Smiling" Jim. Immer wenn es in der Gegend Zoff gegeben hatte, kam Jims Verwandtschaft angetanzt, um zu sehen, ob an seinem Kopf noch

alles dran war. Der Rest von Smiling Jim war ihnen egal. Es ging ihnen nur um den Kopf. Das war eine Ewigkeit her, dachte Shaft. Als würde man durch das falsche Ende eines Teleskops in die Vergangenheit schauen. Als würden vier Generationen zu einer einzigen zusammenschrumpfen. Leute wie Smiling Jim gab es nicht mehr, zumindest nicht unter den Schwarzen. Als er aufblickte, sah er eine rothaarige Frau mittleren Alters in einem Tweedmantel mit Pelzkragen vor sich, der aussah, als sei er aus geschnittenem Gras gewoben worden.
„Wir verändern uns alle", sagte er laut.
Sie schreckte beleidigt auf.
„Das will ich hoffen", sagte sie und machte sich schnell auf den Weg. In ihrer Faust hielt sie die Griffe einer Einkaufstüte von Bloomingdale's fest umklammert. Was auch immer da drin war, es war bestimmt scheußlich. Shaft ging in die andere Richtung. Er wünschte, er hätte einen Diamanten im Zahn, den er einfach rausholen konnte.

„Ist er total verrückt geworden?", rief Ben Fischer. Mit einer Antwort rechnete er nicht, die Frage war rein rhetorisch. Er schlug mit der flachen Hand auf die Tischplatte seines Schreibtisches im Ministerium für innere Sicherheit.
Cara Herzel war den Tränen nahe. Die gewaltige Kraft seines Schlags zeriss ihr fast das Trommelfell und ließ sie beinah die Kontrolle verlieren. Sie zuckte zusammen, was Fischer, dessen andere Hand in einer Geste der Verzweiflung und Frustration sein Gesicht bedeckte, nicht entging.
„Er ist alt", setzte sie an.
„Völlig egal", unterbrach Fischer. „Er mag zwar alt sein, aber er ist einer der gerissensten Männer in Israel. Nur ist er nicht mehr in Israel, oder?"
„Er sagte, er ginge..."
„Ich weiß, was er gesagt hat. Er hat gesagt, er käme zu einem Termin hierher. Er hat auch gesagt, dass er sich zwei Wochen von seiner Arbeit frei nimmt, um einen klaren Kopf zu bewah-

ren. Und er hat gesagt, dass Sie ihn nicht wie ein hilfloses Kind behandeln sollen. Genau so verhält er sich aber."
Fischer stand von seinem Schreibtisch auf. Er war ein hart arbeitender Mann mittlerer Größe, ein Energiebündel. Er trug ein kurzärmeliges Khakihemd. Wenn er seine Finger vor Ärger zur Faust ballte, so wie jetzt, wirkten sie wie aus Granit gemeißelt, und seine Adern und Sehnen waren wie Schlangen, die unter der Haut seinen Arm hinauf krochen. Unruhig marschierte er in dem kleinen, ordentlichen, beinah kargen Büro auf und ab. Cara Herzel nahm an, dass er mit seinem eisernen Griff am liebsten den gebrechlichen Körper ihres Vaters umklammert hätte.
„Also gut", sagte Ben Fischer beim Aufundabgehen. „Statt nach Jerusalem ist er nach Elath gegangen. Dort hat er sich an Bord eines Schiffes begeben. Das ist das einzig nahe liegende. In Elath ist er nicht. Er hat weder ein Flugzeug noch einen Zug bestiegen. Das einzige Schiff ging in die Türkei. Was, in Gottes Namen, hat er in der Türkei zu suchen?"
Cara hielt sein Selbstgespräch für eine Frage.
„Er kennt doch niemanden in der Türkei..."
Fischer wandte sich vom Fenster ab und schaute sie an. Sie hatte große, braune Augen und ein junges, aber schon sehr müdes Gesicht. Als er sah, dass sie zitterte, wurde sein Tonfall sanfter, seine Wut ließ etwas nach.
„Ein alter Jude kennt *überall* jemanden", sagte Fischer mit einem Lächeln. „Und wenn nicht, findet er doch jemanden mit einem gemeinsamen Cousin in Polen."
Jetzt lächelte auch Cara. Sie fühlte, wie ihre Kraft zurückkehrte. „Also ist er in der Türkei?"
„Nein... nein... Er war nur zur Durchreise dort. Als kanadischer Tourist getarnt, über London eingereist, unterwegs von Israel mit Umweg über die Türkei. Zum Totlachen, oder?"
„Kanada? Mein Vater war noch nie in Kanada."
„Das sehe ich anders. Er ist irgendwann in den letzten zehn Tagen dort gewesen. Und da er keinen triftigen Grund hat, sich in Kanada aufzuhalten ... oder in der Türkei, oder auch in

England ... liegt die Vermutung nahe, dass er in den Vereinigten Staaten ist."
„Und aus welchem Grund?"
„Aus demselben Grund, aus dem er *nicht* in Israel ist. Er sucht etwas, das er hier nicht fand, und versucht es jetzt in den USA. Genau genommen in New York."
Cara Herzel verstand ihn nicht. Fischer führte weiter Selbstgespräche.
„Ja, New York ... dort findet er bestimmt jemanden, der ihm hilft."
Erneut wandte er sich ihr zu.
„Natürlich wissen Sie von den Edelsteinen, die er bei sich trägt?"
Wusste sie nicht. Edelsteine? Ihr Vater war ein Mathematiker, ein Physiker und ein Flüchtling, schon immer gewesen. Soweit sie wusste, war er Witwer, ein israelischer Immigrant und ein müder alter Mann, der in irgendeinem Institut im Auftrag der Regierung Forschung betrieb. Doch von diesen Dingen verstand sie nichts. Edelsteine? Es gab Abertausende von Legenden über jene, die ihr Leben für einen dieser Steine aufs Spiel gesetzt hatten.
„Es tut mir Leid, aber..."
„Vielleicht hat er es Ihnen nicht gesagt. Es bleibt mir nichts anderes übrig, als Ihnen zu glauben. Aber Sie sollten mir dieselbe Gefälligkeit erweisen. Er hat eine beträchtliche Anzahl von Juwelen in seinem Besitz. Vielleicht ist er zu alt, vielleicht weiß er nicht mehr, was er tut. Sie kennen ihn besser als ich. Und wenn Sie mit ihm in Verbindung stehen oder er auf irgendeine Weise mit Ihnen kommuniziert, teilen Sie uns bitte mit, wo er ist. Es geht um seine eigene Sicherheit."
„Ich werde..."
„Schon gut", sagte er. „Wir sorgen uns in erster Linie um das Wohlergehen Ihres Vaters. Das haben wir gemeinsam, Sie und ich. Sobald wir etwas erfahren, werde ich Sie sofort in Kenntnis setzen."
Höflich, aber bestimmt führte Ben Fischer sie aus seinem Büro

heraus, ohne ihr Zeit für weitere Fragen zu geben, oder für Antworten. Er war sich sicher, dass er sich auf sie verlassen konnte und befahl daher, sie bis New York beschatten zu lassen. Wenn sie nicht den ersten Flug nahm, dann den zweiten oder den dritten. Und ein paar seiner Leute würden mit an Bord sein. Er selbst würde mit mindestens zwei weiteren folgen. Gemeinsam würden sie Avrim Herzel und seinen Schatz finden und sie sicher nach Hause bringen, wo sie hingehörten.

Der Portier des grauen Marmorpalastes an der Fifth Avenue, in dem Morris Blackburn seinen Juweliersalon hatte, nahm so zackig Haltung an, als übte er einen Rückwärtssalto. Der Mann war zuverlässig, er hatte früher in einem Züricher Hotel gearbeitet. Dann hatte Morris Blackburn ihn engagiert, um sich auf dem harten, grauen, mit schimmerndem Muskovit verarbeiteten Betonboden die Füße platt zu stehen. Seine Hacken schlugen aneinander, seine Arme bewegten sich krampfhaft nach vorne und seine behandschuhten Finger fuhren blitzschnell an den silbernen Türgriff des malvefarbenen Rolls Royce, der sanft wie eine große, reife Pflaume am Bordstein anrollte. Chaline „Cherry" Culp saß kichernd im Inneren des Wagens und ignorierte die theatralischen Gebärden des Türstehers. Sie war reich, ihr glasiger Blick nahm das Personal nicht wahr.
„Morris, mein Schnuckelchen", seufzte sie mit rauchiger Stimme, als sie die Türschwelle überschritt. Ihre Finger gruben sich in seinen weichen, grauen Ärmel. „Du musst mir helfen."
Er war seiner Eingebung – oder was auch immer es gewesen war – dankbar, dass sie ihn in die Nähe der Vitrine am Eingang geführt hatte. Denn er verabscheute ihr Gehabe. Ihre theatralischen Gesten und ihre schrille Stimme störten das reiche, kühle und ruhige Ambiente seines Salons. So konnte er das knochige Weib immerhin schnell an den Schaukästen vorbei zum Aufzug in sein Büro führen. Sie klebte an seinem Arm wie eine Schnecke am Fenster. Gleich würden sie im Aufzug lautlos in sein Büro hochschweben.

Beinahe hätten sie es auch ohne weitere Zwischenfälle geschafft, als sie plötzlich ihre hochhackigen Schuhe in den Teppich stemmte. Ihre Stimme drang durch den sonst so stillen Ausstellungsraum. Selbst die leuchtenden Kristallkronleuchter wackelten an der Decke.

„Ich brauche unbedingt etwas *Überwältigendes* für Scoogie Baskelters Orgie am Freitag!", schrie Cherry Culp. „Sie hat ein Fuck-In für die New York Panthers oder das Philharmonieorchester, ich weiß nicht mehr. Ich bin ganz aus dem Häuschen! Hilf mir, Morris, hilf mir."

Am liebsten hätte er sie auf der Stelle erwürgt. Aber es gab zu viele Zeugen. Alle Augen waren auf sie gerichtet.

„Aber selbstverständlich", sagte er mit einem Lächeln und führte sie sanft aber bestimmt zum Aufzug. Endlich waren sie allein.

Cherry Culp war schon seit vielen Jahren dreißig. Der größte Teil ihres Tagesablaufs und des enormen Einkommens ihres Mannes (ein Investmentbanker) ging dafür drauf, sie für die Nachwelt so zu bewahren, wie sie jetzt war. Dazu gehörte einiges an Anstrengung und Disziplin. Ihr Frühstück bestand aus Orangensaft, Toastbrot und der New York Times. Darauf folgte stets ein brutaler, einstündiger Angriff auf ihre Muskeln und Sehnen. Ihr Trainer war ein fernöstlicher Diplomat bei den Vereinten Nationen, der seine Gegenleistung für das Fitnesstraining in Naturalien auf dem Massagetisch bezog. So hatte sie die Kraft, sich eine Stunde lang bei Vidal Sassoon unter die Trockenhaube zu setzen. Anschließend eilte sie zum Mittagessen in einem schicken Restaurant, wo sie sich mit einigen ihrer Freundinnen traf und außer einem Salat auch den guten Ruf ihrer gerade nicht anwesenden Freundinnen zerriss. Dann folgte ein Nachmittagsschläfchen mit verschiedenen Schönheitswässerchen. Der Abend brachte den Besuch ihrer Astrologin und das ein oder andere Abenteuer. Scoogie Baskelter, die eigentlich Mrs. Dandrige C. Baskelter hieß, war nicht die einzige Highsociety-Gastgeberin, die Sexpartys für die New York

Panthers oder die Philharmoniker veranstaltete. Cherry Culps Tagesablauf war tagaus und tagein hektisch. Ihren Mann sah sie kaum. Der wiederum stellte seine Dankbarkeit für diese Gnade des Himmels dadurch unter Beweis, dass er sie stets finanziell unterstützte und keine Fragen stellte. Für ihn war sie ein wertloser Mensch. Ihren einzigen Nutzen sah er darin, dass sie durch ihre ständige Kaufsucht die Wirtschaft unterstützte.

Sobald Morris Blackburn die Tür abgeschlossen hatte, zog sie sich aus. Als er sich gegen seinen Schreibtisch aus Rosenholz lehnte, um sie zu betrachten, war sie bereits so gut wie nackt.

„Schau mich an“, sagte sie. „Nicht schlecht, oder? Ich kann mich sehen lassen. Aber mehr ist da nicht. Und *du* weißt genauso gut wie *ich*, wie die ganze verdammte *Welt*, dass Scoogie Baskelter den Raum nicht ohne ein vierzehnkarätiges Osterglöckchen im Arsch betritt, oder ein Klitoris-Piercing aus Rubinen. Der blöden Kuh fällt bestimmt was ein. Und sie ist nicht die einzige! Oh nein, Morris, darauf kannst du wetten. Vivi Markett ist so verdammt stolz auf ihre Euter, dass sie ihre Riesennippel wahrscheinlich mit goldenen Fingerhütchen verziert. Igitt! Hast du in der Times gelesen, was sie gesagt hat? Zum Kotzen! Also, was kannst du mir bieten? Es muss umwerfend sein. Denk nach, Morris. Das Rohmaterial steht vor dir. Lass dir was einfallen.“

Sie drehte sich langsam um und machte vor ihm Halt. Ihre perfekte Hüfte lehnte an einen Ledersessel vor seinem Schreibtisch, der eigentlich für wichtige Kunden und Kollegen reserviert war. Ein ausgezeichneter Körper, dachte Morris. Gleichmäßig gebräunt, Haut und Muskeln in Topform. Es musste immer schwieriger für sie werden, das alles aufrechtzuerhalten. Ihr Fleisch war weich und geschmeidig von den vielen Massagen, mit denen sie sich verwöhnen ließ. Wenn es um die Instandhaltung ihres Körpers ging, war sie Perfektionistin, angefangen bei den wohl pedikürten Fußnägeln bis zu ihrem wallenden Haar, das unter der Lampe rotbraun leuchtete. Ihrem Schambereich war sie mit einer Enthaarungscreme auf den Leib gerückt. Nicht ein einziges loses Löckchen war auf ihrem flachen Bauch zu erkennen.

Und dennoch... dennoch... Irgendetwas stimmte nicht. Nur was? Morris konnte es nicht erfassen. Was war es, das ihm das Alter verriet, den Verfall, den Missbrauch, den sie trotz allem mit ihrem Körper trieb, mit ihrem selbst erbauten Tempel, dessen Pforten geradezu jedem offen standen?

„Ich glaube“, sagte er, „mir kommt eine Inspiration.“

„Oh, Morris!“, quiekte sie. „Jetzt schon? Wie herrlich! Was für eine?“ Wie ein Kleinkind.

Wie er darauf kam, wusste er nicht, aber Morris wurde klar, dass er von ihr ablenken musste. Mit einem nachdenklichen, prüfenden Gesichtsausdruck ging er auf die Frau zu und um sie herum.

„Ja“, sagte er grüblerisch. „Natürlich.“

„*Was* denn, verdammt noch mal?“, verlangte Cherry Culp zu wissen. Morris legte seine Hände auf ihre schlanke Taille und umfasste sie mit Daumen und Zeigefinger. „Ich denke an zarte Juwelenstränge ... ja, zwei oder drei ... definitiv drei, genau hier. So. Dann hier unten...“ Er fuhr mit seinem Finger über ihre Haut. „Drei Ringe verschiedener Größe. Einer hier oben. Der nächste dort unten, hier.“

„Gott, es klingt wundervoll.“

„Warte!“, warf Morris ein. „Das ist erst der Anfang. An jedem Ring hängt ein Anhänger. Hier, hier und hier.“

„Morris!“

Er bewegte seine Hand nicht. Und sie bewegte ihren Körper nicht.

„Auf den Schlaufen können wir zwischen Diamanten und Smaragden abwechseln, aber hierhin gehört der beste...“

„Morris... Morris...?“, flüsterte sie.

Das Telefon unterbrach ihr ekstatisches Flüstern. Eigentlich sollte dieses hier nur bei Ernstfällen im Ausstellungsraum angerufen werden. Cherry starrte den Störenfried finster an.

„Was zum Teufel ist das?“

„Ein Notfall", sagte er und eilte an seinen Schreibtisch.
„Lass das beschissene Telefon!", schrie sie.
Der Anruf war von David Alexander, dem groß gewachsenen, blonden und mindestens trisexuellen Geschäftsführer.
„Hier ist ein alter Mann, der Sie sprechen möchte. Er sagt, sein Name sei Herzel. Ein Freund Ihres Vaters aus Europa."
„Sie sind entlassen", sagte Morris mit eiskalter Stimme. „Solch eine Störung ist unverzeihlich."
„Und er hat eine Hand voll Steine dabei. Ich würde sagen, Diamanten, Rubine und Smaragde. Alles in allem etwa fünfundvierzig oder fünfzig Karat."
Schweigend wandte Morris sich Cherry Culp zu, die mit ihren Händen an den Hüften darauf wartete, dass der Künstler zu seinem Werk zurückkehrte.
„Bringen Sie ihn in den kleinen Ausstellungsraum. Er soll es sich bequem machen. Ich bin in einer halben Stunde da. Lassen Sie ihn auf keinen Fall aus dem Haus."
Cherry Culp lächelte.
„Wenn du das alles in einer halben Stunde hinkriegst, bist du wirklich ein Genie."

Simon Solomon marschierte die 47th Street von der U-Bahn-Station am Broadway in westlicher Richtung entlang. Er sah aus wie ein düsterer, alter Prophet. Einmal war ihm beim Betrachten eines Gruppenfotos, das bei einer Konferenz zum 'Ernst des Glaubens' aufgenommen worden war, aufgefallen, dass niemand lächelte. Nicht einer. Der Glauben musste wohl eine ernste Angelegenheit sein. Und sollte man seine geschäftlichen Angelegenheiten nicht ebenso ernst nehmen wie den Glauben?
Simon Solomon war mittleren Alters, mit einem würdevollen grauen Bart. Eigentlich war er kein freudloser Mensch, obwohl die Straßen dieser Stadt einem jede Freude rauben konnten. Der weltliche, geistliche und menschliche Abfall, der überall herumlag, war ein Affront. Überall waren Läden, welche die

niedrigsten aller Bedürfnisse erfüllten, Schaufenster voller Pornografie, billige Trinkhallen, abscheulich dreckige Restaurants. Darüber hinaus wimmelte es in den Straßen von ungewaschenen, verstohlenen Gestalten, die in den Hauseingängen herumlungerten oder aus der U-Bahn strömten, als würde die Stadt Manhattan ihren Darm entleeren. Diese Verstöße gegen die Sinne erhöhten seine Kraft und Zielstrebigkeit: Nur weg von all dem. Einen Augenblick lang erfüllte ihn die Sehnsucht nach seiner eigenen Gemeinde, nach der Zuflucht, die ihm in der Geschlossenheit der Männer mit der gleichen Überzeugung, den gleichen Sitten geboten wurde. Darin lag ihre Kraft und Erhabenheit.

„Das ist doch alles Scheiße", sagte Shaft. Urplötzlich hielt Simon Solomon am Bordstein der 47th Street und Sixth Avenue an.

Zu seinem Erstaunen bemerkte Simon Solomon, der eigentlich alt genug war, dass ihn so gut wie nichts mehr überraschte, dass er von dem schwarzen Privatdetektiv angesprochen wurde, den er zusammen mit den anderen Chassidim engagiert hatte. Sie hatten es entgegen des Ratschlags ihres geistigen Führers, Rebbe Kolvar, getan, aber sie waren sich mehr oder minder einig gewesen: Es war zwingend notwendig, einen Außenstehenden in ihr Problem einzuweihen. Jetzt zweifelte er an der Weisheit dieser Entscheidung. Glühend heiß durchzuckte der Zweifel sein Selbstvertrauen.

„Erstatten Sie etwa an Straßenecken Bericht?"

„Nein", sagte Shaft knurrend. „Kein Bericht. Ich will nur eine Entscheidung treffen."

„Welche denn?" Solomon hatte argumentiert, dass der Mann nicht im Weg sein würde. Doch er hatte ihn wohl unterschätzt. Er hatte angenommen, dass ein Privatdetektiv, insbesondere ein schwarzer (sie hatten Shaft nämlich nicht einfach so im Telefonbuch gefunden), durch seine bloße Anwesenheit einen positiven Effekt auf die allgemeine Aufrichtigkeit in seiner Branche haben würde. Als Außenstehender stellte er keine Bedrohung

dar. Der Schwarze sollte rumschnüffeln und die Schuldigen mit seinen Fragen nervös machen. Es war nicht Sinn der Sache, dass er seine Auftraggeber auf der Straße konfrontierte.
„Ich überlege, ob ich den Fall in rosa Plastikfolie wickeln und Ihnen in den Arsch schieben soll."
Simon Solomon kochte vor Wut.
„Wie können Sie es wagen...", fing er an. Sein Blutdruck stieg. Auf seinem Gesicht zeigten sich Schweißperlen, die so groß wie Weintrauben waren.
„Ich kann wagen, was ich will, Mr. Solomon. Insbesondere, wenn mir jemand mit so einem Scheiß von wegen 'kleines Problem' kommt und dabei fünf Morde verschweigt. Wenn Sie glauben, Sie könnten mir auf die Tour kommen, sind sie bescheuerter als der Rest der Typen hier auf der Straße."
Shaft war wütend, weil man ihn zum Narren gemacht hatte, oder ihn zumindest für einen solchen hielt. Er knurrte den alten Mann an und stocherte mit seinem großen, runden Finger auf dessen Revers ein.
„Stimmt was nicht, Mr. Solomon?" Die Frage kam von einem etwas kleineren und viel jüngeren Mann, der einen ganz ähnlichen Gehrock trug, einen dunklen Hut, einen Bart und die Seitenlocken der chassidischen Juden.
„Verpiss dich", sagte Shaft. „Wir sind gleich fertig. Ich habe nur ein paar..."
„Berkowitz, 17. Polizeibezirk", sagte der Störenfried. Mit der einen Hand griff er nach der Polizeimarke, mit der anderen fatalerweise nach Shafts Arm.
„Verdammte Scheiße", knurrte Shaft. Später würde er angeben, dass er den Mann für einen Juwelendieb in besonders cleverer Verkleidung gehalten hatte, und nur deshalb mit der geballten Kraft seiner 87 Kilogramm Körpergewicht dem Polizeibeamten Arnold Berkowitz in den Schritt getreten und gleichzeitig seine Faust scharf auf dessen von weichen Bartlocken gesäumten Kinn geschmettert hatte. Es glaubte ihm keiner. Er hatte auch nicht damit gerechnet.

Berkowitz fiel um wie ein Sack. Simon Solomons Augen quollen vor Überraschung weit hervor. So würdevoll es nur ging, hob er seine Rockfalten hoch und rannte unbeholfen die West 46th Street entlang, um in seinem Büro Schutz zu suchen. Shaft stand einfach nur da, starrte auf den unbeweglichen Polizisten und überdachte die Vor- und Nachteile seines linken Aufwärtshakens. Sein Timing hatte ihn enttäuscht. Früher war er schneller gewesen. Oder nicht? Was war nur los mit ihm? Jetzt hieß es: nicht mehr rumtrödeln, sondern auf ins Fitnessstudio. Doch bevor er dazu kam, stürmten sie alle auf ihn ein.

3

Bei seiner Einreise hatte Ben Fischer genügend Waffen dabei, um einen Krieg anzufangen. Da er mit einem Diplomatenpass reiste, kam niemand am John F. Kennedy-Airport auf den Gedanken, in den großen, sperrigen Koffern, die er und seine beiden Begleiter mit sich trugen, herumzuschnüffeln. Seine Weggefährten waren um ein paar Jahre und einige Kriege jünger als Fischer. Und wie er kannten sie New York. Sie wussten, wie die Straßen verliefen und hatten eine grobe Vorstellung vom Stadtplan. Doch vermutlich würden sie diese Kenntnisse nicht brauchen. Immerhin suchten sie nur einen schwerfälligen, alten Mann und wussten, dass eine gutgläubige, junge Frau ihnen den Weg zeigen würde. Sie rechneten nicht mit Problemen. Aber sie gingen auf Nummer sicher.

Die Maschinengewehre und Pistolen waren einfach verarbeitet. Ein etwa zwanzig bis fünfundzwanzig Zentimeter großes Metallteil diente als Munitionskammer. Darin waren alle anderen beweglichen Einzelteile versteckt, außer den .45er-Kugeln. Die offene Kammer sah aus wie ein Metalletui für Bleistifte. Darin befanden sich Abzugshahn, Bolzen, Auswerfer, Feder und Sicherungsstift. Der Lauf wurde einfach daran festgeschraubt. Er war ein fünfundzwanzig Zentimeter langes, glattes Stahlrohr ohne Zielvorrichtung an der Mündung. Es wirkte so harmlos wie ein Wasserhahn. Bis es Feuer spuckte. Diesen Komponenten fügte man ein drittes Element hinzu, nämlich ein schmales, längliches Magazin mit fünfzehn, zwanzig oder fünfundzwanzig Patronen. Man schob es einfach von unten in die Metallschachtel, so problemlos, wie man vorne den Lauf anschraubte. Es war alles ganz einfach, geradezu primitiv. Doch wenn man alle Teile zusammenfügte, erhielt man ein Maschinengewehr, das ein Mordkommando einfach unter losen Mänteln versteckt mit sich tragen konnte. Die besten Werkzeuge sind immer die einfachsten, dachte Ben Fischer. Er hatte fünf dieser 'Werkzeuge' mitgebracht. Sie befanden sich in den Taschen, die der Gepäckträger zum Taxistand hinausfuhr. Er kämpfte sich durch die Menge leicht bekleideter, braun gebrannter Unschuldslämmer, die gerade aus der Karibik angekommen waren, um sich dem New Yorker Winter zu opfern.

„Guter Flug?", fragte Marc Bellikoff, der dienstältere der beiden Killer, die bereits einen Tag zuvor nach New York geflogen waren. Sie hatten im selben Flug wie Cara Herzel gesessen, auf der anderen Seite des Gangs, zwei Sitze hinter ihr.

„Alles Routine. Wo ist sie?"

„Bei der Familie eines Mädchens, die sie im Kibbuz kennen gelernt hat. West End Avenue, Ecke 89th Street."

„Und Enoch?"

„Er ist auch da. Auf der Straße. Beklagt sich über die Kälte."

Marc lächelte trocken. Das war nun einmal die Grundregel in diesem Job: Der Dienstältere hatte warme Füße und eine trockene Nase.

„Wie steht's mit uns? Vorsicht mit den Taschen, bitte."

Der Befehl war kurz und scharf. Es war die Stimme eines Mannes, der es gewohnt war, dass seinen Befehlen Folge geleistet wurde. Doch der Kofferträger ignorierte ihn und verpasste dem Koffer eine hässliche Schramme, als er ihn gegen das Schloss des Kofferraums stieß. Fischer revanchierte sich, in dem er das kleinstmögliche Trinkgeld gab. Der Träger entfernte sich und grummelte dabei deutlich hörbar über diese verdammten Geizkrägen, die sich für was Besonderes hielten.

„Wir sollten zum Taft-Hotel fahren", sagte Bellikoff. „Es ist zentral gelegen und es wohnen viele Ausländer da. Dort fallen wir nicht auf."

„Erst mal zur West End Avenue. Ich will sie nicht aus den Augen verlieren. Wenn sie auch nur zum Kiosk an der Ecke geht, will ich das wissen."

Marc fand das amüsant. „Kein Problem. Die Leute in New York haben dermaßen Angst vor Einbrüchen, dass sie sich wie Gefangene in ihren Wohnungen verbarrikadieren. Die Kleine kann

von Glück reden, es überhaupt durch die Vordertür geschafft zu haben. So leicht kommt die da nicht mehr raus.“
„Pass auf, dass das so bleibt. Ruf mich in zwei Stunden an.“
Ben Fischer und sein Kommando stiegen ins Taxi und zogen den Stoff ihrer offenen Trenchcoats hinter sich ins Auto. Die Invasion lief unauffällig ab.

„Lasst mich aus dieser verdammten Zelle raus“, rief Shaft. „Hört ihr mich? Lasst mich raus!“
Er tobte wie ein Wolf im Hühnerstall. Doch er saß nun einmal fest.
Er wandte sich von den Gitterstäben der winzigen Revierzelle ab. Alles was er hörte, war das Echo seiner zwecklosen Forderungen, das durch die Betonwände und Stahlkäfige hallte. Es sah so aus, als wollten sie ihn ein für alle Mal einlochen. Er sollte Vorsorge treffen und sich einen Anwalt besorgen.
Er zog eine Zigarette aus seiner Tasche, zündete sie an und ließ das abgebrannte Streichholz auf den Boden fallen. Dann beugte er sich vor, hob das Streichholz wieder auf und warf es in die kleine, offene Toilette, die wie ein Pilz aus dem Zellenboden zu wachsen schien.
„Unter der Pritsche an der Wand liegt noch ’ne Kippe“, sagte Anderozzi. Shaft wirbelte herum und rannte auf die Gittertür zu. Anderozzi grinste fröhlich.
„Vic, schließ die verdammte Tür auf, schnell!“
„Wie denn?“ Er trat mit seinem gummibesohlten Schuh gegen die Tür. „Hier kriegt nicht jeder gleich ’nen Dosenöffner. Außerdem geht’s dir hier drinnen anscheinend gut. Wirkt richtig gemütlich.“
Shaft wollte ihn durch die Gitter hindurch packen, aber Anderozzi duckte sich geschickt. Er war an solche Ausfälle gewöhnt.
„Du verdammter Hurensohn“, brüllte Shaft. „Warte nur, bis ich draußen bin und einen Anwalt habe. Ich verklag die Stadt und die Polizei auf Schadensersatz. Jeden verdammten Penny quetsch ich aus euch raus.“

„Ich muss es ja nicht zahlen“, sagte Anderozzi mit einem Achselzucken. „Ist mir scheißegal, wen du verklagst. Und wer sagt, dass du rauskommst?“
„Leck mich doch“, sagte Shaft und wandte sich ab. „Ich spiel nicht mehr mit.“
Er starrte an die Wand und wartete darauf, dass sich Anderozzi verzog, als der Detective plötzlich den Schlüssel im Schloss umdrehte und sagte: „Also gut, raus mit dir. Aber benimm dich, bis wir hier weg sind. Die Jungs vom Überfalldezernat sind schon sauer genug, vielleicht hängen sie dir statt diesem Quatsch noch was Ernstes an.“
Unter den giftigen Blicken der Polizisten verließen sie ein paar Minuten später das Revier. Auf der Straße wurden sie von einem Abgasgestank begrüßt, der dem Schmutz und dem Abfall der Stadt eine besondere Note verlieh. Noch immer spielte Shaft die verletzte Unschuld. Er klang etwa so überzeugend wie ein Taxifahrer, der sich bei seinem Fahrgast für mickrige zehn Cent Trinkgeld bedanken muss.
„Was hab ich denn getan? Was hab ich getan?“, wiederholte er hartnäckig. „Ich rede nichts ahnend mit meinem Auftraggeber und plötzlich kommt so ein bärtiger Typ mit Cowboyhut angetanzt und begrabscht mich. Hätt’ ja auch ein Überfall sein können, ey.“
Geduldig wartete Anderozzi das Ende des Monologs ab. Irgendwann kam sich Shaft so lächerlich vor, dass er lachen musste.
„Der kleine Wichser hat ganz schön dumm dreingeschaut“, prahlte er. „Dem sind bald die Augen ausgefallen.“
„Der Wichser ist Bulle und ziemlich sauer. Du gehst ihm besser aus dem Weg“, tadelte ihn Anderozzi.
„Was kann der schon machen?“, sagte Shaft und schnaubte verächtlich. „Shit, ich hab nun mal ’nen Job, tut mir Leid. Soll er mir aus dem Weg gehen, dann lass ich ihn in Ruhe. So einfach ist das. Hab ich Recht?“
An der Ecke Lexington Avenue blieben sie stehen. In Richtung

Grand Central Station wurde der Verkehr so zähflüssig wie der Schneematsch in den Straßen.

Wieder musste Anderozzi ihn berichtigen: „Hast du nicht."

Anderozzi versuchte, aus Shaft schlau zu werden, so wie er aus den meisten Gesichtern seiner 'Kunden' schlau wurde, deren Schuld und Bestechlichkeit ihnen ins Gesicht geschrieben stand. Doch Shafts Gesicht war völlig ausdruckslos. Er wirkte nicht einmal verdrossen, so wie sonst. Seine Maske der Ausdruckslosigkeit hatte er einfach fallen lassen. Stattdessen spielte er Anderozzi die Karikatur eines Schwarzen vor. Und dieser wurde langsam sauer.

„Jetzt pass mal auf, John", sagte Anderozzi, ballte die Hand zur Faust und tippte mit einem Finger auf Shafts breite Brust. „Wir alle wissen, wie tough du bist, und wie gerissen. Gut, du willst dir Ärger einhandeln, das hast du schon immer gewollt. Eines Tages – und zwar bald – wird dich jemand gründlich bedienen. Egal, wie groß und stark du bist. Kugelsicher bist du nicht. Taxifahrer und Präsidenten erwischt es auch. Warum nicht auch dich?"

Shaft ärgerte sich erst über den Vortrag, doch dann amüsierte er sich. Aber er lächelte nicht.

„Ich kann dir sagen, warum", erwiderte er.

„Aha. Warum?"

„Ich bin neulich zur 155th Street gegangen und hab mir 'ne Flasche von Mama Underwoods Wunderelixier gekauft. Damit muss man sich nur einreiben..."

Anderozzi wandte ihm den Rücken zu und marschierte rasch die Straße entlang. Jetzt musste Shaft lächeln. Dennoch war ihm klar, dass er seinen Arsch besser in Bewegung setzen und den Fall endlich abschließen sollte, bevor er in ernsthafte Schwierigkeiten geriet.

Er ahnte nicht, dass er schon knöcheltief drinsteckte...

Morris Blackburn war tatsächlich ein Genie. Und er wusste es. Cherry Culp wusste es auch. Er ließ sie in seinem blauen Marmorbadezimmer zurück, damit sie ihr Kleid und ihr Make-up wieder richten konnte. Und er konnte sich wieder seiner ersten Liebe widmen: der Habgier. Jede Strähne seines ergrauten Haarschopfes war wieder dort, wo sie hingehörte. Er berührte den großen Knoten in seiner hellgrauen Krawatte nur aus Gewohnheit, nicht etwa, weil es nötig gewesen wäre. Dann betrat er den kleinen, privaten Ausstellungsraum, der sich neben dem Hauptverkaufsraum befand.

„Guten Tag", sagte er gut gelaunt. Schließlich trug dieser mickrige Alte eine ganze Tiffany-Filliale in den Falten seines schlichten, schwarzen Mantels mit sich. Einfach unglaublich, diese alten Juden. Tauchten einfach so aus dem Nichts auf. So sahen sie übrigens auch aus. „Ich bin Morris Blackburn. Kann ich Ihnen helfen?"

Wortlos blickte Avrim Herzel von dem verschwenderischen blauen Teppich auf. Seine scharfen dunklen Augen folgten Blackburns Lächeln, der jetzt um einen kleinen Tisch herumging und in einem Sessel vor dem Fenster Platz nahm. Herzel meinte, gewisse Gesichtszüge zu erkennen, die irgendwo in seinen schattenhaften Erinnerungen an eine andere Zeit und einen anderen Ort vergraben waren. Trotzdem war es das Gesicht eines Fremden. Blackburn sieht aus wie eine Hure und riecht auch so, dachte der Alte. Der süße Geruch des Herrendufts war ihm unangenehm.

„Moische?", fragte er. „Der Sohn von Wolf..."

„Ich bin Morris Blackburn", unterbrach ihn sein Gegenüber mit Nachdruck. Sein Mund war zu einem schmalen, spitzen Spalt geworden, sein Gesicht hart wie Granit. Er errötete leicht. Avrim Herzel zuckte kaum wahrnehmbar mit den Achseln. Was bedeutete schon ein Name in der Wirrnis von Orten und Menschen?

„Ich kannte Ihren Vater in Berlin", setzte er erneut an. „Und Sie kenne ich auch – dich. Vor vielen, vielen Jahren; du warst noch zu klein, um dich an einen alten Freund der Familie zu erinnern. Aber es gab eine Zeit..."

Seine Worte versiegten. Was zum Teufel wollte der Alte?, fragte sich Blackburn. Und was hatte er in seinen Taschen? Auch wenn der Alte seine Familie wirklich gekannt hatte, das war so lange her, wer konnte sich daran noch erinnern? Wer *wollte* sich daran erinnern?

„Ich bin in England aufgewachsen", sagte Blackburn. Seine Stimme war jetzt um einiges freundlicher. „Es fällt mir schwer, mich auch nur an die Gesichter meiner Eltern zu erinnern. Ich hatte mal ein altes Foto, aber es ist verloren gegangen."

„Das tut mir Leid für dich."

„Muss es nicht...", sagte Blackburn rasch. Warum zur Hölle kam der Alte nicht auf den Punkt? Wozu das Gerede? „Bitte, was kann ich für Sie tun?"

Der Alte fuhr mit einer dürren, weißen Hand in eine seiner Manteltaschen. Als er sie wieder zum Vorschein brachte, enthielt sie ein fest gewickeltes weißes Taschentuch, das er vorsichtig öffnete. Er beugte sich langsam vor und ließ den Inhalt des Päckchens auf die schwarze Veloursplatte des Tischchens kullern. Die Juwelen brannten wie Feuer in der Finsternis.

Blackburn war beeindruckt. Aber er war auch Kaufmann.

Er stieß einen abschätzenden Grunzlaut aus, als er die Steine betrachtete. Noch hatte er sie nicht berührt. „Eigentlich handele ich nicht mit losen Steinen. Aber wenn Sie sie verkaufen wollen..."

„Ich will sie verschenken", sagte der alte Narr. „Dabei sollst du mir helfen, denn du bist der Sohn eines alten Freundes und der Einzige, der das kann. Hilf mir, sie loszuwerden."

Morris Blackburn hatte beinah den zweiten Orgasmus an diesem Tag. Dabei hatte der Tag doch gerade erst angefangen.

Es war dieselbe Gruppe. Oder? Shaft war sich nicht sicher. Sie kamen ihm bekannt vor. Aber der Bulle an der Sixth Avenue war ihm auch bekannt vorgekommen.

„Ihr Jungs bräuchtet Namensschilder, wie auf 'nem Kongress", sagte er. Sie waren verdutzt. Sie waren überhaupt verdutzt,

denn er hatte die ganze Gruppe wieder in sein Büro bestellt.
„Möchten Sie Bericht erstatten?“, fragte Simon Solomon. Nein, erwiderte Shaft, das wolle er nicht. Er hatte nichts zu berichten, außer, dass er einen Cop niedergeschlagen und einige Zeit im Knast verbracht hatte. Das wussten sie. Aber sie wussten noch einiges mehr.
„Ich bin in den Diamond-District, den Bezirk der Juwelenhändler, gegangen, um zu sehen, ob es dort etwas zu berichten gäbe. Aber alles, was ich bis jetzt weiß, ist, dass etwa ein Drittel eurer Leute dort Diamanten verkauft. Ein weiteres Drittel kauft sie an und das letzte Drittel ... die fahren in leeren Trucks und Taxis vorbei, geben sich als puertoricanische Botenjungen, bringen Kaffee, waschen die Fenster mit Bürste und Eimer ... im Grunde stehen sie nur da und gaffen, denn das letzte Drittel sind alles Bullen.“
Das schien sie nicht zu überraschen. Nicht im Geringsten.
„Wenn Sie also kaufen...“, er deutete mit dem Finger auf den Rotbart, „und Sie verkaufen...“, jetzt zeigte er auf den kleinen Dicken, der ein wenig schielte, „und Sie dabei zuschauen...“, der Finger wanderte zu einem langen, dürren Chassid, der neben Solomon saß, „dann müsste zwischen Ihnen dreien eigentlich alles klar sein, was so läuft. Stimmt's?“
Es gab weder Widerspruch noch Zustimmung. Sie warteten auf die Pointe.
„Wozu zum Teufel brauchen Sie dann mich? Ich kann nichts für Sie tun, was Sie nicht selbst können. Shit, ich kann ja nicht mal dem Klub beitreten.“
Sie alle blickten Solomon als ihren Sprecher an. Dieser nickte.
„Also, ich kaufe“, sagte er. „Und er verkauft...“ Er zeigte auf einen der anderen. „Und der Dritte schaut zu.“
Shaft nickte fröhlich. Sie schienen endlich zu raffen, worauf er hinaus wollte. Jetzt konnte er sie loswerden und sich wieder seiner netten, ruhigen Sammlung von Scheidungs- und Versicherungsfällen widmen.
„Aber“, schloss Solomon, „wer von uns tötet und stiehlt?“

Cara Herzel schüttelte die Kerle an der Damentoilette in der U-Bahn-Station der West 86th Street ab, Richtung Downtown. Dass ihnen die Beute durch die Lappen gegangen war, begriffen sie erst, als die Beamten Daniel Hennessey und Rafael Nunez von der Bahnpolizei aus verschiedenen Richtungen des Bahnsteigs auf sie zukamen. Jeder der beiden hatte ein Walkie-Talkie am Gürtel, das rauschte und kratzte.
„Worauf warten Sie?“, fragte Hennessey und drängte sich auf wie ein Busenfreund. Er war auf einen plötzlichen Fluchtversuch gefasst.
„Nichts... gar nichts...“, sagte Marc Bellikoff.
„Wir warten auf die Bahn.“ Enoch Belzer machte einen Fehler: er log.
„Seit Sie hier stehen, sind schon drei durchgefahren“, sagte Nunez. Er rückte ihnen von hinten auf den Leib, wie beim Analsex.
„Lungern Sie gerne vor Damentoiletten rum?“, fragte Hennessey.
„Jetzt warten Sie mal... „, stammelte Bellikoff empört.
„Aber klar doch“, erwiderte Nunez. „Seit zehn Minuten machen wir nichts anderes. Wir warten, dass Sie Leine ziehen. Aber Sie spionieren die ganze Zeit das Klo aus. Und warum spionieren wir heute das Klo aus?“
„Also hören Sie...“, sagte Bellikoff.
„Von hier kann man ja gar nichts sehen“, warf Hennessey ein. „Vielleicht wollten Sie ja rein ins Klo. Stimmt's? Sie wollten ins Damenklo.“
„Aber nicht doch!“ Der blödsinnige Vorwurf brachte ihn in Rage, ebenso die Aufdringlichkeit der Bahnpolizisten. „Wofür halten Sie uns eigentlich?“
„Wissen wir noch nicht“, antwortete Nunez.
„Das müssen *Sie* uns sagen“, fügte Hennessey hinzu.
Bellikoff setzte zum Reden an, aber dann schwieg er. Enoch nahm sich ein Vorbild und hielt ebenfalls den Mund.
„Schon recht“, sagte Hennessey. „Hier ist zu viel los für ein Gespräch. Warum kommen Sie nicht mit ins Büro, da können wir plaudern.“

„Sind wir verhaftet?“, fragte Bellikoff. Er fühlte, wie die Hände des Beamten ihn schnell und sachkundig von hinten abtasteten. Sie trugen keine Waffen mit sich.
„Nicht doch, wir wollen nur etwas reden. Aber nicht hier.“ Mit seinem Schlagstock deutete er auf den Ausgang.
„Los“, sagte Nunez.
Cara war so erleichtert, als hätte man ihr einen schmerzenden Zahn gezogen. Ein gewaltiger Druck fiel von ihr ab, während sie durch eine kleine Spalte in der Toilettentür bei der Verhaftung zusah. Seit über achttausend Kilometer waren diese Männer hinter ihr her – oftmals waren sie nur als Schatten zu sehen, als Spiegelung bei jedem vorsichtigen Blick über die Schulter. Und jetzt brachte man sie fort. Endlich würde sie wieder alleine sein. Selbst die schmutzige Damentoilette erschien ihr auf einmal als ein sehr viel heiterer Ort. Sie flüsterte ihren Dank an die dicke, freundliche Schwarze, die bei Caras Ankunft in dem gekachelten Betonraum bereits da gewesen war und die ihre Empörung über die beiden Kerle teilte.
Cara zitterte fast unmerklich. Sie war eine hoch gewachsene, junge Frau. Sie wandte sich einem zersplitterten Spiegel zu, um ihr dunkles, braunes Haar zu richten. Der Spiegel war so schmutzig, dass sie die dunklen Ringe unter ihren Augen nicht sah. An der Wand war ein Spruch aus verkrustetem Lippenstift zu lesen, der anschaulich erläuterte, dass Schule Scheiße ist, oder es zumindest zu der Zeit war, als die Bemerkung an die Wand geschmiert wurde. Cara wurde beim Lesen klar, dass ihr Englisch, insbesondere ihre Aussprache, eher mäßig war; und dass sie allein in einer Riesenstadt von acht oder zehn Millionen Menschen unterwegs war, um einen kleinen, alten Mann zu finden ... und dass irgendwo da draußen, jenseits der Sicherheit der Toilette, Ben Fischer und seine Bande nach ihr suchten. Sie lächelte ihr gebrochenes Spiegelbild an, um sich Mut zu machen. Ihr Lächeln verband die einzelnen Scherben miteinander. Vielleicht war sie doch nicht ganz so dumm, wie Fischer geglaubt hatte.

Wo könnte ihr Vater wohl stecken?, fragte sie sich, als sie die Tür zögernd aufschob und auf den Bahnsteig trat. Ihre Verfolger waren weg, doch ansonsten herrschte viel Betrieb. Die vielen fremden und unterschiedlichen Menschen hatten eine beruhigende Wirkung auf sie. Sie war stolz, dass sie trotz ihrer Angst nicht klein beigegeben hatte. Jetzt war die Luft sicher rein. Aber wo sollte sie suchen? Hatte er hier Freunde? Ihr Vater hatte mit Experten von Japan bis Rumänien über seine Methoden korrespondiert: ständig schrieben sie sich Briefe, ihr Vater und diese Männer, die die Rätsel der Wissenschaft zu entschlüsseln suchten. Cara Herzel ging die Treppe von der U-Bahn zur Straße nach oben. Unterwegs kam sie an einem Spanier vorbei, der bei dem Anblick ihrer langen, braun gebrannten Beine anzüglich mit der Zunge schnalzte.
Vielleicht war ihr Vater bei einem Kollegen an der Universität. Wie hieß die Uni gleich? Columbus? Nein, das war der Platz. Columbia? Ja, Columbia. Sie stand an einer grauen, trostlosen Ecke, West 86th Street und Broadway; die Autos fuhren den Broadway entlang, vorbei an Cara Herzel, die wie eine verstoßene Geliebte dastand und versuchte, ein Taxi herbeizuwinken. In New York war das gar nicht so einfach. Sie warf den Passanten, welche die breite Straße eilig überquerten, flüchtige Blicke zu. Lauter geschäftige New Yorker. Was war es wohl, das sie in die schmutzige Finsternis hinaus trieb? Die Suche nach einem besseren Leben? Da sonderte sich ein gelbes Taxi aus der Meute ab und kam langsam aber sicher auf sie zu. Das Freischild leuchtete auf dem Autodach. Sie blickte auf und nickte dem Fahrer dankbar zu. Noch immer wusste sie nicht genau, wo sie nach ihrem Vater suchen sollte. Sie war gerade im Begriff, die rechte Vordertür aufzumachen, als der Fahrer, ein breiter, harter Kerl mittleren Alters, in dessen Mund eine erloschene Zigarrenkippe steckte, mit dem Daumen nach hinten deutete. Also stieg sie hinten ein.
„Wohin soll's denn gehen, Lady?", fragte er mit einem Blick in den Rückspiegel. Der Name auf seiner Erkennungsmarke war

von Schmutzschichten verdeckt, die schon seit der Anfangszeit des Taxis dort gewesen waren.

„Sind Sie Jude?“, fragte Cara zögerlich.

Der Mann am Steuer wandte sich ihr zu und blickte sie durch die Öffnung der verschmierten Trennscheibe an. In seinem Gesicht war die Geschichte der Einwanderer New Yorks erkennbar. Und das Misstrauen, das auf den Straßen herrschte. Was zum Teufel sollte das? Musste er sich für seine fünfundsiebzig Cent plus Trinkgeld auch noch ausfragen lassen?

„Aus Puerto Rico bin ich nicht“, sagte Norman Greenfeld. Doch Cara war ein hübsches Mädchen. Als sie weitersprach, wurde er nachgiebiger.

„Ich muss meinen Vater finden. Wo würde ein alter Mann in dieser Stadt hingehen, wenn er weder Freunde noch Familie hat?“

Ein alter Mann, in einer Stadt wie dieser.

„Ins Gebetshaus“, sagte Norman.

Cara nickte. Zum ersten Mal seit dem Verschwinden ihres Vaters fühlte sie so etwas wie Erleichterung. Ihr fiel eine Last von den Schultern. Ins Gebetshaus, natürlich. Wo auch immer er hinging, sein Gott war auf jeden Fall dabei.

Das Taxi raste los. Norman Greenfeld hatte beschlossen, ihr die ehrwürdigen Gotteshäuser dieser unwirklichen Stadt zu zeigen. Denn sie war auf der Suche nach einer verlorenen Seele – ihrem Vater.

„Du solltest einem Tennisklub beitreten“, sagte sie.

„Wie bitte?“ Er war in der kleinen Wohnung auf und ab gegangen. Gelegentlich wanderte er ins Schlafzimmer, um die Feuerleiter an der Hudson Street zu checken. Die Straße lag im Dunkeln. Als einzige Lichtquellen dienten die orangefarbenen Leuchtkugeln am Eingang der No Name Bar. Oder er ging in die Küche, öffnete die Kühlschranktür und stierte ausdruckslos auf die leeren Fächer. Dann zurück ins Wohnzimmer, wo er sinnlos weitermarschierte. Das Warten machte ihn zappelig.

Shaft hasste das Warten. Im Moment hasste er alles, auch die hoch gewachsene, schlanke Frau, die in einem Sessel seiner kahlen Wohnung rumlümmelte und eine Ausgabe von Town & Country durchblätterte. Es war zum Kotzen, das Warten. Auch das Mädchen und das Heft fand er zum Kotzen.

„Wie bitte?“, wiederholte er. Die unterschwellige Wut in seiner Frage hätte jeden anderen eingeschüchtert. Aber nicht Amy Taylor-Davis, die seine Stimmungsschwankungen widerspruchslos akzeptierte und sich partout nicht einschüchtern ließ.

„Beim Tennis könntest du Spannungen abbauen. Etwas Sport würde dir gut tun.“

Spannungen abbauen, verflixt noch mal. Das konnte er auch in McBurneys YMCA an der 23rd Street, wo er bis zum Umfallen trainierte. Oder indem er sich in der No Name Bar mit Johnny Walker voll laufen ließ, oder in einer dunklen Gasse darauf hoffte, überfallen zu werden. Oder indem er das gottverdammte Telefon endlich zum Klingeln brachte, endlich die Informationen erzwang, mit denen er für seine sieben Rabbiner tätig werden konnte. Aber Tennis spielen? Herrgott noch mal! Er versuchte sich kurz vorzustellen, wie er wohl in weißen Shorts und Socken aussehen würde, mit Tennisschuhen und einem kurzärmeligen Hemd. Wie er über den Tennisplatz tänzelte und auf den Ball wartete. Die Vorstellung war ihm peinlich. Er kam sich vor wie eine Schwuchtel.

Vor zwei oder drei Tagen hatten sie sich zum Essen verabredet. Shaft wünschte sich jetzt, er hätte die Sache verschoben. Tennis, igitt! Mit gesticktem Emblem auf den Shorts. In einem hellblauen Pulli. Und einer klobigen Sonnenbrille, mit der er aussah wie Mickey Mouse. Tennis! So ’ne Scheiße! Warum klingelte das gottverdammte Telefon nicht? Nach dem Treffen mit Solomon und den anderen hatte er geglaubt, sie hätten es endlich geschnallt. Shaft hatte ihnen haarklein erklärt, was er wissen musste. Seine Forderungen schienen sie nicht sonderlich zu überraschen. Eher wunderten sie sich, dass sie nicht selber darauf gekommen waren.

„Ich spiele kein Tennis“, sagte er.
„Du solltest es lernen. Du bist gut in Form.“
„Ach? Mit wem soll ich denn spielen?“
Den feindseligen Unterton in seiner kurzen, scharfen Frage ignorierte sie. „Darling, Tennis spielt jeder.“
„Ja? Ich scheiß drauf ... und auch auf...“
Das Telefon schrillte. Eine gut getimte Unterbrechung. Shaft war nämlich gerade im Begriff, seine Meinung zu Tennisspielern, ihren Verwandten und Freunden, ihren Geschäftspartnern, ihrer persönlichen Sauberkeit und ihren sexuellen Neigungen zum Besten zu geben. Stattdessen klappte er den Mund wieder zu und griff nach dem Hörer. Er drückte ihn viel zu fest an sein Ohr. Und Amy lächelte ihn vom Stuhl aus an. Warum stachelte sie ihn so gerne auf, brachte ihn so gerne aus dem Gleichgewicht? Warum ging sie nicht eingeschnappt nach Hause?
„Morris Blackburn“, sagte Simon Solomon zu Shaft. Und hing ein. Shaft legte den Hörer auf. Dieser aalglatte Hurensohn also. Einen Moment lang starrte er nachdenklich auf den Boden. Als er wieder aufblickte, war sie aufgestanden. Aber nicht, um zu verschwinden.
„Hör zu“, sagte er. „Ich hab zu tun.“
„Dann kannst du hier anfangen“, sagte sie.
Dann drehte sie sich um und ging ins Schlafzimmer. Er folgte ihr. Dabei dachte er: nur dieses eine Mal. Nur noch dieses eine Mal.

4

Schon bald teilte Morris Blackburn sein persönliches und berufliches Leben neu ein, um den ungewöhnlichen Anforderungen seines neuen Geschäftspartners gerecht zu werden. Cherry Culp war out. Avrim Herzel war in. Es war das Mindeste, was Morris für einen Mann tun konnte, der ihm die Pforten zu bis dahin ungeahntem Reichtum und grenzenloser Macht aufsperren würde. Was für ein wunderbarer neuer Freund dieser gebrechliche Alte war! Sein Geist hatte das Geheimnis der Könige und den Traum der Narren Wirklichkeit werden lassen.

Bereits seit dem achtzehnten Jahrhundert bemühte sich die Wissenschaft, den Schöpfungsprozess jener wertvollen Steine, die aus den Tiefen der Erde geborgen wurden, zu imitieren. Es fing mit dem wissenschaftlichen Verständnis der Kristallstruktur von Edelsteinen an. Die Menschheit war noch nie Willens gewesen, die Natur ohne Einflussnahme wirken zu lassen. Eine absurde Anmaßung. Das Resultat war eine Vielzahl billiger Imitate. Oftmals ließ sich das ungeübte Auge davon täuschen, zuweilen auch die Lupe von Experten. Aber nicht immer. Die Steine waren hart, aber nicht hart genug. Sie hatten Tiefe und Feuer, aber nicht genug. Man versuchte es mit Hitze, Licht und Feuer, man erzeugte einen Druck, der der Umklammerung des Erdinneren gleichkommen sollte. So bemühte man sich über Jahre hinweg, die kostbaren Steine zu reproduzieren. Manche dieser Methoden, von denen einige wie Zauberei anmuteten, trugen beinahe Früchte. Aber nur beinahe.

Der entscheidende Test, der letztendlich gültige, hatte mit einer Hand voll mikroskopisch feinen Abschürfungen von Sand zu tun. Man nehme ein synthetisches Juwel, eine Fälschung, die in einer Krone oder einem Diadem eingelassen war, und reibe, mahle oder kratze den Sand dagegen – das war der Test. Auf einer der Facetten würde nun die Lupe eine Abschürfung finden, eine kleine Wunde. Doch ein echter Stein, der seit Anbeginn der Zeit den Schürfungen der Erde widerstanden hatte, würde auch diese Probe makellos überstehen. Bis Avrim Herzel des Weges kam. Er war ein Genie und seine Steine hatten die Kraft und den Glanz echter Diamanten.

Eigentlich war es höchst bedauerlich, einen solchen Mann aus dem Verkehr zu ziehen. Doch es ging nicht anders. In dem Augenblick, in dem der kleine Bunker in seinem Keller zu einem Labor für Lasertechnologie umfunktioniert wurde, gab Blackburn im Interesse der Wissenschaft auch sein gesellschaftliches Leben auf. Seinem Diener gab er unerwartet frei und in das Dienstbotenquartier zog fürs Erste Avrim Herzel ein.

Hier konnte Herzel sich ausruhen. In dem Kellerlabor, das Blackburn bereitwillig zur Verfügung gestellt hatte, konnte der Alte arbeiten. Und irgendwo in der Stadt, zwischen diesen beiden Verstecken, würde er bald sterben. Bald, sehr bald.

Shaft fror sich den Arsch ab. Und ein paar andere Körperteile noch dazu. Mit großen, kräftigen Sätzen stapfte er die Fifth Avenue in Richtung Fifties entlang. Der Wind pfiff durch seine billige Khakihose und den schäbigen Stoff seiner dunklen Windjacke. Seine Füße waren eiskalt; sie steckten in abgetragenen Latschen, die er aus den Tiefen seines Schrankes hervorgekramt hatte. Zwischen dem Rand der Schuhe und seinen grünen Baumwollhosen lugten weiße Socken hervor. Zumindest schützten sie seine Fußgelenke notdürftig gegen den peitschenden Wind. Das war das Blöde an der Armut: sie war so verdammt ungemütlich.

Wer sich in dem eisigen Winterwetter keine warmen Kleider leisten konnte, musste eben am ganzen Körper frieren. Und im Sommer herrschte eine dermaßen brütende Hitze, dass man meinte, es könne einem das Hirn platzen. Wenn man arm war, kam man nicht in den Genuss einer Klimaanlage. Außer man klaute sie bei Woolworth.

Shaft spannte seine Muskeln an, sein breiter Körper erschauderte. Es war ein kalter Novembertag. Echt beschissen! Er sah aus wie eine Putzhilfe, einer, der fegt und schrubbt, der die Mülleimer leert, die Klos putzt, der unauffällig den Teppich saugt, die Kacheln und Schreibtische abwischt und all die niederen Arbeiten erledigt, die zum Geschäftsalltag gehören. Die Arbeit der Kanaken und Nigger.

Nicht nur sauber, sondern rein, macht das liebe Negerlein.

Wie eine Hausfrau, die auf schmerzenden Knien der lieben Familie den Nigger vorspielte. Shaft hoffte inständig, die Rolle gut über die Bühne zu bringen. Immerhin hatte ihn der Job tausend Dollar gekostet.

„Mensch, du hast sie ja nicht alle", hatte Elvon Drew gesagt. „Bei dem Job kannst du keinen Scheiß bauen. Ich hab da einen Ruf zu verlieren. Mit etwas Glück zahlen die mir irgendwann 'ne Pension."

Elvon Drew war dreiundfünfzig. Er war ein Mann mit wenig Vorstellungskraft. Immerhin sagte ihm seine Erfahrung, dass es Shaft um mehr als Morris Blackburns Bedarf an Klopapier gehen musste. Außerdem war Geld im Spiel. Und zwar genug, dass es sich für Elvon Drew durchaus lohnte, ein paar Tage krank zu feiern und seinen lieben Cousin John Shaft einspringen zu lassen.

Bei den Verhandlungen wurde von beiden Seiten gelogen, dass sich die Balken bogen. Elvon entpuppte sich als ein sehr guter Stratege.

„Was willst du eigentlich klauen?", fragte er. Sie saßen vor einer Flasche Seagram's Whiskey in seinem Zimmer an der 105th Street, in einem heruntergekommenen Sozialbau zwischen Amsterdam und Columbus Avenue.

„Klauen?" Shaft gab sich empört. „Was soll das denn heißen?"

Elvon musterte Shafts blauen Blazer und dunkelgraue Hosen. Seine Augen sagten alles. Shaft und seine rostbraunen Pennyloafers, dachte er. Der Kerl war einfach viel zu geschniegelt, um verlässlich zu sein. Elvons Blick verriet, dass Shaft für ihn nichts weiter als ein Dealer und Zuhälter war.

„Hör zu, verdammt noch mal", sagte er. „Ich stehle *nichts.*

Nicht eine einzige gottverdammte Büroklammer. Hier geht es ... ums Geschäft. Ein Klient will wissen, wie's um die Geschäfte steht."

„Und das willst du beim Bohnern rausfinden? Für wen hältst du mich eigentlich?"

Er machte eine Pause.

„Wie viel?", fragte Shaft niedergeschlagen. Er wusste, dass er über den Tisch gezogen wurde, und zwar von einem Vollprofi.

Elvon lächelte ihn fast väterlich an.

Das nächste Lächeln kam von David Alexander, der Shaft gegenüber in einem kleinen Büro hinter den Kulissen von Morris Blackburns Juweliergeschäft saß. Sein Lächeln war genauso schmierig wie das von Elvon, nur etwas gewiefter. Die hellblauen Augen des Geschäftsführers hatten einen hungrigen Glanz. Verdammt, dachte Shaft. Er beschloss, bei der Arbeit den Besenstiel mit der einen und seinen Hosenlatz mit der anderen Hand festzuhalten.

„Sie sind also Elvons Cousin?", fragte Alexander. „Sie sehen sich aber nicht sehr ähnlich."

„Bei uns in der Familie sehen alle unterschiedlich aus", sagte Shaft. Er musste sich zwingen, keine spitzen Bemerkungen zu machen. „Elvon und ich sehen von der Familie am verschiedensten aus, außer vielleicht unserem Neffen, der ist nämlich etwas zurückgeblieben und sieht nicht mal aus wie'n Mensch."

„Schon klar."

Von wegen klar, du Hurensohn. Dir ist nur klar, dass du mir an die Wäsche willst.

„Von mir aus können Sie gern bei uns als Dienstmann einspringen. Es ist allerdings ein verantwortungsvoller Posten – besonders in einem Etablissement wie diesem, wo die vornehmsten Leute New Yorks ein- und ausgehen. Hier darf kein einziger Fleck zu sehen sein, nicht ein einziger. Das wäre dann Ihre Aufgabe ... aber..."

David Alexander war beinah einnehmend.

„Sie finden sicher was Besseres. Mit den richtigen Kleidern könnten Sie Model werden."
Shaft runzelte die Stirn.
„Ich? Unmöglich. Das braucht Bildung. Mich haben die von der Schule direkt in die Army befördert. So'n Job wie hier, da weiß ich, was zu machen ist."
„Tja, nun ... vielleicht können wir es ein andermal besprechen. Vielleicht nach der Arbeit. Bei einem Drink. Einige meiner Bekannten sind Models. Vielleicht könnten sie Ihnen ein paar Tipps geben, wie man es anstellt. Hm?"
„Hey, toll, das wäre echt gut. Wollen Sie meine Versicherungsnummer wissen?"
„Bitte? Ach so, natürlich."
Und so wurde Shaft Putzhilfe in Morris Blackburns Juweliergeschäft an der Fifth Avenue. Er entleerte Aschenbecher und Mülleimer, er bohnerte und schrubbte und musste sich hüten, nicht noch von David Alexander vernascht zu werden. Er staunte nicht schlecht. Er hatte nämlich immer gedacht, Raumpfleger seien gedankenlose, faule Roboter. Aber er selbst musste sich bei der Arbeit ganz schön den Arsch aufreißen.

Ben Fischer wäre vor Wut am liebsten die Wände seines Hotelzimmers im Taft-Hotel hochgegangen. Cara Herzel hätte sie zu ihrem Vater führen sollen, doch sie hatten die Fährte verloren. Bei ihrer Suche hatten sie Kontakt zu einigen der militanteren zionistischen Organisationen aufgenommen, von denen sie sich Unterstützung versprachen. Aber außer verwunderten Blicken und einem feuchten Händedruck war da nichts zu holen gewesen. Man hatte ihnen gegenüber immer wieder betont, der Sache treu ergeben zu sein. Welcher Sache eigentlich? Daraufhin hatten Fischer und sein Team ein paar reiche, pro-israelische Familien besucht. Sie hatten gehofft, dass irgendjemand Avrim oder Cara über den Weg gelaufen war. Auch an Orten, an denen Juden sich gerne versammeln – von den Gebets- bis zu den Gasthäusern – hatten sie gesucht. Alles umsonst.

„Wo zum Teufel stecken sie?“, brüllte er. Seine Worte verhallten nichts sagend in dem kargen Zimmer. Die Einrichtung schien ihn zu verhöhnen. Ein Zimmer für Vertreter. Für Touristen. Das einfallslose Mobiliar ging ihm auf die Nerven.

„Wo sind sie?“ Er stand am Fenster und starrte missmutig auf die Seventh Avenue. Wie ein schmutziger grauer Fluss krochen die Menschenmassen durch die dunklen Hochhäuserschluchten. Es gab zwei Millionen Juden in New York. Zwei Millionen plus zwei. Es war hoffnungslos.

An seiner rechten Schläfe pochte eine Ader, eine dünne, blaue Schnur, die seinen Zorn verriet.

„Wo?“, murmelte er gegen das Fenster. Es war das Warten, das endlose Warten darauf, dass sich endlich etwas tat, was ihm an diesen Einsätzen zu schaffen machte. Er war kein geduldiger Mensch, auch wenn er manchmal so tun musste. Sein ganzes Leben lang hatte er gewartet... Er hatte in den Katakomben unter Jerusalem gewartet, als die Engländer die Häuser durchsuchten und mit ihren genagelten Stiefeln auf den Treppen herumpolterten. Dann, nach seiner Zeit in der Stern-Gruppe, hatte er in Montevideo gewartet ... in Buenos Aires ... in Caracas ... auf Männer, deren Vergangenheit unter den Schrecken von Ravensbrück oder Dachau vergraben waren. Die Vergangenheit konnte man vielleicht begraben, aber nie die eigene Schuld.

Warten ... das ewige Warten. Er wandte sich vom Fenster ab und marschierte zornig auf die gegenüberliegende Wand zu. Er kam aus der Negev-Wüste und war es gewohnt, eine Pistole an der Hüfte zu tragen. Er blickte auf seine Uhr. Zehn Minuten vor drei, und er hatte noch immer kein Wort von Belzer oder Bellikoff gehört. Er murmelte einen stummen Fluch auf Hebräisch und setzte seine rastlose Wanderung durch das Zimmer fort. Es blieb ihm nichts anderes übrig.

Detective Aaron Feldman galt als sehr scharfsinnig. Er war jemand, dem nichts entging. Er hatte scharfe Augen und eine gute Spürnase. Er konnte Verbrecher riechen wie ein Drogenhund ein Klümpchen Hasch im Kosmetikbeutel. Wenn er einen Mann mit einer Einkaufstüte die Straße entlang schleichen sah, ging in seinem Kopf ein Alarm los. Dann hielt er den Mann an, einfach so. Anhalten, Polizeimarke aufblitzen lassen und abwarten: Entweder wurde der Kerl kreidebleich und übergab ihm die Tüte mit dem Diebesgut, oder er machte einen Riesenwirbel, um gleich darauf einen Fluchtversuch zu unternehmen. Feldman hatte Talent, eine Gabe. Momentan saß er an seinem Schreibtisch in dem hässlichen, engen Revierzimmer des 88. Polizeibezirks und betrachtete die beiden Männer, die ihm die Bahnpolizei übergeben hatte. Er dachte scharf nach, um sie in eine der verschiedenen Kategorien von Verbrechern, die wie Strandgut in sein Büro gespült wurden, einzusortieren. Wie Spanner sahen sie nicht aus. Aber wie sehen Spanner eigentlich aus? Die Männer hatten ihre Namen angegeben – Marc Bellikoff und Enoch Belzer – aber sie konnten selbst diese spärliche Auskunft nicht untermauern. Keiner von beiden konnte sich ausweisen. Nicht einmal eine Uhr mit eingravierten Initialen trugen sie. In Aaron Feldmans Hirn schrillten die Alarmglocken. Irgendetwas war hier faul.

„Das ist ein Skandal", verkündete Bellikoff mit gerümpfter Nase. Er tat wie einer, der sich gleich beim Chef beschweren würde. Feldman fixierte ihn mit einem eiskalten Blick. Er hatte Verdacht geschöpft. Der Kerl ging ihm auf die Nerven. Er war zu arrogant, zu selbstsicher. Ein Mann, der vor einem Damenklo erwischt wurde, sollte besser etwas Schamgefühl zeigen.

„Ein Skandal", wiederholte Bellikoff.

Das sagten alle, mit denen er zu tun hatte. Auch seine Frau.

Feldman stieß einen Grunzlaut aus. Dann wandte er seinen stahlharten Blick dem Mann zu, der sich Enoch Belzer nannte. Sephardisch, vermutete Feldman. Jünger als sein Freund. Ein Sensibelchen: seine Unterlippe zitterte fast unmerklich.

„Geilt es euch auf, Frauen beim Pissen zuzuschauen?" Schuld war eine starke Waffe. Peinlichkeit auch.

Belzers Lippe zuckte nun merklich. „Wir haben auf die Bahn gewartet."
„Und wohin wollten Sie?"
„In die Bronx."
„Wohin in der Bronx?"
„Das ist doch lächerlich", unterbrach Bellikoff. „Absolut lächerlich."
„Lassen Sie ihn gefälligst ausreden", schnauzte Feldman. „Er ist kein Kleinkind."
Enoch Belzer begann zu schwitzen. Er überkreuzte die Beine und starrte auf seine rechte Schuhspitze. Seine Schuhe waren Sonderanfertigungen aus italienischem Leder. Solche Schuhe, dachte Feldman, kosteten fünfundsiebzig Dollar bei Brooks Brothers oder einer der anderen Herrenboutiquen wie Meledandri oder Battaligia. Enoch Belzer hatte zehn Dollar dafür gezahlt, und zwar in Montevideo. Er wünschte sich, jetzt wieder dort zu sein.
„Wo wollten Sie hin in der Bronx?"
„Zu dem Baseballstadion. Das berühmte Stadion der New York Mets." Er zwang sich zu einem schmeichlerischen Lächeln, wie es Touristen manchmal tun. Bellikoff stöhnte laut. Feldman lehnte sich mit einem wölfischen Grinsen in seinem Stuhl zurück.
„Ihr seid lustig. Die weltberühmten Mets ... im November ... in der Bronx, um Himmels Willen."
„Ich möchte jetzt einen Anruf tätigen", sagte Bellikoff.
„Sie können sogar drei Anrufe tätigen, falls ich sie einbuchte. Ich bin mir da noch nicht sicher. Vielleicht können wir die Sache aus der Welt schaffen, vielleicht auch nicht. Sie müssen nur ehrlich sein. Einer von Ihnen muss mit dem Lügen aufhören."
„Kein Mensch lügt hier", sagte Bellikoff schnell. „Mein Freund war nur etwas verwirrt. Wir wollten das Shea-Stadion sehen, in Queens. Wir überlegten, welche Bahn wir nehmen sollten. Zufällig standen wir vor der Damentoilette, während wir die Sache besprachen. Das ist alles. Mehr nicht."

Detective Feldman presste die Lippen zusammen und kratzte sich mit dem Bleistift hinter dem Ohr. „Und was ist mit Ihren Brieftaschen?"

„Das habe ich doch schon gesagt. Die Brieftaschen haben wir im Hotel vergessen. Ein Versehen ... oder eine Unachtsamkeit, nennen Sie es, wie Sie wollen."

„Ich nenne es eine Lüge. Wollen Sie mich für dumm verkaufen?"

„Ich bestehe auf meinem Telefonanruf", sagte Bellikoff leise, fast erschöpft. „Ich muss darauf bestehen."

Er kam sich ziemlich blöd vor. Seit zehn Jahren nahm er nun als Mitglied von Fischers Team an hoch gefährlichen, wichtigen und streng geheimen Einsätzen teil. Seinen Ausweis hatte er nie dabei – höchstens einen gefälschten – so dass bei einem eventuellen Fehlschlag keine Verbindung zu ihrem Ursprungsland hergestellt werden konnte. Der jetzige Einsatz war viel zu hastig abgelaufen. Sie hatten weder die Zeit gehabt, irgendwelche Dokumente zu fälschen, noch hatten sie es für nötig gehalten. Fischer nahm den Fall einfach zu ernst, davon war Bellikoff von Anfang an überzeugt gewesen. Er hatte gegen die Maschinengewehre und das hohe Maß an Geheimhaltung protestiert, aber sein Widerspruch war bei Fischer auf taube Ohren gestoßen. Nun mussten sie für dessen Sturheit einen unerhörten Preis zahlen.

Nicht Bellikoff tätigte den Anruf, sondern Feldman. Fischer schien nicht sonderlich überrascht oder verärgert zu sein, dass zwei seiner Männer auf dem Polizeirevier schmorten. Er hörte einfach nur zu und sagte, dass er sich sofort in ein Taxi setzen und kommen würde. Das Missverständnis wäre sicher schnell geklärt. Während er redete, überstürzten sich bereits seine Gedanken. Sie mussten sofort aus dem Taft-Hotel ausziehen und sich einen Stützpunkt in einem anderen Stadtteil suchen. Er befahl Levi Yadin und Mordecai Tal – den restlichen Mitgliedern der Einsatztruppe – sofort ihre Sachen zu packen und ins Talbot-Hotel an der 9th Avenue, Ecke 23rd Street, zu ziehen. Yadin und Tal waren zwar noch jung, doch sie arbeiteten bereits seit drei Jahren für Fischer und führten dessen Befehle ohne zu zögern aus. Noch bevor Fischer an dem Polizeirevier an der 88th Street ankam, hatte sein Team die Taschen und die Ausrüstung nach Chelsea gebracht.

Fischer brauchte nur fünf Minuten. Wenn es darauf ankam, konnte er sehr freundlich auftreten. Aaron Feldman war von der Darbietung eher verärgert. Fischer zeigte Bellikoffs und Belzers Diplomatenpässe und ließ – von einem Juden zum anderen – Anmerkungen fallen, wie prekär die Situation des Staates Israels doch sei und dass man dessen Existenz unbedingt schützen sollte, und zwar mit allen Mitteln. Auch mit dem Überwachen von U-Bahn-Toiletten.

„Dies sind schwierige Zeiten", sagte Fischer. „Aber es ist jede Entbehrung und jede Schmach wert, finden Sie nicht?"

„Ich habe schon gespendet", knurrte Feldman.

„Bitte?"

„Nichts. Nehmen Sie Ihre zwei Witzfiguren und verschwinden Sie. Ich hab zu tun."

Fischer hielt einen Moment inne. Feldman war Jude, aber er war auch Polizist, ein New Yorker Polizist. Das Wohlergehen Israels interessierte höchstens seine Mutter, die dort gerne mal Urlaub gemacht hätte. Ihn selbst beschäftigte sein Gebrauchtwagen und der gelegentliche Wochenendausflug nach Jones Beach viel mehr als der Judenstaat. Er würde trotz ihres gemeinsamen Judentums nicht tatenlos zusehen, wie israelische Agenten in seinem Territorium rumschnüffelten. Genauso wenig wie italienische Bullen die Mafia duldeten oder schwarze Cops die militanten Aufwiegler. Mag sein, dass die Juden wirklich das auserwählte Volk waren. Doch der New Yorker Polizei war das völlig egal. Feldman würde auf der Hut sein.

Fischer zwang sich zu einem verbissenen Lächeln. „Schalom."

„Schalom", erwiderte Feldman ohne aufzublicken. Arschlöcher, dachte er. Die internationale Politik machte ihre eigenen Gesetze, die alle anderen ausstach. Er war mit Leuten wie

Fischer bestens vertraut – und mit den Schäden, die sie anrichten konnten. Er dachte dabei an einen jungen Studenten aus der Dominikanischen Republik, der hier in New York an der Columbia University immatrikuliert gewesen war. Ein junger, belesener und wortgewandter Mann, dessen vereinzelte Artikel über den Trujillo-Clan in der Times veröffentlicht worden waren. Irgendwann war der Junge verschwunden und seine Freunde hatten angefangen, sich Sorgen zu machen. Zurecht. Feldman fand ihn schließlich in einer leeren Wohnung in Morningside Heights. Man hatte ihm die Hände auf den Boden genagelt und seine Zunge herausgeschnitten. Er war in seinem eigenen Blut ertrunken. Und das nannte sich Politik? Wer so etwas tat, wer für so etwas Geld nahm, konnte seiner Meinung nach verrecken. Er griff nach dem Telefon und rief Lieutenant Anderozzi an, in dessen Revier das Taft-Hotel lag. Vielleicht sollte man seine Glaubensbrüder besser beschatten lassen, bevor sie irgendwelche Araber ohne Fallschirm aus dem Fenster stürzten.

Eine gute Idee, aber leider zu spät. Fischer hatte gemogelt. Feldman war noch nicht in das Spiel eingestiegen, da hatte er bereits den nächsten Zug getan.

Shaft war ein Schwarzer, daran war nichts zu rütteln. So war es in Harlem gewesen, so war es in der Army gewesen, so war es auch in den Augen des weißen Establishments. Aber als Putzhilfe bei Morris Blackburn war er zum ersten Mal ein Nigger. Es war wie ein giftiger Gestank, der ihm den Atem raubte und seine Sinne trübte. Vielleicht hatte man ihm einen bösen Streich gespielt, vielleicht waren Simon Solomon und seine Freunde nur Schauspieler aus einer Vorstellung von „Anatevka“, die ein ausgeklügeltes Spiel mit ihm trieben. Man hatte Shaft so weit gedemütigt, dass er sich mehr als Tier denn als Mensch fühlte. Er war jetzt nur noch „Nigger John“. Und Morris Blackburn war sein Massa.

Der ganze Straßenblock war voller solcher Boutiquen. In jedem ein Nigger. Für Shaft ein herbes Erwachen.

Bei Donovan & Cathcart, Silberschmuck, war es Andy. Bei der Phelps GmbH, Inneneinrichtungen, war es Paul. Und bei Jackson Bean, Herrenausstatter, ein Kerl namens Willie. Andy, Paul, Willie und John. Das klang wie eine etwas suspekte Kanzlei von Winkeladvokaten oder eine Varieteshow am Strand von Fire Island. Shaft hatte sie an seinem zweiten Arbeitstag kennen gelernt. Sie besuchten sich gegenseitig in den Kellern der Nobelgeschäfte, um gemeinsam auf ihren belegten Brötchen zu kauen. Die dreistöckigen Läden hatten alle eine sehr unterschiedliche Ausstattung. Donovan & Cathcart war eine Marmorgruft. Die Phelps GmbH war eine zauberhafte Elfenwelt aus Seide und Rosenholz. Jackson Bean roch nach der guten alten Zeit, komplett mit Eichenvertäfelung an den Wänden und altmodischen Laternen. Blackburns Juweliergeschäft erinnerte an einen glitzernden Smaragd, gebettet auf Diamanten. Aber unter den Parkettböden, in den Kellerlöchern, waren sie alle gleich. Dunkle Höhlen, die mit Heizungsboilern, Rohren, Müllcontainern und rostigen Waschbecken voll gestopft waren. Leider musste er hier unten arbeiten.

„John, die Toilette im zweiten Stock ist übergelaufen."

„John, die Türklinken müssen noch mal poliert werden."

„John, den Goldschmieden ist kalt. Kannst du mal nach den Heizungsrohren schauen?"

Er gab nie eine Antwort. Er nickte nur und machte sich an die Arbeit.

Und so ging es weiter. Von morgens bis abends. Den lieben, langen Tag lang schieben und schleppen, putzen und polieren, wischen und saugen. Er fragte sich, warum die dämlichen Hurensöhne, die diese Arbeiten normalerweise erledigten, keine Gewerkschaft hatten.

Was ihn überraschte, war die aufdringliche Freundlichkeit der Kollegen. An der Fifth Avenue gab es kein einziges Restaurant, das Putzleute reinließ, also musste er an seinem ersten Tag vier Straßen durch die beißende Kälte latschen. Es blieb ihm schließlich gerade genug Zeit für ein paar Hotdogs und eine

Pepsi in Nedick's Deli, dann musste er wieder zurück. Am zweiten Tag hatte er ein Pausenbrot mitgebracht, ein gigantisches Sandwich, das er am Abend zuvor in einer Delikatessen-Metzgerei an der Hudson Street gekauft und über Nacht im Kühlschrank aufbewahrt hatte. Immerhin hatte er so Zeit zum Nachdenken. Jetzt konnte er in der Mittagspause gemütlich auf einer Matratze rumlümmeln, die Elvon irgendwann mal angeschleppt hatte.

Schon bald war es mit der Ruhe vorbei. Kaum hatte er sich auf die Matratze plumpsen lassen, klopfte es an der Tür. Drei Schwarze mit braunen Papiertüten kamen reingeschneit.

„Du bist nicht Elvon", sagte einer von ihnen.

„So viel ist uns beiden klar", erwiderte Shaft. „Aber wer bist *du*?"

Und so wurde Shaft dem Feinschmeckerklub der Dienstmänner vorgestellt, der sich jeden Dienstag und Donnerstag in Morris Blackburns Keller traf. Andy, Paul und Willie. Und jetzt auch John.

Andy und Paul gingen auf die sechzig zu. Sie schlurften durchs Leben wie Schokoriegel, die man zu lange in der Sonne hatte liegen lassen. Nur Willie war ein Draufgänger, ein gut gekleideter kleiner Mann mit gelblich-brauner Haut, die wie Pergament über sein Gesicht gespannt war. Sein Alter war schwer zu schätzen. Fünfundzwanzig? Fünfzig? Er hatte ein zeitloses Gesicht. Er betrachtete John mit spöttischer Belustigung, die an Verachtung grenzte.

„So, so, so. Du bist also Elvons Vetter." Willie saß in einem Stuhl, die Tüte mit seinem Mittagessen zwischen den Beinen, und musterte Shaft von Kopf bis Fuß. „Du siehst ihm aber überhaupt nicht ähnlich."

Shaft zuckte mit den Achseln. „Er ist mein Vetter, nicht mein Vater."

Andy und Paul fanden das lustig und kicherten. Dann setzten sie sich auf die Matratze und kramten ihre Sandwiches hervor. Eine Zeit lang kauten die Männer schweigend auf ihren Broten.

Sie schienen so fern von der Welt dort oben wie Mumien in einem riesigen Grabmal.
Dann fing Old Andy an zu quatschen, und als die ersten Worte aus seiner dunklen Kehle drangen, wurde John Shaft so einiges klar. Jetzt wusste er, was sie hier überhaupt zu suchen hatten. Die Männer löffelten den neuesten Tratsch auf, als sei er Suppe, tauschten Gerüchte aus wie Kinder, die über Sammelmarken verhandelten. Andy und Paul konnten es kaum abwarten, Vetter John die Wahrheit über seinen Arbeitgeber zu erzählen. Obwohl er schon viel über Blackburn wusste, gab er sich angemessen überrascht.
„Alexander ist schwul?"
„Das kannst du mir glauben", gluckste Andy. „Du solltest beim Fegen gut auf deinen schwarzen Knackarsch aufpassen."
Shaft grinste und nickte.
„Was ist mit Blackburn?"
„Na", sagte Paul. „Um den musst du dir keine Sorgen machen. Ein Weiberheld. Hat dir Elvon nichts über ihn erzählt?"
Shaft schüttelte den Kopf.
„Hat Probleme mit dem lieben Geld. Die Kunden und Gläubiger machen sich langsam Sorgen."
Shaft fühlte sich wie der Staubsauger, mit dem er den dicken Teppichboden oben gesäubert hatte. Paul und Andy bedurften keiner weiteren Ermutigung, um ihre Funde auszubreiten. Sie wetteiferten miteinander, Morris Blackburns Lebensgeschichte erzählen zu dürfen. Oder zumindest die Gerüchte, die von den Kunden in den silbernen Hallen von Donovan & Cathcart und den seidenen Korridoren der Phelps GmbH in Umlauf gesetzt worden waren. Den Schwarzen, die da polierten und Staub wischten, schenkte niemand irgendwelche Aufmerksamkeit.
Und während Andy und Paul weiter quasselten, saß Willie schweigend da, obwohl er in den eichenholzgetäfelten Ankleidekabinen des exklusiven Modemachers Jackson Bean sicher auch viel zu hören bekam. Er kaute auf seinem Essen herum

und betrachtete Shafts Gesicht. Das reizte Shaft. Er wollte wissen, was Willie zu sagen hatte.
Der kalte, graue Nachmittag wurde schnell zu einer kalten, dunklen Nacht. Gerade so als hätte man der Stadt einen Eimer Finsternis aufgesetzt. Verfrorene Gesichter, rote Nasen und aufgeplatzte Lippen waren dem Wind, der vom Hudson River aus die Straßen entlang wirbelte, ebenso schmerzhaft ausgesetzt wie Miniröcke und dünne Anzüge.
John Shaft rannte die Fifth Avenue entlang, auf den U-Bahn-Eingang der 53rd Street zu. Die dicht gedrängten Körper strömten Wärme aus – und die besondere Duftnote der New Yorker U-Bahn-Passagiere.
„Haben sie etwas gegen die Leute in der U-Bahn, Mr. Shaft?"
„Sie sehen gepflegt aus, aber sie stinken. Wenn man nahe genug an sie rangeht, merkt man es. Ein übler Gestank, als wären sie alle schon lange tot und mit Schmutz bedeckt."
Das war sein persönliches Vorurteil. Aber immerhin spendeten sie Wärme – genug Wärme, dass er es durchs Village bis zu dem kleinen, rechteckigen Wohnhaus an der Ecke Jane Street und Hudson Street schaffte.
Er überlegte, ob er kurz in der No Name Bar vorbeischauen sollte. Die orangefarbenen Leuchtkugeln versprachen mehr Wärme als das Hinterteil seines Sitznachbarn in der U-Bahn. Schließlich verwarf er den Gedanken. Scheiß drauf. In den Klamotten konnte er sich da nicht sehen lassen. Er schlüpfte ins Haus und ging drei Etagen hoch, jeweils zwei Stufen auf einmal nehmend. In seiner Wohnung angekommen, knallte er die rot bemalte Tür hinter sich zu. Und ließ seine fleckige Arbeitskleidung einfach auf den Teppich fallen. Es müsste ohnehin mal wieder geputzt werden, dachte er.
Endlich konnte er duschen. In der einen Hand hatte er ein Stück Seife, in der anderen ein Glas Johnny Walker. Das heiße Wasser lief an seinem Gesicht herab. Wenn er jetzt zwischen Ficken und Duschen entscheiden müsste, würde ganz klar die Dusche gewinnen. Ein hübscher Arsch ist was Feines, das stand

außer Frage. Aber unter einer heißen Dusche konnte man entspannen, einen Drink zu sich nehmen und nachdenken. Und man konnte pissen, in der Nase bohren und den Gestank der eigenen Vorurteile abwaschen. Von all dem machte er ausgiebig Gebrauch. Als er in einem japanischen Kimono bekleidet wieder unter der Dusche hervorkam, war er ein neuer Mensch – ein besserer Mensch. Er kramte nach dem Schreibblock, in dem er seine Notizen machte. Er überblätterte die ersten zehn Seiten und fügte dann seinem Blackburn-Dossier weitere Informationen hinzu.

Seine Notizen waren interessant, wenn auch etwas chaotisch. Es kursierten enorm viele Gerüchte über Blackburn. Manche davon kamen der Verleumdung nahe. Shaft fügte die einzelnen Puzzelstücke so gut es ging zu einem Gesamtbild zusammen. Was bislang an den Tag trat, war bruchstückartig und widersprüchlich, aber eines schien klar: Morris Blackburn war ein überaus charmanter Mistkerl. Der Kerl würde selbst mit einer Klapperschlange ins Bett steigen, wenn er sich dadurch einen Gewinn versprach. Vielleicht konnte er für die versilberten Hornringe den doppelten Preis erzielen. Trotz seiner geschäftlichen und sexuellen Skrupellosigkeit – oder vielleicht gerade deswegen – galt er unter den Damen der New Yorker Schickeria als guter Fang. Ihm standen viele Türen offen – und fast alle Betten.

„Okay, er bumst wie ein Gott“, murmelte Shaft in sein Glas. „Wen interessiert der Scheiß?“

Simon Solomon, zum Beispiel. Er rief um 19.00 Uhr an.

„Also?“ Simon Solomon kam unverblümt zu Sache. Was anderes hatte Shaft auch nicht erwartet.

„Nichts Weltbewegendes. Außer Sie interessieren sich für sein Liebesleben.“

„Eine weitere seiner Sünden. Er behandelt seine Liebschaften wie seine Diamanten.“

Shaft wollte schon anmerken: „Dann ist alles im Arsch“, aber er verkniff sich die Bemerkung. Stattdessen sagte er: „Angeb-

lich hat Blackburn eine Kette aus schwarzen Perlen verkauft. Allerdings stellte sich heraus, dass eine davon einmal Teil eines Bierflaschenbodens gewesen war..."
„Mich interessieren nur die Diamanten."
Wer mit Shaft handelte, handelte sich auch seine Wut ein. „Verdammt noch mal!", sprudelte es aus ihm heraus. „Der Kerl ist bei einer Sauerei mit Perlen erwischt worden, warum nicht auch mit Diamanten? Das eine führt zum anderen."
Der Alte ging darauf nicht ein. Er knurrte nachdenklich.
„Fällt Ihnen sonst noch etwas ein, Mr. Shaft?", sagte Solomon schließlich. „Irgendetwas?"
„Tja, wie gesagt, da war die Sache mit der Perle ... und mir kam zu Ohren, dass er fünf Jahre lang einen jungen schwarzen Chauffeur namens Deacon hatte. Tja, und der ging letzte Woche weg."
„Entlassen?"
„Nein ... einfach weggeschickt. Mit voller Bezahlung, bis auf weiteres. Deacon ging nach Florida. Er hatte genug Urlaubsgeld dabei, um sich einen brandneuen Ford Maverick leisten zu können. Was wiederum gegen die Gerüchte spricht, dass Blackburn Geldsorgen hat."
„Das ist ... interessant", sagte Simon Solomon nach einer langen, nachdenklichen Pause. „Sie müssen unbedingt mehr herausfinden, Mr. Shaft. Sie müssen sich hocharbeiten. Es ist an der Zeit, aus dem Keller zu steigen."
„Dann wär's auch an der Zeit für ein paar gute Vorschläge."
„Sie sind doch hier der Detektiv", sagte Simon Solomon – und legte den Hörer auf.
Hocharbeiten, dachte Shaft. Er nippte an seinem Drink und nagte auf den Fingerknöcheln herum. Verdammt. Von David Alexander am Arsch rumfummeln lassen. Dann käme er sicher schnell hoch. Er versuchte sich kurz vorzustellen, wie David Alexanders Liebesleben aussehen mochte. Wer, was, mit wem. Nicht mit ihm, soviel stand fest! Eventuell gab es noch eine andere Möglichkeit. Er griff nach dem Telefonhörer, um Amy

Taylor-Davis anzurufen. Bei ihr war immerhin klar, wer was tat. Jetzt ging es nur noch um das wo.

Ben Fischer lehnte sich in seinem Stuhl zurück und beobachtete die Sandsteinfassaden gegenüber des Hotels. Aber obwohl er sie so intensiv anstarrte, nahm er die Häuser nicht wahr. Sein inneres Auge blickte in die Vergangenheit. Er hatte Sehnsucht nach Revivim, hatte das Bedürfnis, den heißen Wind des Negev zu spüren, den Duft der Orangenbäume im Kibbuz Ehud Shani zu riechen. Er wollte wieder auf dem kleinen Hügel stehen, wo die zehn Opfer eines Fedajin-Überfalls begraben lagen, darunter auch seine Frau und sein kleiner Sohn. Damals waren die Bäume gerade gepflanzt worden und kämpften in der brennenden Hitze um ihr Überleben. Jetzt überzogen sie das ganze Tal mit ihren Blüten. Die Bäume waren so alt wie sein Sohn, wenn er gelebt hätte.
Ben Fischer war nicht sentimental. Seine Erinnerungen rührten ihn nicht zu Tränen. Im Gegenteil, sie bestärkten ihn in seinem Zorn und seiner Entschlossenheit. Er hatte sein Leben der Sicherheit eines kleinen Stückchens Erde gewidmet, das so winzig war, dass man es in den Weizenfeldern von Kansas nicht wieder gefunden hätte. Wenn er für dieses Land töten müsste, so würde er es tun. Er würde für sein Land auch betteln und drohen. Außer Fischer ahnten höchsten zwei oder drei Männer in Tel Aviv, wie wichtig diese Mission für die zukünftige Sicherheit seines Landes war. Avrim Herzel hatte einen Trumpf im Ärmel, der jede andere Karte ausstechen konnte. Er hatte in seinem Labor eine Waffe geschaffen, die ganze Länder in die Knie zwingen konnte. Fischer hatte geplant, Nachweise für Herzels Genialität in Johannesburg, Amsterdam, London und New York vorzuzeigen. Er hatte geplant, sie wie Kieselsteine über die Konferenztische des internationalen Diamantenhandels kullern zu lassen. Wie viel würden DeBeers oder der Oppenheimer-Konzern in Waffen, Panzern, Flugzeugen, Öl und finanziellen Garantien ausspucken, um ihre Vormachtstellung

im Diamantenhandel zu bewahren? Hatten sie überhaupt eine andere Wahl? Gerne würden sie es nicht tun, aber Machthaber sind stets auch Realisten. Sie würden zetern, drohen, fluchen und weinen ... aber letztendlich würden sie zahlen.
Und diese unfassbare Macht ruhte im Kopf eines alten Mannes irgendwo in New York. Er musste gefunden und nach Israel zurückgebracht werden. Er musste gefunden werden, bevor jemand anderes es tat und seine Entdeckung für seine Zwecke ausnutzte.
Bellikoff, dieser Idiot. Fischer drehte sich in seinem Stuhl um. „Hast du sie verloren, oder hat sie dich abgehängt?"
„Sie ist etwas zu lange in der Toilette geblieben. Sie wusste nicht, dass wir da waren. Davon bin ich überzeugt."
Bellikoff war von vielem überzeugt. Er hatte einen ungeheuren Wissensschatz, wie man es von einem Dozenten aus Oxford auch erwarten konnte, aber was menschliches Verhalten anging, war er völlig unerfahren. Cara Herzel war eine sehr sorgfältige Person. Sie hatte die Wohnung an der 89th Street, in der sie sich bis dahin aufgehalten hatte, verlassen und war zur U-Bahn-Station an der 86th Street gelaufen, um in die Bahn Richtung Downtown einzusteigen. Wenn sie wirklich aufs Klo gemusst hätte, dann hätte sie es vorher getan. Nie und nimmer wäre sie auf eine öffentliche Toilette gegangen, außer um Verfolger loszuwerden. Der Beweis war, dass Cara Herzel nicht zur 89th Street zurückgekehrt war und dies auch nicht tun würde. Die Spur war kalt. Nutzlos. Sie würde sie nie zu ihrem Vater führen. Jetzt blieb ihnen nur noch eine Möglichkeit. Sie mussten den Alten abfangen. Aber wo? Und wie?
Ben Fischer starrte hinaus in die Nacht. Hinter den dunklen Fassaden der Sandsteinhäuser funkelte die Stadt wie eine Hand voll Diamanten auf schwarzem Samt. Wer ein Ei will, sollte sich ein Huhn suchen. Avrim Herzel stellte Diamanten her. Er würde dorthin gehen, wo jene Schätze aus reinem Kohlenstoff verhökert und verpfändet wurden – in den Diamond-District. Irgendwo in der glitzernden Schlucht der 46th Street oder den

weiter entfernten Geschäften, die sich wie Perlen an einer Kette die Fifth Avenue entlang zogen, würden sie ihn finden. Sie würden ihn nach Tel Aviv zurückbringen, wo er hingehörte ... und wenn sich ihnen jemand in den Weg stellte, so möge Gott in seiner Weisheit Mitleid haben, denn Ben Fischer hatte es nicht.

Sie fand es herrlich, wie die Lichter auf den dunklen Wässern des Hudson Rivers schimmerten und tanzten, wie die Autos sich durch das Spinnennetz der Riesenbrücke schlängelten. Herrlich und irgendwie beruhigend, trotz des hektischen Verkehrs der Fulton Street. Eine Stunde lief sie bereits durch Brooklyn Heights am Fluss entlang. Norman Greenfeld hielt mit ihr Schritt. Seine kräftige Gestalt war in einen Regenmantel gehüllt. Das ist doch nicht normal, dachte Greenfeld düster. Bei Nacht geht man doch nicht in Brooklyn spazieren! Sein einziger Trost bestand darin, dass die große, gebräunte Israelin nicht durch den Red-Hook-Bezirk wandern wollte. Man musste für alles dankbar sein. Er stapfte neben ihr her. Mit jedem Schritt wuchs sein Unmut. Dennoch war er dankbar für ihre Anwesenheit, ihre schier unerschöpfliche Kraft. Ethel hatte vollstes Verständnis gehabt, dass er sie mit nach Hause gebracht hatte. Was war ihm schon anderes übrig geblieben? Ein junges Mädchen auf der Suche nach ihrem Vater, hilflos, verloren, kaum der englischen Sprache mächtig? Was hätte er schon tun können? Sie einfach irgendwo loswerden? Nein, das ging natürlich nicht. Ethel hat das auch eingesehen. Sie hatte die Kleine bemuttert, sich gefreut, sie im Haus zu haben. Als die Kinder noch da wohnten, wirkte es immer zu klein, jetzt kam es ihr groß und leer vor. Fünfundzwanzig Jahre lang war Norman Greenfeld mit seinem Taxi kreuz und quer durch Manhattan gekurvt, bis das Haus in Flatbush abbezahlt war. Der Taxameter hatte Millionen von Kilometern verbucht, mit deren Hilfe er seine zwei Töchter aufs Hunter College und seinen Sohn auf die New York University hatte schicken können.

Jetzt zog Esther in San Francisco Babys groß, Sarah lebte in New Mexico und brachte den Kindern der Navajo-Indianern das Lesen und Schreiben bei und Ben...
Ben hätte das Mädchen sicher gemocht. Dessen war sich Norman Greenfeld von Anfang an sicher gewesen. Ben hatte schon immer eine Vorliebe für große Frauen mit langen Beinen gehabt, solche, die mit ihm Schritt halten konnten. Am liebsten Tennisspielerinnen. Eine solche Frau, die an kalten Novemberabenden durch Brooklyn Heights spazierte, wäre genau nach Bens Geschmack gewesen. Ethel und er hatten Cara alles über ihre Töchter erzählt, aber über Ben hatten sie geschwiegen. Er war bereits vor sechs Monaten gestorben, in einem Krankenhaus in Tokio, nachdem er in Vietnam auf eine Mine getreten war. Der Arzt, ein gewisser Major Sweeney, hatte sich in seinem Brief aus Tokio zum Glück nicht weiter über Bens Verletzungen ausgelassen, ihnen aber ans Herz gelegt, ihn nicht zu besuchen. Und jetzt war Ben tot. Es schien eine Ewigkeit her zu sein. Norman Greenfeld warf der Kleinen einen Blick zu. Ja, sie hätte Ben gefallen.
„Ich finde, wir sollten zur Flatbush Avenue gehen und nach einem Bus Ausschau halten. Es ist ganz schön kalt ... und spät."
Mitten im Schritt hielt sie inne und schaute ihn erstaunt an, als hätte sie seine Anwesenheit völlig vergessen. Sie war völlig in Gedanken verloren gewesen und hatte an nichts, außer an ihre eigenen Probleme gedacht. Norman Greenfeld atmete schwer. Sein Gesicht war völlig durchgefroren. In ihrem Herzen spürte sie Reue. Eine Mizwa nach der anderen hatte dieser Mann getan und sie war ohne einen Gedanken an ihn zu verschwenden einfach weiter marschiert.
„Es tut mir Leid. Bitte verzeihen Sie."
„Schon in Ordnung. Es ist nur... Wissen Sie... Ich bin's nicht gewohnt, meine Füße zu benutzen. Ich sitze mein Leben lang auf meinem Toches rum."
„Dann sollten wir zur Bushaltestelle gehen ... und zwar ganz gemächlich."

„Ich bin zwar kein Zaideh, aber bis ins Kings County will ich auch nicht laufen. Scheint, als könnten Sie ewig weiterstiefeln."
„Ich wollte nachdenken. Ich mache mir große Sorgen." Weit draußen in der Kälte und der Finsternis heulte die Schiffshupe eines Schleppers, ein einsames und klägliches Geräusch. „Ich sorge mich um ihn. Sie sind vielleicht kein Zaideh, aber er. Er ist dreiundsiebzig, mein Vater. Außer einem leichten Anzug und einem dünnen Mantel hatte er nichts bei sich, als er Israel verließ."
„Hatte er Geld dabei?"
„Ein wenig. Ich weiß nicht wie viel, aber viel kann es nicht gewesen sein. Er war kein reicher Mann."
Norman Greenfeld ging eine Weile schweigend weiter. Er wollte seine Nase nicht in ihre Angelegenheiten stecken, aber er machte sich Sorgen um das Mädchen. Er wollte ihr gerne etwas Tröstliches sagen.
„Auch wenn er kein Geld hat, heißt das nicht, dass er betteln gehen muss. Hatte er irgendetwas von Wert, dass er verkaufen oder verpfänden könnte?"
Sie dachte an die Juwelen, die Fischer erwähnt hatte. Was für Juwelen? Ihre Mutter hatte nur wenig Schmuck hinterlassen ... ein paar hauchdünne Goldarmbänder ... ein winziger Rubin, eingelassen in einem Medaillon. Sie hatte einmal einen Diamantring besessen, und ihre Mutter hatte ihr oft erzählt, dass sie den darin eingelassenen Diamanten bei ihrer Flucht aus Deutschland hatte verkaufen müssen. Nein, im Haushalt der Herzels gab es keine Juwelen von Wert. Dennoch hatte Fischer welche erwähnt.
„Ich glaube ... er hat ein paar Edelsteine."
„Aha", seufzte Norman Greenfeld. „Lose Steine?"
„Ich weiß nicht. Schon möglich."
„Das macht es etwas leichter. Wissen Sie, es ist hoffnungslos, in den Synagogen zu suchen. Allein in Manhattan gibt es an die zweitausend. Aber wenn jemand lose Edelsteine verkaufen will, kann er das nur an einem Ort tun, dem Diamond-District.

Morgen bringe ich Sie zur 46th Street. Gehen sie einfach so lange weiter, bis sie jeden Laden abgeklappert haben. So erreichen Sie mehr als in Brooklyn. Es gibt dort sogar ein Gebetshaus."

5

Das frühe Morgenlicht, das durch die Fenster schien, verwandelte das Schlafzimmer in eine blaue Tiefseegrotte. Ein angenehmes Plätzchen zum Schlafen. Nur hatte Shaft kein Auge zugetan. Ebenso wenig wie die nackte schlanke Frau, die neben ihm lag und erneut die Hand nach ihm ausstreckte. Shaft erhob sich aus den verknautschten Bettlaken. Sie versuchte ihn zurückzuziehen, doch ihre Hand rutschte an seiner feuchten Haut ab.

„Bringst du mir ein Perrier aus dem Kühlschrank?", fragte sie mit einem leisen Seufzer. Sie ließ sich auf den Berg von Kissen gleiten.

Er grinste sie an. „Ich muss ein Dutzend Böden wischen."

Er ging ins Bad, um eine Dusche zu nehmen und sich zu rasieren. Sie hatte stets frische Rasierklingen im Bad, was bei ihm daheim nie vorkam. Als er zurückkam, hatte sie die Decke um sich gewickelt wie einen Kokon und lehnte sich an das Kopfende des Bettes. Er lächelte sie an, aber sie erwiderte das Lächeln nicht.

„Von dir kann man süchtig werden", sagte sie.

„Klar", antwortete er und zog seine Shorts an. „Von dir auch. Du hältst einen auf Trab. Das haben wir gemein."

„*Gemein* würde ich es nicht nennen", sagte sie lächelnd. „Eher aufregend."

Sie hatte einen Schluck Mineralwasser genommen und bot ihm das Glas an. Er lehnte ab. Da sie nicht vorhatte, Kaffe zu machen, wollte er sie nicht darum bitten. Als er ging, war sein Mund noch trocken vom vielen Küssen. Er konnte sich kaum noch erinnern, wo er sie überall geküsst hatte. Er war so verflucht müde, dass er Gefahr lief, beim Putzen kopfüber in eine Kloschüssel zu kippen. Oh, Mann. Sie hatte einen Maserati zwischen den Beinen, mit fünf Vorwärts- und zwei Rückwärtsgängen. Er fühlte sich wie ein ausgewrungener Putzlappen.

Er war spät dran. Als John Shaft zu spät zu kommen, war keine

große Sache. Aber als anonymer Kloputzer zu spät zu kommen, der sich leicht ersetzen und daher leicht einschüchtern ließ, war eine andere, traurige Geschichte. Er galoppierte zur U-Bahn-Station und fluchte auf die Bahn. Das fiel nicht weiter auf, denn fast alle anderen am Bahnsteig taten dasselbe.
In Uptown legte er die drei Straßen vom U-Bahn-Ausgang bis zum Geschäft im Laufschritt zurück, aber die verlorenen zehn Minuten ließen sich damit auch nicht wieder wett machen. Ein schlechter Start für seine neue Karriere. Helmut Zinder, der neben seiner Portierfunktion auch Aufseher war und als Hobby vermutlich Lampenschirme aus Menschenhaut sammelte, wartete bereits im Keller, um ihn in die Anwesenheitsliste einzutragen.
„Spät dran heute."
„Weiß ich ja. Die haben mir den Wecker geklaut." Er ließ seine Zähne aufblitzen. Schließlich sollte er sich einschleimen. „Bei mir in der Gegend wohnen welche, die würden Ihnen glatt die dritten Zähne aus dem Wasserglas klauen. Und das Wasser trinken."
Helmut Zinder stieß einen Grunzlaut aus und wandte seinen Blick ab. Er betrachtete sein Bild in einem langen Spiegel, der an der Tür seines Spinds angebracht war. Er sah, wie immer, hervorragend aus.
„Machen Sie keine Gewohnheit daraus. Kaufen Sie sich einen neuen Wecker."
„Klar mach ich das. Klar mach ich das."
Shaft machte sich mit Schwung und Elan ans Putzen. Er wischte mit dem Mopp über den grünen Marmor der Eingangshalle, um dem Ganzen danach mit der Bohnerwachsmaschine den letzten Schliff zu verpassen. Nach und nach trafen die Angestellten ein, langsam und würdevoll, wie es sich für die Mitarbeiter einer solch illustren Firma gehörte. Die meisten waren ältere Herren, aber es gab auch ein paar Schwule in Pierre-Cardin-Anzügen, mit Goldkettchen am Handgelenk.
Shaft hielt nach Mr. Alexander Ausschau, während er im Aus-

stellungsraum Staub saugte. Es wurde neun Uhr ... dann neun Uhr dreißig. Die graziöse Gestalt seines Chefs war nirgends zu sehen. Um genau zehn Uhr traf Seine Durchlaucht, Mr. Blackburn, höchstpersönlich ein. Shaft polierte gerade eine Theke. Er sprang auf und drückte den Rufknopf des Aufzugs für ihn. „Guten Morgen, Mr. Blackburn", sagte er. So richtig schleimig. Blackburn sah durch ihn hindurch und betrat wortlos den Lift. Schwarz mag schön sein, aber wer sieht es? Der unsichtbare Schwarze wandte sich wieder der Theke zu. Innerlich verfluchte er Blackburn. Hoffentlich quetschte ihm die Aufzugstür die Eier ab.

Scheiß drauf. Shaft hielt weiterhin nach Alexander Ausschau. Irgendwie musste er Zutritt zum Tempelinneren bekommen. Die Welt oberhalb des Kellers und des Erdgeschosses war Shaft verschlossen. Er wusste, dass in den oberen Stockwerken die Goldschmiede und Schleifer arbeiteten. Außerdem waren da noch die Tresore und die stahlverkleideten Lagerräume. Die gedrungenen, knorrig und fremdländisch anmutenden Männer, die in den oberen Stockwerken arbeiteten, waren Shaft so fremd wie Baumwollpflücker in Mississippi. Sie betraten und verließen das Haus durch einen separaten Eingang – eine Stahltür in dem engen Durchgang, der Blackburn von Donovan & Cathcart trennte. Die Tür war nur mit einer Plastikkarte und einem kodierten Schlüssel zu öffnen. Er musste unbedingt das Innere des Hauses erkunden. Und das ging nur, wenn ihm David Alexander den Weg ebnete. Der Gedanke war ihm unangenehm.

Aber wie schon Anderozzi zu sagen pflegte: „Wie oft versuchst du noch, in Scheiße zu treten, um nach Rosen zu duften?"

Vielleicht noch ein Mal. Vielleicht.

„Ich muss etwas mit Mr. Alexander besprechen", sagte er zu Mrs. Baxter von der Telefonzentrale, eine Frau, die aussah wie ein alter Bratapfel in einem Schnellrestaurant. „Wissen Sie, wann er kommt?"

Mrs. Baxter blickte ihn kalt an. Für sie war auch er ein Bratapfel – mit schwarzem Hautaussatz.

„Er ist in Cleveland. In drei Tagen ist er wieder da.“ Ein Licht blinkte auf und sie stöpselte einen Telefonstecker in eine Buchse. „Juwelier Morris Blackburn“, gurrte sie. „Wie kann ich Ihnen helfen?“
Drei Tage! Ein ganz schöner Tritt in den Arsch. In drei Tagen würde Old Elvon seinen Job wieder haben wollen – oder noch ein paar tausend mehr verlangen. Cleveland? Wer ging schon nach Cleveland? Von da rannte man höchstens weg.

Morris Blackburn betrat die gediegene Stille seines Büros und sank in einen schwarzen Ledersessel. Er fühlte sich benommen, wie tot. Er litt an gewaltigen Kopfschmerzen, gegen die auch Tabletten nicht mehr ankamen. Seine Nerven waren völlig am Ende. Er stand am Rande eines Zusammenbruchs, davon war er überzeugt. Ein Teil von ihm verwünschte den Tag, an dem Avrim Herzel in sein Leben spaziert war und ihm die Schlüssel zum Paradies überreicht hatte. Es war keine einfache Formel, die der Alte da hatte. Es gab keine schriftlichen Aufzeichnungen. Der alte Narr hatte alles nur im Kopf. Lediglich eine Liste dessen, was er zur Herstellung von Diamanten, Smaragden und Rubinen brauchte, hatte er Blackburn überreicht. Herzel war dankbar für das Labor, das man ihm in dem ehemaligen Lagerraum eingerichtet hatte, ebenso für das behagliche Zimmer, das ihm in Morris Blackburns geräumiger Wohnung mit Blick über den East River zuteil wurde. Die Wohnung war seinen Bedürfnissen mehr als angemessen, das Labor leider nicht. Es war nur ein Arbeitszimmer. Er brauchte mehr. Wie viel mehr, das war für Blackburn ein Schock gewesen, von dem er sich nur langsam erholte. Die Liste, die Herzel ihm gegeben hatte, war endlos und die damit verbundenen Kosten überwältigend. Absolut überwältigend. Aber es musste sein. Er hatte keine Wahl. Die zweihunderttausend Dollar, die er gezahlt hatte, hätten ihn fast in den Ruin getrieben. Die einzige Lösung bestand darin, David Alexander auf eine weitere Geschäftsreise zu schicken. Oder war es eine Vergnügungsreise für den kleinen

David? Blackburn war sich nicht sicher. David Alexanders Augen brannten wie stahlblaue Edelsteine. Weder sie noch seine dünnen Lippen gaben irgendwelche Gefühle preis. David Alexander war loyal und vertrauenswürdig, ehrlich und verlässlich und außerdem bereit, jede Drecksarbeit zu erledigen. Aber er war auch eine verrückte Tunte. Ein Psychopath? Darüber dachte Blackburn lieber nicht nach. Eines Tages würde er natürlich etwas unternehmen müssen. Schon bald würde David nicht nur peinlich werden, sondern auch zu einer Bedrohung. Morris Blackburn legte seine manikürten Fingerspitzen an seine pochenden Schläfen. Er mochte jetzt nicht an Davids Zukunft denken. Stattdessen murmelte er ein kleines Stoßgebet für die Erlösung von seinen Kopfschmerzen und den Erfolg von Davids derzeitiger Mission.

Entzückend, dachte David Alexander. Einfach entzückend. Er beobachtete den jungen Mann über den Rand seiner Sonnenbrille hinweg. Er war ein Gott, ein Engel, eine Statue! Er schien nur aus goldener Haut und muskulösen Gliedmaßen zu bestehen. Alexander schaute zu, wie der junge Mann seinen Körper mit Sonnencreme einrieb und sich dann auf einer Matte neben dem Pool ausstreckte. Sein Gesicht war der Sonne zugewandt, seine Beine lässig und aufreizend gespreizt. Zwei Girls in Bikinis kamen vorbei, blickten hinab auf seine blühende Jugend und machten hungrige Augen.
„Blöde Fotzen“, zischte David Alexander.
Trotz des heißen Winds, der am Pool entlang fegte, erschauderte er. Das Vordach über der Veranda wurde hin- und hergerissen wie das Segel eines Schoners. Mit einem gewissen Unbehagen fiel ihm auf, dass eine dünne Sandschicht auf dem Tisch lag, an dem er sein Mittagessen einnahm.
Arizona! Was fanden die Reichen nur an dieser Wildnis? Ihm war es völlig unverständlich, aber so war es nun einmal. Die steinigen, braunen Canyons und die endlose, graue Wüste gefielen ihnen nun einmal. Es war wie Miami Beach, nur nicht

ganz so ordinär. Das Geld hier war älter, solider, nicht den Schwankungen der Börse unterworfen. Hier verbrachten Hunderte von alten Männern und abgetakelten Weibern die Winter und ließen ihre schlaffen Körper zu braunem Leder gären. Zu einem dunklen Teint gehörten natürlich auch Diamanten und am Abend, wenn die Damen von Scottsdale ihre Reize und ihren Reichtum zur Schau trugen, schien das Funkeln der Edelsteine mit dem blauschwarzen Sternenhimmel zu wetteifern.

David Alexander trank seinen Eistee aus, bezahlte die erschreckend hohe Rechnung und spazierte in das geräumige Foyer des Casa Verde-Hotels. Es war jetzt 12.33 Uhr. Die Zeit wurde knapp. Er musste seine Geschäfte in Scottsdale erledigen und dann in ein Taxi zum Airport von Phoenix steigen, um den Flug nach Chicago um 14.30 Uhr zu erwischen. Dann könnte er in Chicago umsteigen und zu einer vernünftigen Uhrzeit wieder in Cleveland ankommen. Er hatte lange genug gewartet. Am Zeitschriftenstand kaufte er sich eine Zeitung und spazierte gemächlich auf den Aufzug zu. Seine Nase steckte im Börsenteil der Phoenix Sun. Nichts an David Alexanders Kleidung, Verhalten oder Lektüre unterschied ihn von den anderen Gästen des Hotels. Im dritten Stock stieg er aus und ging den weitläufigen Flur entlang, bis er an Zimmer Nummer 327 ankam. Nach seinen Berechnungen und seinem Wissen um die Angewohnheiten des Mannes müsste Leopold Fishbein sich gerade jetzt auf seine Vertreterrunden vorbereiten. Alle Welt wusste, dass Leopold sich vor 13.00 Uhr mit niemandem traf. Das war nicht ungewöhnlich. So war Leopold nun einmal. In der Branche gab es viele exzentrische Verkäufer und Vertreter, die von ihren Geschäftspraktiken niemals abwichen. David Alexander war von den Juwelenhändlern immer wieder erstaunt. Sie sahen unweigerlich so aus, als hätte das Leben die letzten Spuren ihres Ehrgeizes rücksichtslos zerstört. Wie Willy Loman in „Tod eines Handelsreisenden“. Sie schleppten sich mit ihren vollen Köfferchen von einem Laden zum anderen.

Ihr Mangel an Vorsichtsmaßnahmen war legendär – und manch einer von ihnen zahlte dafür einen hohen Preis.
Er klopfte sanft an die Tür.
„Ja, wer ist da?", sagte eine tiefe, kehlige Stimme hinter der Tür.
„David Alexander ... von Morris Blackburn."
Sofort wurde die Tür geöffnet. Mit unverhohlener Freude führte ihn Leopold Fishbein, ein kleiner, mondgesichtiger Mann in einem verknitterten grauen Anzug, in das Zimmer hinein.
„Schon in Arizona?"
„Wir planen eine Niederlassung hier in Scottsdale", sagte David tonlos. „Vielleicht können wir etwas ... Vorarbeit erledigen. Falls Sie ein paar Minuten Zeit haben."
„Selbstverständlich ... klar doch ... ein paar Minuten, immer doch. Ich war auf dem Weg nach draußen, aber das ist ja egal. Nehmen Sie Platz ... nehmen Sie Platz."
David Alexander setzte sich und ließ seine Hand beiläufig in die Innentasche seines Sakkos gleiten, als wollte er ein Päckchen Zigaretten hervorholen. Leopold Fishbein stand vor ihm und wiegte sich langsam hin und her.
„Wie geht's Morris?"
„Morris geht's gut." Es war zu köstlich. Wie ihn der Kerl anlächelte! So vertrauensselig, so locker. Er legte die Hand um den Griff der .32er und zog sie aus der Tasche. Am Ende des Laufs deutete ein selbst gebastelter Schalldämpfer genau auf Leopold Fishbeins Stirn.
„Was... „, begann er überrascht, aber brachte die Frage nicht zu Ende. Die Pistole machte ein scharfes, japsendes Geräusch, wie ein asthmatisches Husten. Ein scharlachroter Kreis breitete sich auf Leopold Fishbeins fahler Stirn aus. Er war tot, bevor er auf dem Boden aufkam.

„Da ist sie", sagte Mordecai Tal.
Levi Yadin knurrte missmutig. Außer Menschenmengen sah er nichts ... lauter Wald, keine Bäume. „Bist du sicher?"

„Absolut. Sie hat gerade ein Geschäft auf der anderen Straßenseite betreten. Kay's ... der kleine Laden neben Mandelbaum's."
„Sollen wir warten oder hingehen?"
„Ich warte. Du rufst Fischer an und sagst ihm, wo wir sind."
Was für ein Glück! Es war ihm so hoffnungslos erschienen – im riesigen New York eine Frau zu finden. Wie hieß es noch über das Shepheards-Hotel in Kairo? Sitzt man nur lange genug im Foyer, kommt die ganze Welt vorbei. Vielleicht gab es für die Ecke 47th Street und Sixth Avenue ein ähnliches Sprichwort. Sollte man mal nachfragen. Mordecai war ein ernster junger Mann mit einer Vorliebe für obskure Fakten. Außerdem war er unglaublich geduldig und hartnäckig, was ihn für diese so genannten „Fingerhut-Aufträge" unentbehrlich machte. Der Ausdruck stammte von Bellikoff. In England war das ein beliebtes Gesellschaftsspiel. Ein Fingerhut wurde in einem Fass voller Holzraspel versteckt und die Kinder mussten danach suchen, um einen Preis zu gewinnen. Jetzt, wo Mordecai den Fingerhut hatte, würde er ihn nicht mehr loslassen.
Den ganzen Tag lang beschattete das Team Cara, die 47th Street entlang, dann zur 48th Street, und östlich der Second Avenue. Es gab kein Juweliergeschäft, das sie nicht betrat. Die Frau verfügte über erstaunliche Ausdauer – und der Zweck war allen klar.
„Sie hat keine Ahnung, wo er steckt", sagte Fischer. Er saß mit Bellikoff und Belzer zusammen in einem Drugstore, an einem Tisch am Ende des Ladens, neben dem Münzfernsprecher. Sie tranken das, was man in New York Tee nannte – eine Tasse lauwarmen Wassers mit einem mickrigen Teebeutel.
„Vielleicht ist es eine List", sagte Bellikoff. „Wenn Sie Recht haben, und sie weiß, dass sie verfolgt wird, will sie uns vielleicht auf eine falsche Spur locken."
Fischer schüttete etwas Zucker in seine Tasse und rührte geistesabwesend darin herum. „Sie wusste, dass du und Enoch hinter ihr her wart ... davon bin ich überzeugt ... aber ich glaube, dass sie

sich jetzt sicher fühlt. Nein. Sie sucht nach ihrem Vater. Ich habe ihr von den Juwelen erzählt. Natürlich nicht alles, aber sie weiß, dass er Edelsteine hat. Und dass er sie vielleicht verkaufen will."
„Da hat sie womöglich Recht", sagte Belzer.
Fischers Lächeln war geheimnisvoll. „Ich fürchte, dass Cara Herzel die komplexen Gedanken ihres Vaters nicht durchschaut."
Belzer seufzte auf und zündete sich eine Zigarette an. „Warum verschwenden wir dann unsere Zeit damit, ihr zu folgen?"
Das Münztelefon klingelte und Bellikoff sprang auf, um abzuheben. Es war Levi. Cara Herzel war jetzt an der Ecke 49th Street, westliche Richtung. Jetzt, da der Abend dämmerte, bewegte sie sich langsamer.
„Levi meint, sie hält vielleicht nach einem Taxi Ausschau", sagte Bellikoff.
Fischer nickte, als ging alles ganz genauso, wie er es sich vorgestellt hatte. „Sie sollen sie beschatten. Findet raus, wo sie wohnt, dann ab zurück ins Hotel." Er musterte Belzer einen Moment lang. Der Mann war klug, aber wie die meisten Sephardim verstand er den Charakter der Aschkenasim nicht. Er sprach Hebräisch, Ladino, Englisch, Spanisch, Portugiesisch und Französisch. Und Jiddisch. Das heißt, er konnte die Laute nachäffen, aber die Nuancen und der Wortwitz der Sprache blieben ihm verborgen. Außerdem hatte er kein Verständnis für die Menschen, die die Sprache am besten beherrschten – die New Yorker Juden.
„Sag mal, Enoch, weißt du, was Mischpoche heißt?"
„Na klar ... Familie, Verwandtschaft ... wieso?"
„Es bedeutet noch viel mehr. Es ist eine Einstellung, eine Bruderschaft, ein Gefühl der Zusammengehörigkeit. Es garantiert den Zusammenhalt der aus Europa emigrierten Juden. Zumindest bei den Aschkenasim. Die haben diese Einstellung noch immer. Und sie haben Rachmones, was viel tiefer geht als bloßes Mitgefühl. Cara Herzel ist eine Fremde, eine gut aussehende junge Frau, die nach ihrem verschollenem Vater sucht ...

einem alten, deutschen Juden. Die Leute, mit denen sie spricht, wissen, was es heißt, verloren zu sein ... die Welt zu durchkreuzen. Sie stellt Fragen in einer Welt, in der es kaum Geheimnisse gibt. Irgendjemand im Diamond-District muss Avrim Herzel gesehen haben. Irgendjemand wird der Kleinen sein Herz öffnen. Selbst wenn Avrim sich versteckt, er wird sie irgendwie zu ihm bringen. Es wird schwierig sein, aber sie werden einen Weg finden. Fragst du immer noch, warum wir ihr folgen?"
„Nein. Wir tun es."
„Und wir werden ihn finden."

Avrim Herzel nahm seine Mahlzeit schweigend zu sich, so wie es seine Gewohnheit war. Morris Blackburn, der am anderen Ende des antiken Esstischs saß und zaghaft in seinen Nudeln mit Hühnchen herumstocherte, nahm er gar nicht zu Kenntnis. Eine große Müdigkeit hatte sich über Avrim Herzel gesenkt und bedeckte seinen gebrechlichen Körper wie ein schwerer Mantel. Das einzige, was noch Sprünge macht, dachte er bitter, ist der Geist. Einer der kleinen Späße, die die Zeit mit einem treibt. Die Zeit raubt dem Körper alle Kraft, aber sie schickt den Geist in die Welt hinaus wie einen jungen Bock. Er schob seinen Teller zur Seite und blickte Morris wohlwollend an. Morris, Wolfs Sohn ... der kleine Moische. Er war immer ein wählerischer Esser gewesen.
„Weißt du noch, als dein Vater und ich dich mit in den Tiergarten genommen haben? Du hattest einen Matrosenanzug an, Moische, und ich habe dir ein Himbeereis gekauft."
„An diese Zeiten erinnere ich mich nicht mehr", sagte Morris knapp.
„Das tut mir Leid für dich. Die Vergangenheit enthält so viel Schönes."
„In Amerika blicken wir in die Zukunft ... ich auch."
Herzel nickte weise. „Weil du jung bist. Du hast das Leben noch vor dir. Aber es ist das Gestern, was unser Morgen ermöglicht. Das darfst du nie vergessen."

Morris Blackburn stöhnte innerlich. Er verabscheute die Alten und ihre Moralpredigten. Alte Juden waren am schlimmsten. Jeder ein Philosoph. Dieser hier war nur erträglich, weil er zudem ein Alchemist war, ein Zauberer, der ihn reich machen würde.
„Ich nehme die Vergangenheit sehr ernst", sagte Blackburn. „Jeder Jude ist sich der Millionen, die wie meine Eltern ermordet wurden, schmerzhaft bewusst. Das liegt jetzt alles hinter uns, Avrim. Das Leben geht weiter... Aber ich finde, dass wir ihnen etwas schuldig sind." Er rasselte nur das runter, was der alte Narr hören wollte.
Herzel lächelte. „Ja, Moische, wir sind ihnen vieles schuldig. Die Schoah belastet das Gewissen der Gois. Daher haben wir jetzt Israel. Ein geheiligtes Erbe." Er trank etwas Wasser und erhob sich von dem Tisch. „Ich bin sehr müde, Moische ... schrecklich müde."
Mit echter Besorgnis stand Blackburn auf. „Du hast zu hart gearbeitet. Bitte ... du solltest dich etwas hinlegen."
Avrim winkte ungeduldig ab. „Nein. Ich ruhe mich erst dann aus, wenn wir etwas klargestellt haben. Ich habe etwas geschrieben, und ich möchte, dass du es unterschreibst. Ein Abkommen zwischen uns. Ich überlasse dir das Geheimnis meines Vorgangs, wenn du mir versprichst, dass die Edelsteine, die damit produziert werden, als Schenkung an die Welt gehen, ganz umsonst, ein Geschenk im Namen Eretz Israel. Sie dürfen nicht als Waffen an den meist Bietenden verkauft werden. Oder dazu benutzt werden, eine Industrie zu ruinieren. Nur, um sie zu stärken, zu reinigen. Das muss sehr diplomatisch, mit viel Takt und gutem Urteilsvermögen geschehen. Der Diamant ist ein Produkt von Blut und Schmerz, Schweiß und Furcht. Kilometer unter der Erde schuften die Schwarzen, um an die Steine zu kommen. Es gibt Menschen, die dafür töten. Der Diamant müsste rot sein, von all dem Blut, das an ihm klebt. Ich ... *wir* können das ändern. Die Herzel-Diamanten werden rein sein, werden heilig sein."
Blackburn sah ihn wie aus weiter Ferne an. Der Mann war

geisteskrank, davon war er überzeugt. Ein armer alter Jid, der wirre Reden runterrasselte. Nun, er mochte verrückt sein, sein Vorgang war einwandfrei. Nicht Avrim Herzels Arbeit war fehlerhaft, sondern sein Denken.

„Ich gebe dir völlig Recht, Avrim. Ich werde alles tun, um deinen Traum zu verwirklichen."

„Danke, Moische, danke. Ich will so bald wie möglich zurück nach Jerusalem. Die Laborgeräte, die du gekauft hast, sind hervorragend. Ein unglaubliches Land, dieses Amerika. Da bitte ich um die obskursten Sachen und *puff*! Alles da, einfach so. Unglaublich."

„Man braucht nur Geld." Blackburn klang niedergeschlagen.

„Es ist nicht nötig, dass ich die Steine herstelle. Ich muss dir nur zeigen, wie es geht. Es ist ganz einfach. Als würde man einen Keks backen ... ein Kichlach. Ich bleibe noch eine Woche hier. Ich will dir erklären, wie man das Borazon und den Schmelzofen verwendet, und die Zentrifuge und den Laser. Du musst gut aufpassen, kleiner Moische. Aber du bist klug ... gerissen ... du wirst es lernen."

Morris Blackburn spürte, wie sich in seinen Lenden etwas regte. Die schönste Frau der Welt hätte ihn auf Knien um Befriedigung anbetteln können, ohne ihn mehr zu erregen als das, was er hier hörte. Schweiß trat auf seine Stirn.

„Ja, Onkel Avrim ... ich werde es lernen."

Lieber Gott, ja. Lernen und abermals lernen. Der arme Narr. Fast tat es ihm Leid, dass der Alte bald sterben musste. Aber nur fast.

Shafts Wohnung war weder schwarz noch weiß, weder links noch rechts, weder jung noch alt. Es war einfach eine New Yorker Junggesellenwohnung. Hunderte von Mädchen hatten solche Wohnungen schon aufgeräumt, gelegentlich, um ihre Unterwäsche zu finden, öfter jedoch aus Mitleid. Sie kämpften mit den verklebten Gläsern auf den Kühlschränken und Kommoden, sie husteten beim Ausmisten der übervollen Aschenbecher und seufzten laut auf, wenn sie die Dreckspuren auf dem

Fußboden sahen. Auf den verkrümelten Bettlaken scheuerten sie sich die Knie und Ellbogen auf, je nachdem, in welcher Stellung sie sich befanden. Der Preis für den riesigen Kraftaufwand, solche Wohnungen auf Vordermann zu bringen, war eine kurze, arrogante Lust. Am nächsten Tag war die Wohnung dann wieder versaut. Shaft hatte nichts dagegen. Ihn störte es nicht, dass auf seinen Tapes und Schallplatten eine dicke Staubschicht lag, solange noch Musik herauskam, wenn er sie abspielte. Und solange er noch ein Glas für seinen Scotch und eine Tasse für seinen Kaffee fand, war die Welt in Ordnung. (Wenn man sich auch über die seltsamen Krümel wundern musste, die an die Oberfläche stiegen.) Es fiel ihm im Traum nicht ein, seine Bude von Amys schwulen Kumpels in ein Plastikparadies wie sein verflixtes Büro verwandeln zu lassen.

„Scheiße", sagte er laut und riss sich die Uniform der Sklaverei vom Leib, warf Hemd, Hose und Socken in alle Himmelsrichtungen.

Trotzdem war sie ihm unter die Haut gegangen, er war ehrlich genug, das zuzugeben. Wie ein entzündeter Splitter, der immer wieder piekte, wenn man dagegen stieß. Als er sich ausgezogen hatte, verließ er das Schlafzimmer. Nur noch die Armbanduhr trug er, die legte er beim Duschen immer am Waschbeckenrand ab. Und dann merkte er, dass er Besuch hatte.

„Hallo, Elvons Cousin John", sagte Willie, der schweigsame Dienstmann. Er richtete einen Revolver auf Shafts Magengegend, genau auf die drei Narben, die Shaft noch aus Vietnam hatte.

Das pergamentgelbe Gesicht Willies verzog sich zu so etwas wie einem Lächeln. „Ich klingele nur ungern. Und anlügen lass ich mich auch nicht gern. Du gehst mir ziemlich auf die Nerven, Cousin John."

Ein aufdringliches Kerlchen, dachte Shaft. Aber ein Killer? „Soll mir recht sein", sagte Shaft. „Dann eben keine gemeinsamen Mittagspausen mehr."

„Ich weiß, wer du bist und was du vorhast. Ich bin kein Idiot."

Was wollte Willie nur von ihm? Ihm den Auftrag vermasseln? Oder ihm nur auf den Schwanz starren?
„Hey“, sagte Shaft. „Nur ein Idiot glaubt, mich bedrohen zu können.“
Willie sah verärgert aus. Leck mich, dachte Shaft. Am Ende drückte der verdammte Hurensohn noch ab, nur weil er die Spielregeln nicht kannte.
„Kannst ruhig deine Witzchen reißen“, sagte Willie und ließ sich in einem Sessel nieder, „aber bei der ersten Bewegung fliegst du auf die Straße raus, zusammen mit dem restlichen Müll.“
Shaft seufzte und wartete. Was jetzt? Wie die Dinge standen, konnte er Willie höchstens auf die Schuhe pinkeln. Nicht ganz so durchschlagend wie eine Kugel im Kopf. Gar kein Vergleich.
„Also gut“, sagte er. „Was soll der Quatsch? Gibt's dafür irgendeinen Grund?“
„Mein Grund ist hunderttausend Dollar wert“, sagte Willie. „Ich hab vier Jahre meines Lebens investiert. Und die will ich nicht einfach so abschreiben wegen einem Arsch wie dir!“
War Willie betrunken? Bekifft? Oder einfach nur verrückt, wie alle New Yorker?
„Warum legst du nicht die Knarre weg und erzählst mir deine Story. Schließlich sind wir Kumpels, oder nicht? Zumindest Arbeitskollegen. Komm schon, Mann, leg die Waffe weg und gönn dir 'nen Drink.“
„Ich trinke nie“, erklärte Willie fromm.
„Dann eben nicht. Leg wenigstens das Schießeisen weg.“
Willie schüttelte den Kopf. Shaft maß in Gedanken die Distanz, aber der Kleine war zu weit weg. Er kam mit jedem Wort näher, aber nicht nah genug.
„Ich leg die Waffe dann weg, wenn wir hier fertig sind. Wir beide gehen jetzt zusammen zu...“
„In dem Aufzug?“
„Anziehen darfst du dich, Nigger. Aber wir machen's auf meine Tour.“
„Okay“, stimme Shaft zu. Er lächelte sogar. „Da ist nur eine

Sache. Das bleibt aber unter uns. Ich muss was tun wegen meinem Problem."
„Was für ein Problem?"
„Es dauert nur eine Minute. Aber der Arzt sagt, es muss sein, damit mir nicht die Schwanzspitze abfällt."
Armer Willie. Armer doofer Willie. Er fiel auf den Trick voll rein, wandte seine Augen von Shafts Oberkörper ab und warf einen Blick auf das 'Problem'.
Er kam nicht mehr dazu, den Kopf anzuheben. Shafts flacher Handballen zerdrückte Willies zarte Nase wie ein blutgefülltes Bonbon. Die andere Hand fegte die Waffe zur Seite. Die könnte irgendwann nützlich werden. Und als Willie sich keuchend und stöhnend vorbeugte, trat Shaft dem Winzling die Kehle ein. Er rollte über den Boden und umklammerte in qualvoller Todesangst seinen Kehlkopf.
„Wenn du die Nachtschwester brauchst, drück einfach den roten Knopf", sagte Shaft, sammelte die Kanone auf und ging ins Bad. „Der Grüne ist fürs Radio." Der Automatikrevolver war spanischer Herstellung. Er ließ das Magazin rausgleiten und entnahm sieben Kugeln, dazu noch eine aus der Kammer. Dann zerlegte er ihn in zehn oder zwölf Teile. Mit einer Nagelfeile nahm er die Schrauben und Sprungfedern ab, die die Waffe funktionsfähig machten. Schließlich ordnete er die Teile auf der Kloschlüssel sorgfältig an und machte das Fenster auf. Der Nachtwind blies ihm gegen die Brust und ließ ihn heftig erzittern. Er warf die Teile der Automatik aus dem Fenster und hörte zu, wie sie fröhlich klappernd auf die Jane Street und die Dächer der geparkten Autos prasselten.
Dann stieg er unter die Dusche und dachte über Willies Bedeutung in seinem Leben nach. Als er anschließend wieder ins Wohnzimmer kam, war seine Wut auf den Eindringling, der zusammengekauert in der Ecke vor einer Blutlache röchelte, so gut wie verblasst.
„Wehe, du kotzt mir auf den Fußboden, du Wichser. Das machst du hier wieder sauber."

Genau an dem Punkt klingelte das Telefon. Er hatte Simon Solomon nichts zu sagen, und auf väterliche Ratschläge hatte er keine Lust. Er griff nach einer Hose, einem Pullover und schlüpfte in seine Pennyloafers. Dann ließ er sich auf der Couch nieder, zündete eine Zigarette an und schaute zu, wie Willie um sein Leben kämpfte.

Willie brauchte etwa dreißig bis fünfundvierzig Minuten, um sich wieder in die Welt der Lebenden einzufinden. Seine Augen blinzelten und der innere Nebel lichtete sich.

„Hey, Arschloch – aufgepasst", sagte Shaft. „In zehn Minuten brech' ich dir die Beine. Und wenn ich fertig bin, schmeiß ich dich auf die Straße, wie einen Müllbeutel. Bevor wir anfangen: Was hast du hier zu suchen?"

Willie starrte ihn hasserfüllt an, sagte aber nichts. Shaft nickte. Er griff hinter sein Sofa und holte einen Baseballschläger hervor, über den sich seine Kumpel im Central Park immer lustig machten: Keiner außer ihm durfte ihn benutzen. Und ohne ihn spielte er nicht. Es war ein simples Stück Nussbaumholz für drei Dollar, aber er lag ihm einfach gut in der Hand.

Er ließ den Schläger in seine Handfläche klatschen. Die andere Hand umklammerte den Griff. Willies Augen weiteten sich ungläubig. Normalerweise schossen die Leute mit Pistolen um sich, oder stachen mit Messern aufeinander ein. Aber keiner hatte den Mumm, seinen Gegner mit einem Baseballschläger zu zertrümmern.

„Jetzt lass mal hören, Willie", knurrte Shaft. Er beugte sich vor und tätschelte Willie ganz leicht mit dem Baseballschläger das Fußgelenk. Willie zuckte zusammen.

„Du willst meinen Deal vermasseln", maulte Willie.

„Was? Wovon zum Teufel redest du da? Ich hab selber Besen und Eimer. Ich brauch deinen nicht."

Willie verzog das Gesicht und fasste sich ganz vorsichtig an die Tomate, die früher mal eine Nase gewesen war. „Du bist doch John Shaft, oder ... der Detektiv?"

„Sehe ich etwa aus wie ein gottverdammter Cop?"

Willie dachte darüber nach, dann fuhr er fort: „Ich weiß Bescheid. Mir hat ein Kumpel alles über dich erzählt."
Ein Kumpel? Wen konnte dieses Arschloch schon kennen, der auch Shaft kannte? Es lagen Welten zwischen den beiden. Er wusste von keinem, der ... ach, Scheiße!
„Elvon. Du hast mit Elvon Drew geredet, stimmt's?"
Willie knurrte nur. Seine harten Augen brannten wie rote Achate. „Was hat er gesagt?", fragte Shaft. Es folgte eine lange Pause. Shaft holte mit dem Baseballschläger zu einem Schlag aus. Beinah hätte er eine Lampe zertrümmert. Willie glaubte schon, für immer ins Außenfeld geschickt zu werden. Die Jungs im Park hätten vor Begeisterung gejubelt. Willie machte sich vor Angst fast in die Hosen ... und fing endlich an, auszupacken.
„Eines Tages hat Elvon sich voll laufen lassen und mit Geldscheinen rumgewedelt. Er sagte, du hättest ihm drei- oder viertausend Dollar gegeben, um dich bei Blackburn einzuschleichen und ein ganz großes Ding zu planen."
„Da bin ich dir auf die Zehenspitzen getreten. Willst den Laden wohl selbst ausnehmen."
„So was in der Richtung", murmelte Willie, ohne die Augen von dem Baseballschläger zu nehmen.
Shaft grinste. „So einen verrückten Nigger wie dich gibt's nicht noch mal, Willie. Die meisten lassen sich bei irgendwelchen Überfällen auf Imbissbuden abknallen. Für die paar Pfennige hätten sie sich gleich 'nen Job suchen können. Aber du! Du willst dich lieber beim ganz großen Juwelenraub niederschießen lassen."
Er lachte brüllend.
Willie war zutiefst gedemütigt. „Glaubst du wirklich?", fragte er.
„Da bin ich mir sicher, Arschloch", schnaubte Shaft. „Vergiss es. Du glaubst, mit 'ner billigen Pistole sei's getan. Kannst gerade mal ein Schloss aufbrechen und meinst jetzt, den großen Treffer gelandet zu haben. Echt zum Lachen, Willie. Trotzdem

viel Glück. Ich seh's gerne, wenn ein Bruder es bis nach oben schafft, und sei's nur, um sich mit Kugeln vollballern zu lassen. Okay, du willst Blackburn ausrauben, versuch's nur. Lass dir ruhig den Kopf wegpusten. Aber ich hab da einen Job zu erledigen ... für einen Kunden. Ich lass dich in Ruhe, und du mich. In ein oder zwei Wochen bist du mich los. Dann kannst du machen, was du willst."

Willie konnte es nicht glauben. Shaft seufzte. „Los, hau endlich ab."

Willie stand taumelnd auf. „Wo ist meine Knarre?"

„Auf der Straße. Wo du auch hingehörst. Los, hau ab."

Shaft gab mit dem Baseballschläger die Richtung an.

Willie ging auf die Tür zu.

„Du glaubst, ich schaff das nicht bei Blackburn." Sein Stolz war offenbar angeschlagen. „Aber ich weiß schon, wie. Ich kann jederzeit in sein Bürohaus rein. Ich hab das ganze Haus schon ein Dutzend Mal durchsucht. Von oben bis unten. Ich hab noch nichts genommen, weil's noch nicht so weit ist. Noch nicht ganz."

Redete er nur daher? Oder nicht?

„Du hast doch 'nen Hirnschaden", spottete Shaft.

„Von wegen. Das ist kein Quatsch. Ich war in jedem Zimmer. Ich kenne jeden Winkel. Die ungeschliffenen Steine sind im dritten Stock. In einem Safe mit Zeitschloss. Der Safe ist elektrisch verkabelt. Ich hab Elektrotechnik gelernt, schon seit vier Jahren büffel ich. Ich werd ihn schon knacken. Ich hab gedacht, du bildest dir dasselbe ein."

Lieber Gott, dachte Shaft, der meint es ernst. Er glaubte wirklich, dass er nach einem vierjährigen Abonnement von irgendwelchen Hobbyzeitschriften hunderttausende von Dollar in Edelsteinen abstauben konnte. Sing Sing war voller solcher Leute. So viel Dummheit hatte beinahe etwas Heroisches. Aber hatte er wirklich das ganze Haus durchsucht?

Shaft musste wissen, was dahinter steckte. Er hob den Schläger und gab Willie damit einen Klaps. Ganz sachte eigentlich, gerade hart genug, dass dieser zu Boden fiel und sich entspannt ausstrecken konnte. Wenn er wieder aufwachte, würden sie in aller Ruhe seinen Plan besprechen.

6

Von dem Moment an, als sie bei Blackburn eintrat, wusste Cara Herzel, dass sie hier unerwünscht war. Ihr Haar war klatschnass und ihr Mantel tropfte auf den sektfarbenen Teppich. Helmut Zinders preußischer Ordnungssinn war zutiefst verletzt, denn das Etablissement des Morris Blackburn war nichts für Laufkundschaft. Bei Frühlingswetter konnte es zwar mitunter vorkommen, dass Kunden die Fifth Avenue entlang und in den Verkaufsraum schlenderten, aber doch nicht an einem nasskalten Nachmittag im November. Helmut Zinder stand unter der langen Markise, mit einem Schirm bewaffnet und bereit, die Türen von Taxis und Limousinen für elegant gestylte Damen in Miniröcken oder sündhaft teuren Designerjeans aufzuhalten. Aber Cara Herzel? Sein eiskalter Blick hatte sie bereits erfasst, als sie trotzig bei Rot über die Fifth Avenue marschiert war. Sie war durchaus schön anzuschauen. Groß, braun gebrannt, lange Beine. Ihr dunkles, regennasses Haar fiel ihr bis auf die Schultern. Sehr europäisch, fand Helmut. Sie erinnerte ihn an ein Mädchen, das er mal in Paris gekannt hatte. Oder war es Wien? Er hatte erwartet, dass sie vorbeigehen und einen wehmütigen Blick durch die Glastüren werfen würde. Stattdessen hatte sie unter der Markise Halt gemacht, einen Augenblick gezögert und war dann eingetreten.

Helmut Zinder sprang wie ein bissiger Wachhund nach vorne, um ihr den Eintritt zu verwehren.

Doch da wandte sie ihm den Kopf zu und lächelte ihn an – ein knappes, aber herzliches Lächeln, vom Regen verwaschen und kostbar. Und er blieb stehen. Vielleicht gehörte sie doch zur besseren Gesellschaft? Es schien, als wäre sie mit einem wichtigen Auftrag unterwegs. Gut, mitunter traten auch Edelnutten so auf. Dennoch hielt er ihr die Tür auf – und schon stand sie im Geschäft, umgeben von strahlender Wärme. Der Regenmantel, den sie auf Norman Greenfelds Drängen für fünf Dollar neunundfünfzig in einem überfüllten Kaufhaus am Union Square erstanden hatte, klebte an ihrem Körper wie feuchtes Löschpapier. Der Mantel war nicht Wasser abweisend, er sog jeden Tropfen auf wie ein Liebender die Worte seiner Angebeteten. Ihr Haar tropfte und ihre Schuhe quietschten vor Nässe. Sie hatte das Foyer voll souveräner Eleganz betreten, aber jetzt war sie von dem majestätischen Dekor wie betäubt. Einer der Angestellten kam auf sie zu. Sein Blick tastete sie auf Geld ab. „Kann ich Ihnen helfen?" Peter Day war sich sicher, dass sich dieses Häufchen Elend in den falschen Laden verirrt hatte. Vielleicht war sie auf der Suche nach dem wertvollsten Juwel New Yorks – einem funktionsfähigen Münzfernsprecher. Oder vielleicht dem zweitwertvollsten, einer sauberen öffentlichen Toilette.

„Vielleicht", sagte sie mit tiefer Stimme. Ihr war das alles peinlich. Sie konnte dem jungen Mann unmöglich ins Gesicht sehen. Er schien kurz davor zu sein, sie für ihre Aufdringlichkeit zu bestrafen. „Ich suche nach meinem Vater, Avrim Herzel."

„Ihrem Vater?" Peter Day runzelte die Stirn. Gott im Himmel, wo kam die denn her? Wozu hatten sie eigentlich den Möchtegern-Nazi an der Tür? Er sollte doch die ganzen Spinner aufhalten. „Arbeitet er hier?"

Cara schüttelte den Kopf. Sie öffnete ihre Handtasche und holte ein Bild ihres Vaters hervor, das vor fünf Jahren im Garten eines Bekannten in Tel Aviv aufgenommen worden war. Avrim Herzel saß auf einem mit Baumwolle bespannten Gartenstuhl. Er trug Shorts und ein Hemd mit offenem Kragen. Er lächelte steif und unbeholfen in die Kamera. Peter Day starrte das Foto an. Er hätte nicht verblüffter sein können, selbst wenn Cara Herzel ihm Nacktbilder vorgehalten hätte. Falls der Alte auf dem Foto noch bei Verstand war, befand er sich immer noch dort, wo das Bild aufgenommen worden war, saß in der Sonne und kratzte sich am Sack.

„Ich ... tja, ich weiß nicht recht..."

„Vielleicht ist er hierher gekommen...", sagte Cara. Sie sprach sehr langsam und betonte jedes Wort vorsichtig. Sie war

Ausländerin und bemühte sich, höflich zu wirken. „Vielleicht ist er hierher gekommen, um Edelsteine zu verkaufen."

„Edelsteine?" Das Unerwartete brachte Peter Day aus dem Gleichgewicht. Er besuchte dreimal die Woche New Age-Kurse und sah in jeder lächerlichen Kleinigkeit ein Omen. Er blickte sich Hilfe suchend um.

„Ja. Edelsteine. Juwelen. Vielleicht haben sie ihn gesehen?"

„Nein, liebe Güte, nein. Auf diese Art werden bei uns keine Steine gekauft. Man spaziert nicht einfach so von der Straße herein und bietet sie uns an."

Er wollte sich von ihr abwenden, doch sie hielt ihn am Ärmel fest. „Bitte... Sie haben ja gar nicht richtig hingesehen. Bitte sehen Sie sich das Bild genau an."

Ihre Stimme war schrill geworden und zog Blicke auf sich.

„Ich muss Sie bitten, das Geschäft zu verlassen", fuhr Peter Day sie an. „Ich brauche mir das Foto nicht noch einmal anzuschauen. Ich habe den Mann noch nie gesehen."

Die Unfreundlichkeit, mit der man sie hier empfing, brachte sie aus der Fassung. Seit Tagen nun ging sie von einem Laden zum anderen, stellte dieselben Fragen, zeigte dasselbe Bild. Überall sonst hatte man sie mit freundlicher Anteilnahme behandelt. Die Leute hatten sich sorgfältig das Bild betrachtet und dann ihre Meinungen dazu abgegeben:

Sieh nur, das Gesicht! Wie ein Prophet ... wie Ben Gurion ohne abstehende Ohren.

Man sprach mit ihr auf Hebräisch, Jiddisch und Deutsch. Auch wer ihr nicht helfen konnte, gab ihr immerhin das Gefühl, willkommen zu sein.

So ein Gesicht vergisst man nicht. Wenn ich ihn sehe, rufe ich Sie an ... so Gott will.

Nur dieser Goi wandte sich von ihrem Problem ab. Gütiger Gott! Das ging zu weit. Die panische Angst, die sie seit dem Tag verfolgte, an dem Ben Fischer ihr vom Verschwinden ihres Vaters erzählt hatte, stieg nun mit dunklen Flügelschlägen in ihr auf. Sie hatte das Gefühl zu fallen, die Wirklichkeit hinter sich zu lassen. Sie wusste, dass man sie anstarrte, aber warum, das konnte sie nicht sagen. Sie merkte, dass sie schrie, aber sie hörte nur ein Rauschen in ihren Ohren, das langsam nachließ. Dann sah und hörte sie nichts mehr. Gar nichts.

Peter Day ließ sich herab, Cara Herzel aufzufangen, bevor sie zu Boden fiel. Er hielt sie sehr behutsam, denn er fürchtete, der scheußliche Regenmantel könnte auf sein beigefarbenes Wolljackett abfärben. Er spürte nichts als Verachtung für diese Wahnsinnige, die seinen Tagesablauf aus dem Gleichgewicht gebracht hatte. Von draußen trippelte Helmut herein und nahm ihm diese abscheuliche Person ab. Sie hatten einander verdient, der Nazi und das hysterische Weib.

„Bring sie nach hinten", sagte er schrill. „Wenn sie noch mal schreit, ruf die Polizei."

Verdammte Schwuchtel, dachte Helmut und nahm Peter Day das leblose, nasse Bündel ab. Er trug Cara durch einen mit einem Vorhang abgetrennten Durchgang die Kellertreppe hinunter.

Levi Yadin sah, wie sie ohnmächtig wurde. Er war vor der Tür stehen geblieben, um sich eine Zigarette anzuzünden und hatte gesehen, wie sie in die Arme eines Verkäufers gesunken war. Er war einen Schritt zur Seite getreten, als der livrierte Türsteher an ihm vorbei geeilt kam, und hatte dann Mordecai Tal zu sich gewunken, der in die Schaufensterauslage vertieft war.

„Irgendwas stimmt nicht", sagte Levi, als sein Partner zu ihm stieß. „Die Kleine ist umgekippt. Sicher ein Trick. Es gibt bestimmt eine Hintertür, also geh hin und halt die Augen offen."

„Scheiße, Mann. Was soll ich denn mit ihr?"

„Bring sie hier raus. Wenn sie schreit..."

„Schreit?", fragte Shaft. „Was hat sie denn zu schreien?"

„Woher soll ich das wissen", sagte Helmut. „Sie kam ins Geschäft, schrie und fiel um."

„Vielleicht hat sie ein Preisschild gesehen."

Der Türsteher warf Shaft einen eisigen Blick zu. „Du bist zum Putzen hier und nicht um Witze zu reißen."
„Du kannst mich mal. Du stehst nicht auf der Liste von Leuten, von denen ich mir hier was sagen lassen muss."
Sie starrten einander über Cara hinweg an.
„Wenn ich dich eine Woche in der Armee hätte...", fing Helmut an.
„Vielleicht in *deiner* Armee, Kleiner. In meiner würdest du rumhüpfen wie ein Osterhase mit 'ner Handgranate im Arsch."
Das Mädchen fing an, sich zu bewegen. Sie stöhnte leise. Bei dem Anblick verflog Helmut Zinders Wut. „Bring sie weg von hier und hol ihr ein Taxi", sagte er und fummelte in seiner Jackentasche nach einer Fünf-Dollar-Note, die er Shaft überreichte. „Hier, für den Fahrer, falls sie kein Geld hat. Mr. Day will sie oben nicht mehr sehen ... sonst ruft er die Polizei."
Dann stapfte er wieder an seinen Posten zurück. Der treue Wächter an den Toren des Luxus.
Shaft und das Mädchen blickten einander an.
„Ich hoffe, Sie schreien nicht wieder."
Caras Blick war verständnislos. „Habe ich das? Hab ich geschrien?"
„Soweit ich weiß. Können Sie laufen oder soll ich Ihnen helfen?"
„Es geht schon."
Ihre spröde Bestimmtheit ärgerte Shaft. Eine von denen, dachte er und zog die Hand, die er helfend ausgestreckt hatte, wieder zurück. Denn die Hand war schwarz.
„Okay", sagte er. „Also hoch mit Ihnen. Es ist besser, Sie hauen ab. Der Typ da oben ruft die Bullen, wenn Sie in fünf Minuten nicht weg sind."
Sie runzelte die Stirn und richtete sich auf. „Bullen? Was meinen Sie?"
Shaft zuckte die Achseln. „Eben die Bullen. Der lange Arm des Gesetzes."
„Der lange ... wie bitte?"

Toll, da kam einem schon mal 'ne Braut in den Keller geschneit und dann hatte sie einen Knall.
„Ist ja auch egal, Lady. Verschwinden Sie einfach. Sie wollen doch nicht ins Gefängnis wegen Erregung öffentlichen Ärgernisses, oder?"
„Nein", sagte sie und stand auf. „Mit der Polizei will ich nichts zu tun haben."
Ihre Worte klangen fremdartig. Langsam dämmerte es Shaft, dass nicht die ganze Welt aus New Yorkern bestand.
„Wo sind Sie her?"
„Israel", sagte sie trotzig. Zumindest klang es trotzig.
Israel. Wer kommt schon aus Israel? Das war doch im Nahen Osten, oder? Da, wo US-Soldaten einen Monat lang Dienst schoben und irgendwelchen Kanaken die Ärsche versohlten.
Sie stand auf – und schwankte bedenklich. Shaft hielt sie am Arm fest und führte sie zum Hinterausgang.
„Sie kriechen ja total auf dem Zahnfleisch, Mädchen. Wann haben Sie denn zuletzt gegessen?"
„Ich ... ich weiß nicht mehr", sagte sie.
„Gar nichts haben Sie gegessen", schlussfolgerte Shaft tonlos.
Er betrachtete sie sich genauer – ihren klatschnassen Regenmantel, ihre abgelaufenen Schuhe.
„Ein seltsames Plätzchen haben Sie sich da ausgesucht."
„Wie bitte?"
„Nichts. Wenn Sie es die nächsten vier Straßen schaffen, lade ich Sie auf einen hot dog ein. Das Fleisch ist irgendwie komisch, aber die Gürkchen, der Senf und das Sauerkraut sind reich an Vitaminen und Mineralien. Wie wär's?"
Sie verblüffte ihn. „Ich lade Sie ein", sagte sie.
„Nicht doch, ich habe gesagt, es geht auf mich."
„Das ist aber nicht fair."
„Ich bin nun mal großherzig."
Sie betrachtete ihn nüchtern, dann nickte sie zustimmend. „Also gut. Sie spendieren die hot dogs, ich den Kaffee."
Was war nur los mit den Weibern? Er geleitete sie an zwei be-

waffneten Wachleuten vorbei nach draußen – muskulöse Ex-Cops, die schief lächelten, als Shaft sagte: „Eine Freundin vom alten Blackburn.“ Dann ging er mit ihr Richtung Osten, raus aus dem Wunderland und rein in die harte Wirklichkeit der Sixth Avenue. Er wollte gerade etwas sagen, als seine Instinkte Alarm schlugen. Seinen Adleraugen entging nichts. Shafts Sinne waren seit seinem ersten Diebstahl eines Schokoriegels immer weiter trainiert worden. Sie sahen jeden Schatten, jedes Muster, das sich darin verbarg. Jemand verfolgte sie, und zwar Vollprofis. Man hatte sie in die Zange genommen. Einer ging hinter ihnen auf derselben Straßenseite, der andere etwa zehn Meter vor ihnen auf der anderen.

Verfolgt! Jemand verfolgte eine Tussi mit durchgelatschten Absätzen und einen schwarzen Hausboy. Die Sache wurde langsam interessant.

Er zog sie vor das Schaufenster eines Buchantiquariats und tat so, als würde er die Auslage betrachten. Etwa zehn Meter hinter ihnen machte ein Mann in einem grauen Burberry-Trenchcoat Halt. Ein anderer Mann mit einem schwarzen Regenschirm spazierte gelassen weiter. Shaft und das Mädchen gingen ebenfalls weiter. Zehn Häuser weiter hielt Shaft an einem weiteren Geschäft an. Dieses Mal wurden die Rollen getauscht. Der graue, karierte Burberry ging weiter, der schwarze Regenschirm blieb stehen. Sehr sauber und professionell.

Aber wer zum Teufel waren die beiden? Jedenfalls keine Cops. New Yorker Bullen trugen keine zweihundert Dollar teuren Burberry-Mäntel und würden sich auch nie und nimmer mit einem Regenschirm erwischen lassen. Also keine Cops, aber wer dann?

Er beugte sich näher an Cara heran, lächelte sie freundlich an, als würde er mit ihr flirten, deutete auf irgendetwas in dem Schaufenster und sagte: „Wissen Sie, warum man Sie beschattet?“

Ihr Arm zuckte in der festen Unklammerung seiner Hand zusammen. Sie stand kurz vor einer Panikattacke.

„Ganz ruhig", sagte er. „Gehen wir weiter, ganz langsam, ganz cool. Wenn ich sage 'los', dann rennen Sie. Aber halten Sie immer meine Hand fest."
Shaft wusste: Eigentlich sollte nur er die Beine in die Hand nehmen. Zurück zur Arbeit, sich ja keinen Ärger einhandeln. Was gingen ihn ihre Probleme an? Er hatte seine eigenen, und zwar massig. Trotzdem wurmte ihn die Sache. Wie Zuhälter, die sich an wehrlosen Frauen vergriffen. Aber mit Shaft hatten sie nicht gerechnet.
„Nicht umdrehen", sagte er. „Hinter uns ist noch so einer wie der Kerl von der Bushaltestelle mit dem schwarzen Schirm. Genauso muskulös ... im selben Alter ... nur trägt der hinter uns einen karierten Mantel. Kommt Ihnen das bekannt vor?"
Sie konnte es nicht ganz begreifen. „Ich kenne diese Typen ... sie sind hinter meinem Vater her."
„Dann müssen die sich auf was gefasst machen."
An einem Lieferzugang zwischen zwei alten Häusern stand ein Eisentor offen.
„Los", zischte Shaft. Er riss sie fast von den Füßen, nahm fünf große Sätze in die Gasse und presste sich an die Wand. Der älteste Trick der Welt. Shaft kannte ihn schon, seit er lesen konnte. Man tat einfach so, als würde man fliehen. Doch es war eine Finte. Als der Kerl in dem Burberry in wilder Verfolgung die Gasse entlang kam, war Shaft zum Empfang bereit. Mit einem heftigen Tritt ans Knie brach er ihm das Bein. Levi Yadin zappelte mit den Armen, rutschte drei Meter über den nassglatten Boden und kam hart auf. Es verschlug ihm den Atem. Der Schmerz ließ ihn heftig zusammenzucken. Wer spielt, muss auch verlieren können. Und aufs Ganze gehen. Shaft beherrschte dieses Spiel wie kein Zweiter. Seine Muskeln spannten sich an wie eine Kobra vor dem Angriff. Er machte sich zum Sprung bereit. Sein Zusammentreffen mit dem anderen, den Typen mit dem schwarzen Regenschirm, lief beinahe lässig ab. Mordecai Tal wusste nur noch, dass er in die Gasse gerannt war. Und dann wurde alles schwarz. Shafts Faust schlug wie ein Hammer

auf ihn ein und traf ihn genau unterhalb des Brustkorbs. Sein Herz stockte und seine Knie gaben nach.

Und so fiel er.

„Los, weiter“, sagte Shaft. Cara starrte ihn mit großen Augen an, wie ein verdutzter Fisch. Er nahm ihre Hand und rannte aus der Gasse. Ein Lieferant kam gerade mit einem Handkarren voller Kartons an. Shaft und Cara konnten ihm gerade noch ausweichen und rannten dann weiter die Straße entlang. Sollte der Lieferant erste Hilfe leisten.

Ich kenne diese Typen ... sie sind hinter meinem Vater her.

Die Worte des Mädchens schwirrten wie ein Echo durch seinen Kopf, als er sie quer durch Midtown Manhattan zerrte. Er kannte jede Straße, jeden Durchgang und fast jedes Haus, das man von einer Seite betreten und einer anderen wieder verlassen konnte. Er wusste, in welchen U-Bahn-Tunneln die Penner lebten. Selbst ein zugekokster Bluthund hätte nicht mithalten können. Aber wer wollte ihnen folgen? Was wollten sie von ihrem Vater? Einen Moment lang war er beunruhigt. Herrgott, die Jungs hätten vom CIA sein können, oder dem FBI. Vielleicht war ihr Alter ein Bankräuber oder hatte Botschaften in die Luft gesprengt. Auf dem Weg zu einem U-Bahn-Eingang an der Park Avenue warf er ihr einen flüchtigen Blick zu. Ihr Gesicht hatte den glasigen Blick totaler Erschöpfung. Ihre Hand lag in der seinen, voller Zutrauen, wie die eines Kindes.

Scheiß auf den CIA, scheiß auf das FBI. Heutzutage hatte keiner mehr gute Manieren. Unerhört, kleinen Mädchen an verregneten Tagen so eine Angst zu machen und Shaft wie einen kleinen Gauner durch die Straßen zu hetzen. Er hatte Lust, zurückzugehen und dem anderen auch noch das Bein zu brechen.

Ihre Hand klammerte sich etwas fester an seine, als sie in den Sog des Menschenstroms zur Rushhour gerieten. Weiter gingen sie, immer weiter nach unten, den donnernden Zügen entgegen, zwei Menschen, die durch einen Sumpf wateten, drückend, stoßend, drängend. Endlich allein, endlich in Sicherheit.

Die Handlungen eines fliehenden Menschen ließen sich auf eine mathematische Formel reduzieren. War zumindest Fischers Meinung. Man nannte es die „Random Walk Theory". Schickte man ein Kind mit verbundenen Augen von einer Straßenlaterne aus los, würde es immer wieder zu der Laterne zurückkehren, ganz egal, welche Wege es dabei nehmen würde. Immerhin konnte Fischer sich so die Zeit mit seinen Gedanken vertreiben, während er sich in der überfüllten U-Bahn an einer Lederschlinge festklammerte. Er verschwendete keine Zeit darauf, über die Motive des großen Schwarzen nachzudenken, oder wohin er Cara Herzel wohl bringen würde. Und er gestattete es sich nicht, an Mordecai und Levi zu denken. In Fischers Team hieß es: Jeder Mann für sich selbst. Diese Regel wurde immer wieder betont. Wurde einer im Team ausgeschaltet, war das sein Problem. Fischer hatte zu viele gute Männer sterben sehen, weil sie Freunde retten wollten. Innerlich musste er lächeln. Sterben? In New York? Manhattan war weder Beirut noch Damaskus. Der Schwarze war kein Killer der Arabischen Liga. Aber alte Angewohnheiten sollte man nicht aufgeben. Wurde man in New York nachlässig, könnte dies auch in Bagdad geschehen. Und dort wäre es tödlich. Fischer wollte nicht weiter darüber nachdenken. Mordecai und Levi hatten versagt. Ihm würde das nicht passieren. Er bewegte sich im Rhythmus des Zuges hin und her und ließ seinen gelassenen Blick nicht ab von John Shafts Kopf am anderen Ende des Wagens.

„Was für ein tolles Bett, David... Nein, wie *toll!*" Peter Day hopste auf und ab, bemühte sich aber dabei, nichts von seinem Martini zu verschütten, denn er wollte weder auf dem Bettbezug noch seinem Anzug einen Fleck. Peter Day hatte das Naturell eines Dekorateurs. Das wäre sein Lieblingsberuf gewesen. Natürlich war er dankbar, dass ihm David Alexander den Posten bei Blackburn besorgt hatte, aber viel lieber hätte er für die Designerin Dorothy Draper gearbeitet. Eines Tages, mit Gottes Hilfe, würde er genug Geld haben, um einen kleinen Laden in den East Sixties aufzumachen und die Badezimmer in den Wohnungen der Reichen mit roten Samttapeten auszustatten. Bis dahin dekorierte er die Wohnungen seiner Freunde. Er fühlte sich etwas vor den Kopf gestoßen, denn David hatte ihn beim Einrichten seiner Wohnung nicht zu Rate gezogen. Das Bett war grauenvoll.

„Freut mich, dass es dir gefällt", sagte Alexander. Er kam gerade aus dem Bad, sein schlanker Körper in ein riesiges Handtuch gehüllt. „Mir haben besonders die Bettpfosten gefallen. Man kann sich gut daran fest halten."

Peter Day lächelte kokett und schlürfte an seinem Drink.

„Gibt's was Neues im Geschäft, seit ich weg bin?", fragte Alexander so ganz nebenbei. Beim Tratschen war auf Peter Verlass. Durch ihn brachte er manchmal Dinge in Erfahrung, die für ihn oder Morris sehr nützlich sein konnten. Er goss sich einen Drink aus dem silbernen Cocktailmixer auf dem Nachttisch ein. Dann hörte er amüsiert zu, wie Peter Day die alte Zicke Cherry Culp und ihre hysterischen Anfälle täuschend echt nachahmte. Peter imitierte auch Bette Davis und Marlene Dietrich unglaublich gut. Auch ansonsten schien die kleine Schwuchtel nur aus zusammengestückelten Imitaten zu bestehen.

„Sie war *außer sich* vor Wut auf Mr. Blackburn. Er hat es wohl versäumt, einen diamantenbesetzten Klitorisring zu liefern und sie bekam einen *Anfall*..."

Die Geschichten flossen und verschmolzen miteinander. Alexander fand es unglaublich, dass sich in den drei Tagen seiner Abwesenheit so viel ereignet hatte.

„Und dann war da noch diese *schreckliche* Jüdin heute Nachmittag", beendete Peter Day seinen Vortrag. „Wie sie auf den Gedanken kam, ich könne wissen, wo ihr Vater sei, ist mir schleierhaft. Aber sie war sehr beharrlich ... sie *bestand* darauf, dass ich alles über ihn wissen müsse. Nahm ich zumindest an. Sie hielt mir immer wieder so ein banales Foto vors Gesicht, mit einem widerlichen alten Juden drauf. Und sie quasselte ohne Ende auf Jiddisch ... oder Hebräisch ... irgendeine scheußliche Fremdsprache. Hätte auch Japanisch sein können."

Ein unangenehmes Gefühl beschlich David Alexander und umklammerte ihn wie der starke Arm der Sittenpolizei.

„Hatte sie auch einen Namen?", fragte er ganz still.

Peter fuchtelte gelassen mit der Hand. „Vermutlich schon. Sie erwähnte irgendetwas in der Richtung ... irgend so ein jüdischer Quatsch wie Furtzel ... oder Wurtzel... was weiß ich."

„War es vielleicht ... *Herzel*?"

„Kann schon sein, kann schon sein", sagte er.

Alexander unterdrückte das Verlangen, der blöden Tunte in die Eier zu treten. Da spazierte die Tochter des Alten in den Verkaufsraum von Morris Blackburn und diese ... diese alberne Schwuchtel ließ sie einfach so entkommen. Er wandte sich ab, um seine Wut zu verbergen. Aber wie hätte Peter das auch wissen können? Peter war zwar etwas beschränkt, aber David Alexander brauchte ihn – zumindest heute Nacht. Nach der Sache in Scottsdale war er nervös und angespannt. Er brauchte Peters köstliche Spielereien, um den Druck loszuwerden, der seinen Schädel zu zerschmettern drohte.

„Sei ein Schatz, Peter... Gehst du zu Papa Jack's und holst uns ein paar Flaschen Chianti? Und ein paar Dosen Sardellen?"

„Aber gerne doch. Bin schon unterwegs. Ciao."

„Ciao, Baby."

David blieb auf der Bettkante sitzen, bis er hörte, wie die Tür zufiel. Dann griff er nach dem Telefonhörer und wählte Morris' Privatleitung. Er war bis zur Neun gekommen, als er den Hörer wieder auf die Gabel sinken ließ. Es war so still in der Wohnung ... so ruhig. Jetzt konnte er in Ruhe nachdenken. Es wäre ein Fehler, Morris von der Kleinen zu erzählen. Wozu eigentlich? Morris hatte ihm so gut wie nichts über Avrim Herzel erzählt. Er hatte ihm nur gesagt, er sei ein wichtiger Mann ... ein Händler, ein begnadeter Schleifer. Der Einzige auf Erden, der die gestohlenen Steine so zurechtschleifen könnte, dass der Diebstahl nicht auffiele. David Alexander glaubte ihm zwar nicht so

recht, hatte aber auch keinen Grund, an Morris zu zweifeln. Diese verdammte Geheimnistuerei... Der Mann wurde zu den unmöglichsten Zeiten in und aus dem Laden geschleust. Das war ja noch verständlich. Aber wenn der Kerl angeblich so berühmt sein sollte, warum hatte dann keiner der Schleifer, mit dem Alexander gesprochen hatte, jemals von ihm gehört?
Nein... Morris hatte einen Trumpf im Ärmel. „Das ist dein gutes Recht, Morris", sagte ihm sein logisches Denken. „Ich habe deine Handlungen nie hinterfragt. Sag mir, was zu tun ist und ich tu's. Du hast mich nie zuvor angelogen, Morris. Noch nie! Vielleicht ist an dem Schleifer etwas wahrhaft Besonderes. Ich weiß es nicht. Ich vertraue dir, Morris, wirklich. So wie du mir vertraust."
Sein Körper war schweißgebadet. Er zog sich das Handtuch von den Hüften und warf es in eine Ecke des Zimmers. Das Mädchen faszinierte ihn. Die Tochter des Alten. Ob sie jung war? Peter würde es ihm sagen können. Peter hatte sie gesehen, hatte mit ihr gesprochen. Wohin ist sie gegangen, nachdem sie die Boutique verlassen hatte? Ob sie gesagt hatte, dass sie zurückkommt?
Die Tochter des Alten.
Sie wusste alles. Alles, was Morris ihm nicht über Avrim erzählt hatte. Sie musste es einfach wissen – und auspacken!
Er legte sich auf das Bett und dachte über die Sache nach. Es blieb zu hoffen, dass sie jung und schön war – und er sie zum Reden bringen konnte. Er wusste, wie man Frauen ihre Geheimnisse entlockte, kleine Tricks, die die Grenze zwischen Lust und Schmerz schnell überschritten.
Er starrte zur Decke. Sein Körper brannte. Lieber Gott, stöhnte er innerlich. Beeil dich, Peter ... bitte beeil dich.

„Immerhin sind wir aus dem Regen", sagte Shaft. Er hielt ihr die Tür auf. Zögerlich betrat sie seine Wohnung, als fürchtete sie, den Teppich mit ihren nassen Schuhen zu versauen.
„Wie hübsch", sagte sie, als sie noch in der Tür stand.

Auch Shaft fand, dass seine Wohnung nach dem endlosen Marsch durch den strömenden Regen wie ein Palast der Behaglichkeit wirkte. Und was für ein Regen das war! Das Wasser drosch auf das Fenster ein wie die geballte Ladung eines Luftgewehrs. Wäre es zwei Grad kälter, würde die Stadt bis zum Arsch im Schnee stecken. Er erinnerte sich daran, dass er das Küchenfenster aufgelassen hatte. Er musste durch das Hochwasser in der Küche waten, um es zuzuknallen. Als er mit dem Fenster fertig war und wieder ins Wohnzimmer zurückkehrte, stand die Kleine noch immer genau da, wo er sie hatte stehen lassen.

„Sie sollten aus dem nassen Mantel raus, bevor Sie sich den Tod holen." Er nahm ihr den Mantel ab. Ihre Kleidung war völlig durchnässt, trotz des Mantels. Er nahm sie mit ins Schlafzimmer, wo sie wie angewurzelt rumstand, während er seine Schubladen nach trockenen Sachen durchwühlte. Amy hatte nur eines da gelassen: Das durchsichtigste Negligee der Weltgeschichte ... ein Hauch von Seide, fast unsichtbar, zart wie Kristallglas. Er versteckte es unter einem Haufen Socken und suchte weiter. Er fand ein altes Sweatshirt mit dem Aufdruck „Athletic Dept. CCNY", eine saubere, wenn auch etwas ausgeleierte Trainingshose und einen Skipulli, den ihm irgendeine längst verflossene Tussi aus der Schweiz mitgebracht hatte, zusammen mit den Knutschflecken ihres Skilehrers an der Innenseite ihrer Schenkel.

„Vielleicht finden Sie darunter was", sagte er.

„Bestimmt. Vielen Dank." Man verstand sie kaum. Ihre Zähne klapperten wie eine Hand voll Würfel. Die Kälte, die abgrundtiefe Kälte New Yorks, war ihr bis in die Knochen gefahren.

„Sie sollten sich heiß duschen, während ich uns was zu Essen mache ... irgendwas muss ich doch im Schrank haben ... Suppe, Schweinefleisch, ein paar Bohnen."

„Nur Suppe", sagte sie schnell. „Das reicht."

Er fand drei verschiedene Sorten Dosensuppe, die er zu einem dicklichen Eintopf aus Hühnchen, Nudeln, Tomaten, Reis und Bohnen zusammenschüttete. Als sie wieder in die Küche kam,

brodelte es bereits. Sie trug das Sweatshirt und die Trainingshose. Shaft bemühte sich, ernst zu bleiben, aber es fiel ihm nicht leicht.
„Ich sehe bestimmt schrecklich aus“, sagte sie und errötete. Sie spielte an ihrem Haar herum, das sie trocken frottiert und mit einem Handtuch hoch gebunden hatte. Shaft fand, dass sie toll aussah. Mädchen in Sweatshirts machten ihn an. Normalerweise trugen sie nämlich keine Trainingshose dazu.
„Sie sehen toll aus. Setzen Sie sich. Essen Sie, solange es heiß ist.“
Sie stopften sich richtig voll. Shaft hatte tausend Fragen an sie, aber er brachte keine einzige hervor. Er löffelte einfach nur die Suppe.
„Wie wär's mit 'ner Tasse Kaffee?“, fragte er, nachdem sie die letzten Reste der Hühnersuppe à la Shaft weggeputzt hatten.
Sie schüttelte den Kopf. „Vielleicht dürfte ich mich eine halbe Stunde hinlegen...“ Sie schwankte auf ihrem Stuhl.
„Klar. Legen Sie sich nur ins Bett.“
Sie stand auf, doch es schien nicht so, als würde sie es aus der Küche schaffen. Shaft legte seinen Arm um ihre Schulter und brachte sie zum Bett. Noch bevor sie dort angekommen waren, schlief sie bereits, den Kopf an seine Schulter gelehnt.
Na so was ... schläft im Gehen ein! Er ließ sie auf das Bett sinken, setzte sich neben sie und lehnte sich gegen das Kopfende. Sie kuschelte sich an ihn und wimmerte leise vor Erschöpfung. Er legte seine Hand auf ihren Kopf und strich ihr sanft über das Haar. Der Regen prasselte gegen das Fenster, aber hier drinnen war es warm ... warm und gemütlich, mit der guten Suppe im Bauch und dem Mädchen, das neben ihm ruhig atmete. Er merkte, wie er eindöste, unternahm aber nichts dagegen. Er nahm noch entfernt wahr, dass das Telefon klingelte ... klingelte ... klingelte ... aber das Geräusch schien Lichtjahre entfernt zu sein. Er dachte gerade noch, dass er sie nach ihrem Namen fragen sollte, und da schlief er auch schon ein.

7

Das Licht brannte sich in sein Gehirn. Wie ein heißer Draht, der sich hinter seine Augen schob. Mit einem Ruck richtete er sich auf und blinzelte in den hellen Kreis.
„Was zum Teufel..?“
„Kein Grund zur Besorgnis, Mr. Shaft.“ Die Stimme war sanft und beruhigend. Die Zimmerbeleuchtung wurde angeschaltet. Simon Solomon saß auf der Bettkante. Er sah aus wie ein nasser Weihnachtsmann. In der Tür stand noch jemand und hielt eine große Taschenlampe in der Hand. Und während Shaft sich die orangefarbenen Flecken aus den Augen rieb, stellte er verärgert fest, dass es Arnold Berkowitz vom siebzehnten Polizeibezirk war.
„Was soll das“, knurrte Shaft.
„Wir haben uns Einlass verschafft“, betonte Simon Solomon geduldig, „weil wir uns um Sie gesorgt haben.“
Einlass verschafft? Warum zum Teufel hatte er eigentlich Türschlösser? Warum nicht einfach eine Drehtür? Himmel noch mal! Die Leute spazierten von der Straße rein, als wäre das hier ein verdammtes Bahnhofsklo. Er wurde so zornig, dass Arnold Berkowitz, der mit Shafts Wutausbrüchen bestens vertraut war, einen Schritt zurücktrat und die Taschenlampe wie eine Keule umklammerte.
Shaft blickte auf die Uhr, die auf dem Nachttisch stand. Es war zwei Uhr morgens und einen Moment lang war er sich nicht sicher, wer er war oder wer da neben ihm lag. Er wusste noch, dass er in der Eiseskälte aufgestanden war und Decken geholt hatte. Dann hatte er das Licht ausgemacht und sich wieder neben das Mädchen in dem Sweatshirt gelegt.
Er starrte Berkowitz finster an, der in *seinem* Schlafzimmer stand und auf *seinen* Boden tropfte. Der Mann sah grotesk aus mit seinen langen zottigen Locken und seinem klatschnassen Cowboyhut.
„Warum gehen Sie nicht mal zum Friseur“, knurrte Shaft. „Bei

der Aufmachung muss ich an ’ne Nutte aus der Bronx denken, die mir immer einen geblasen hat.“
„Arschloch.“
„Darauf ist sie auch abgefahren. Nur will ich jetzt weder einen geblasen noch sonst was kriegen, also haut ab.“
„Na, na, Mr. Shaft“, sagte Simon Salomon mit beruhigender Stimme. Shafts Ausdruckweise störte ihn nicht mehr. Er akzeptierte sie als einen Teil seiner Persönlichkeit. „Wenn Sie nichts dagegen hätten, ihre, äh, Freundin eine Minute allein zu lassen, könnten wir nebenan ein paar Kleinigkeiten besprechen. Ja?“
Shafts erster Gedanke war, die beiden wieder in das Sauwetter da draußen rauszujagen. Aber na ja ... immerhin war dies Simon Solomon, der Mann, der ein Vermögen für ihn bereithielt... hoffentlich.
„Also gut.“ Er schlüpfte unter der Decke hervor. Bis auf seine Schuhe war er voll bekleidet. Das Mädchen neben ihm bewegte sich und stützte sich auf die Ellbogen. Verwundert und überrascht starrte sie die beiden Chassidim an.
„*Shalom alaichem*“, sagte sie.
„*Alaichem shalom*“, erwiderte Solomon. Wahrhaftig, dachte er, die Welt ist voller Wunder. Gut, in John Shafts Bett ein Mädchen vorzufinden, war nicht sonderlich ungewöhnlich, aber dass sie Hebräisch sprach...? Solomon nickte und verließ das Zimmer. Er schob Arnold Berkowitz vor sich her. Der Detective war auch an dem Mädchen interessiert, aber auf ganz andere Art. Er hatte sie die ganze Zeit angestarrt und darüber nachgedacht, ob sie unter dem Sweatshirt wohl nackt war. Vermutlich ja. Der Gedanke irritierte ihn.

Shaft zog die Schlafzimmertür zu, zündete sich eine Zigarette an und warf den beiden Männern in seinem Wohnzimmer einen eiskalten Blick zu. „Also?“
Solomon zuckte die Achseln und gestikulierte hilflos. „Ich dachte, Sie seien vielleicht tot. Es ist so viel passiert, und ich konnte Sie telefonisch nicht erreichen.“

Shafts Finger schoss vor und deutete auf Berkowitz. „Und was geht den das an?"
„Detective Berkowitz hat einen Durchsuchungsbefehl. Außerdem ist er Experte für Schlösser. Wir haben erwartet, hier eine Leiche vorzufinden."
„Da ist er sicher enttäuscht."
Berkowitz sagte nichts. Es zu leugnen, wäre eine Lüge gewesen.
„Ich übernehme die volle Verantwortung für unser Eindringen, Mr. Shaft", fuhr Solomon fort. „Aber ich bin sicher, dass sie meine Bedenken verstehen können. Ich dachte, ich hätte mich klar ausgedrückt... Dass ich jeden Abend anrufen würde. Als ich dann anrief ... immer und immer wieder ... und keine Antwort erhielt..." Seine Stimme verlor sich, doch seine Hände ergänzten seine Worte.
„Na ja", murmelte Shaft. „Ich war beschäftigt."
Ein kleines Lächeln huschte über Solomons Gesicht, halb versteckt unter den dunklen Bartlocken. „Ja, das ist mir nicht entgangen."
Shaft ignorierte die Bemerkung. „Ich habe das Telefon nicht abgenommen, weil es noch nichts zu berichten gibt ... zumindest bis jetzt. Nichts, was auf eine Spur hindeuten würde." Er blickte weiterhin zu Berkowitz, dessen Anwesenheit ihn gehörig verdross. „Gehört der zu Ihnen?"
„Detective Berkowitz hilft uns bei unserem Problem, Mr. Shaft."
„Aber nicht bei meinem!" Das war sein letztes Wort.
Simon Solomon drehte den Kopf ein wenig und schaute Berkowitz an.
„Also gut", sagte Berkowitz. „Ich warte draußen im Flur, Mr. Solomon ... für alle Fälle."
„Und nicht die Wände beschmieren da draußen", sagte Shaft. „Wir sind hier ja nicht in der U-Bahn."
Zum Abschied knallte Berkowitz die Tür zu. Simon Solomon ließ sich mit einem tiefen Seufzer in einen Sessel sinken.
„Manchmal frage ich mich, ob es eine gute Idee war, Sie zu engagieren, Mr. Shaft. Ich muss zugeben, dass ich so meine

Zweifel hatte. Doch die vorherrschende Meinung war, dass Sie mit jeder Situation umgehen könnten... Dass Sie auf Gewalt mit Gewalt antworten würden. Das glaube ich jetzt. Ich habe erlebt, wie es ist, wenn Sie die Wut packt."

„Machen Sie mir etwa wieder Vorwürfe?"

„Nein... ein Patsch auf den Toches kriegen Sie diesmal nicht von mir. Sie sind ja kein kleiner Junge mehr."

„Also wollen Sie einen Lagebericht?"

„Ich bin hier, um *Ihnen* zu sagen, was sich ereignet hat... Und um herauszufinden, was Sie alles tun. Wenn überhaupt etwas. Einer unserer beliebtesten Mitarbeiter, der Händler Leopold Fishbein, ist tot aufgefunden worden, in Arizona. Jemand hat ihm in den Kopf geschossen. Er ist gestorben wie ein Hund. Wie die anderen. Jetzt sind es also sechs Tote, Mr. Shaft. *Sechs*!"

Shaft steckte sich eine weitere Zigarette an. „Ziemlich weit weg von Blackburns Keller. Wir haben uns doch geeinigt, dort anzufangen."

Simon Solomon starrte in die Schatten des Zimmers. Er sah aus, als versinke er in Traurigkeit. Ein sehr alter Mann in einem feuchten Regenmantel um zwei Uhr morgens. „Ich erwarte nichts ... und alles. Der Grund, warum wir Sie engagiert haben, liegt mir sehr auf dem Herzen, *chas v'cholileh*! Irgendetwas stimmt nicht. Irgendetwas ist nicht koscher an Morris Blackburn. Das weiß ich genau, so genau, wie ich das Schloppen von den Straßen draußen höre."

Shaft ging in dem Zimmer auf und ab und aschte geistesabwesend auf den Boden. Solomon sah ihm dabei zu wie ein Kind, das im Zoo einen Panter beobachtet. Schließlich hielt Shaft in seinem Marsch inne und baute sich vor dem alten Mann auf.

„Wie weit wollen Sie gehen? Ich meine, können wir uns ein paar Risiken leisten?"

„Wir? Oder Sie?"

„Ich ... aber ich ziehe das nicht alleine durch. Sollte mir was zustoßen, werd ich bestimmt nicht das Maul halten."

Solomon senkte den Kopf und starrte auf seine gefalteten Hände. Wer ihn gut kannte, wusste, dass er jetzt über Geschäftliches nachdachte. „Was haben Sie denn vor?"
Shaft atmete tief durch. „Ich will bei Blackburn ein paar Türen aufsprengen. Ich will wissen, was er da oben versteckt ... und unten. Das ganze verdammte Haus ist ein Labyrinth. Es gibt zu viele Räume, die mir verschlossen sind, selbst wenn ich noch so sehr bei Blackburn lieb Kind mache. Für den bin ich nur ein Nigger mit 'nem Besen."
„Türen sprengen?" Er sah Shaft überrascht an. „Ist das etwa wörtlich gemeint, Mr. Shaft?"
„Ich meine *sprengen.* Mit Plastiksprengstoff. Bumm!"
Solomons Gesicht wurde aschfahl. „Sie nehmen sich da einiges vor."
Shaft schlug gegen die Packung Kent und eine Zigarette fiel heraus. Er steckte sie in den Mundwinkel, ohne sie jedoch anzuzünden. Er war so aufgekratzt, dass er sie hätte schlucken können wie ein Aspirin.
„Es steht einiges auf dem Spiel, oder etwa nicht? Ich habe nur Ihr Wort. Vielleicht bedeuten sechs Tote in Ihrem Geschäft so gut wie nichts. Vielleicht zählt das zu den normalen monatlichen Defiziten."
„Wie können Sie es wagen..." Simon Solomon erhob sich halb aus seinem Stuhl. Sein Gesicht wurde weinrot. „Wie können Sie es wagen!"
„Gut, gut, Sie haben ja Recht. Setzen Sie sich. Aber was bei Blackburn faul ist, krieg ich bestimmt nicht beim Herumsitzen im Heizungskeller raus. Ein Freund von mir..." – er dachte gerade an den dumpfen Schlag des Baseballschlägers auf Willies Kopf - „...hat sich erboten, mich bis zu den Panzertüren zu bringen, aber nicht weiter. Wenn so viel auf dem Spiel steht, wären einige Risiken angebracht. Oder?"
Simon Solomon richtete sich in seinem Stuhl auf und betrachtete Shafts Gesicht. Es schien an die zehn Minuten zu dauern. Schließlich nickte er mit dem Kopf und sein Teint wurde lang-

sam wieder normal. „Sie haben Recht. Natürlich haben Sie Recht. Ja. Ich sehe ein, dass Risiken dazugehören."
Langsam, ganz langsam, zündete Shaft die Zigarette an und atmete den Rauch bis in die Zehen ein.
„Okay, dann mal von Mann zu Mann ... großer, weißer Daddy. Vielleicht werd ich gar nichts hoch gehen lassen. Aber wenn nötig, schrecke ich vor nichts zurück. Ich werde in jeden Winkel eindringen, in jede Ritze, werd' mit meiner Minox Blackburns Papiere abknipsen, seine Buchhaltung, seinen Rechnungen. Alles. Wenn es mir gelingt, die Safes aufzubrechen, mache ich Fotos von den Steinen. Die Sache könnte allerdings ganz schön schief gehen. Die Nacht könnte bei Blackburn anfangen und im Knast enden. Von Ihnen will ich nur eins wissen – wird mich einer rausholen?"
Solomon presste die Lippen zusammen und trommelte mit den Fingern auf der Stuhllehne herum. „Das Risiko, das ein Mann eingeht, sollte in direktem Verhältnis zur Belohnung stehen. Wenn Sie Erfolg haben, wird ihre Belohnung sehr groß sein. Aber wenn Sie versagen..."
Shafts Lächeln war wie das Grinsen eines Wolfs. „Dann bin ich aufgeschmissen, stimmt's?"
„Stimmt genau, Mr. Shaft. Ich werde Ihren Auftrag leugnen müssen. Und nicht nur ich ... der gesamte Diamantenhandel."
Durch eine Wolke aus Zigarettenrauch starrte Shaft den Alten an. Eine halbe Million Dollar war nicht gerade wenig. Für so viel Geld sollte ein Mann schon willens sein, sich gehörig den Arsch aufzureißen. Und ohne Netz und doppelten Boden von einer Brücke zu springen.
„Also halten Sie sich raus. Ab jetzt ist es meine Show. Aber um das durchzuziehen, brauche ich etwas finanzielle Starthilfe."
„Wie viel?"
„So etwa ... fünfzigtausend Dollar."
Simon Solomon musste einen weiteren Schock verarbeiten. „So eine Chuzpe. Weniger geht nicht?"
„Mr. Solomon", sagte Shaft geduldig. „Sie sind weit weg von der

Delancey Street. Ich will mit Ihnen nicht feilschen. Wenn ich es für weniger tun könnte, hätte ich sie um weniger gebeten."
Solomon dachte darüber nach. Seine Augen waren die ganze Zeit über auf den großen Schwarzen gerichtet. So viel hatte er schon oft für milchweiße Rohdiamanten bezahlt, aber da wusste er immerhin, was er kaufte. Das jetzige Angebot war für ihn unergründlich. Er musste dem Schwarzen vertrauen. Aber wie konnte er das? Er wägte sorgfältig ab. Die Ungewissheit quälte ihn. Vertrauen oder nicht vertrauen, das war hier die Frage.
Der Regen prasselte noch immer herab. Die schwarze Kälte schien durch die Mauern zu sickern. Simon Solomon erschauderte. Einen Augenblick lang meinte er, die Eiseskälte der Gräber zu spüren, in denen sechs Männer ... sechs seiner alten Freunde lagen. Der Schrecken, der seine Welt überfallen hatte, musste ein Ende haben. Wenn John Shaft diese entsetzliche Sache beenden konnte, war kein Preis zu hoch. Dem Mann vertrauen? Hatte er überhaupt eine andere Wahl?
„Also gut. Wann wollen Sie das Geld ... und wie?"
„Kleine Scheine. Wenn möglich morgen", sagte Shaft. Plötzlich fühlte er sich besser. Die Sache kam in Fahrt.
Als Solomon weg war, ging Shaft in seinem Wohnzimmer hin und her. Er war zu aufgeregt, um zu schlafen. In Gedanken erstellte er eine Liste von Dingen, die er erledigen musste. Er musste Willie sagen, dass er ihm seinen Plan abkaufen wollte. Seinen seltsamen, abgefahrenen, aber sehr simplen Plan. Für fünfzig Cent pro Dollar, die der Plan wert war. Das würde gerade mal die Arztrechnungen bezahlen. Dann musste er Plastiksprengstoff besorgen. Und Baumwolle, um den Sprengstoff darin einzuwickeln und das Geräusch der Explosion damit zu dämpfen. Mehr als ein leises Ploppen durfte man nicht hören. Wenn er einmal drinnen war, musste es schnell gehen. Laut Willie blieben ihm genau zwei Stunden. Zwei Stunden. Das war machbar. Er musste die Sache einfach durchziehen und dann verschwinden. Viel würde er nicht mitnehmen, nur einen Haufen Fotos, die kaum jemandem etwas sagen würden. Viel-

leicht war es ja die reinste Verschwendung von Solomons Geld. Das war das Risiko Nummer eins.

„Zum Teufel noch mal." Er hörte mit dem Hin und Her auf und starrte sein Gesicht im Spiegel über dem Sofa an. Risiko Nummer eins war sein eigener schwarzer Arsch. Was könnten sie ihm für so eine Sache einbrocken? Zehn Jahre? Zwanzig? Sie könnten ihn auf Lebzeiten begraben.

„Können Sie nicht schlafen?" Ihre Stimme war ganz leise. Wie das Flüstern einer Maus. Shaft starrte sie an. Sie war ein wunderbarer Anblick, selbst in der ausgeleierten grauen Hose. Das Handtuch hatte sich gelöst und ihr Haar fiel über ihre Schultern, dicht und dunkel, dunkler als sein eigenes. Er sah, wie klar geschnitten ihre Gesichtszüge waren, wie glatt ihre Stirn, wie groß ihre tief sitzenden Mandelaugen. Ein schöner Anblick in den frühen Morgenstunden eines nasskalten Tages.

„Ich musste nachdenken", sagte er.

„Soll ich uns Kaffee machen?"

„Klar. Das wäre nett."

Er folgte ihr in die Küche. Sie war wirklich unglaublich. Er setzte sich an den kleinen Tisch und betrachtete sie mit ehrfürchtiger Scheu. Er musste ihr gar nichts sagen, sie fand alles instinktiv ... den Kessel ... die Tassen ... die Bohnen, die gemahlen werden mussten, die Filter. Die Bohnen hatte er bei McNultys Tea & Coffee Shop an der Christopher Street gekauft. Scharf gebrannter kolumbianischer Kaffee, der öligschwarz zwischen ihren blassen Fingern glänzte, als sie die Kaffeemühle füllte. Sie beide schwiegen, während der Kaffee, wie in einem Ritual, durchlief. Sie schenkte ihm eine Tasse ein und der Duft erfüllte den ganzen Raum.

„Ich habe Sie nicht vergessen", sagte er, als sie die dampfende Tasse an den Tisch brachte. „Sie können mir ihre Probleme gerne erzählen, das machen viele andere auch."

Sie spähte ihn über den Rand ihrer Kaffeetasse an. „Die Chassidim, die hier waren. Sind Sie Jude?"

Er erstickte beinahe an seinem ersten Schluck Kaffee.

„Lady", keuchte er. „Ich bin noch nicht mal Baptist."

Sie war verdutzt. „Ich frage ja nur. Es gibt viele Afrikaner, die Juden sind."

Afrikaner! Die Kleine war lustig. „Meine Mutter war Kannibalenkönigin, aber Jüdin war sie nicht.

Sie wirkte verletzt. „Sie machen sich über mich lustig."

Er beugte sich vor und nahm ihre Hand. „Es war ja nur ein Scherz. Der alte Mann ist ein Kunde von mir. Ich bin Privatdetektiv. Wissen Sie, was das ist – ein Privatdetektiv?"

„Ja", sagte sie ernsthaft.

„Also, ich hab alle möglichen Kunden. Juden mit Problemen ... Puertoricaner mit Problemen ... Eskimos mit Problemen ... sogar sehr hübsche Israelinnen mit Problemen."

Sie reagierte nicht auf das Kompliment. Ihr Gesichtsausdruck war zutiefst traurig. „Können Sie meinen Vater finden?"

„Vielleicht. Aber wir haben eine sehr gute Polizei, die mit solchen Sachen besser umgehen kann als ich."

„Ich kann nicht zur Polizei." Ihr Tonfall ließ keinen Widerspruch zu.

„Warum nicht?"

„Wenn die Polizei ihn finden sollte, würden sie ihn an das israelische Konsulat übergeben, und dann würden sie ihn nach Jerusalem zurückfliegen. Ich will nicht, dass das passiert, bis ich nicht mit ihm gesprochen habe. Ich muss wissen, warum sie hinter ihm her sind. Ich muss wissen, warum er ... aus seinem Heimatland geflohen ist."

„Und die Männer auf der Straße?"

„Sicherheitsbeamte... Sie wollen ihn nach Hause zurückbringen."

Shaft pfiff leise durch die Zähne. Der israelische Geheimdienst. Ihr Vater musste wichtig sein, denn sie würden nicht ruhen, bis sie ihn geschnappt hatten. Als er den Kerl mit dem schwarzen Regenschirm geschlagen hatte, war eine Pistole unter dem Mantel zu spüren gewesen.

„Ich tue, was ich kann, aber jetzt geht es nicht. Es tut mir Leid.

Ich stecke mitten in einem wichtigen Fall. Den kann ich jetzt nicht so einfach abblasen."
„Ich verstehe."
„Sie können so lange hier bleiben, wie sie wollen. Vielleicht fühlen Sie sich dann sicherer."
„Danke", sagte sie. „Die Wohnung ist klein, aber wir machen es uns schon irgendwie gemütlich."
Er starrte sie etwas überrascht an.
„Will sagen, Sie können hier bleiben. Ein Kumpel von mir hat eine Wohnung in der Grove Street. Ich könnte ein paar Tage bei ihm pennen, bis mir etwas zu Ihrem Problem eingefallen ist."
Sie schüttelte energisch den Kopf. „Ich will Ihnen keine Unannehmlichkeiten bereiten. Nein, es geht auch so."
„Wirklich? Ich bin ein ziemlich übler Mitbewohner. Ich hab ein paar echt komische Angewohnheiten."
„Darüber können wir morgen sprechen", sagte sie ruhig. „Und jetzt trinken Sie Ihren Kaffee, bevor er kalt wird."
Er hätte sich nicht gewundert, wenn sie ihm befohlen hätte, sich die Zähne zu putzen und die Ohren zu waschen. Ganz schön energisch, die Kleine. Sie sah zwar zerbrechlich aus, aber im Inneren war sie hart wie Eisen. Sie war es gewohnt, das Sagen zu haben. Eine Managerin. Na egal, zum Teufel damit. Er hatte mit Amy bereits alle Hände voll zu tun. Immerzu musste sie beim Sex den Ton angeben, nie konnte er die Zügel in die Hand nehmen. Das ging ihm gehörig auf die Nerven. Auf noch so eine konnte er wirklich gut verzichten. Nein, danke, nicht mit ihm. Er beschloss, sich nie von einer Frau rumkommandieren zu lassen, während er brav seinen Kaffee trank, bevor er kalt wurde.

Ben Fischer gönnte sich einen Whiskey in der No Name Bar. Es war drei Uhr morgens und der Laden war noch immer gerammelt voll. Fischer fiel in der Menge nicht auf. Das gehörte zu seinen Talenten. Wäre er in eine Arbeiterkneipe gegangen, hätte man ihn für einen polnischen Einwanderer gehalten, einen

Kumpel, der sich vor der Schicht einen Schnaps und ein Bier gönnte. Einem Stahlarbeiter hätte er in seinem Jargon antworten können. Hier in der No Name wirkte er wie ein slawischer Dichter, ein Boxmanager oder ein Dokumentarfilmer, eben einer, der zur Boheme des West Village gehörte. Er passte hierher.

Fischer zahlte an der Bar für seinen Drink und ging an einen kleinen Seitentisch, wo bereits ein Besoffener seinen Rausch ausschlief. Fischer kümmerte sich nicht um ihn. Und umgekehrt.

Muster, dachte Fischer, jeder Fall hat ein erkennbares Muster. Manchmal konnte man sie nur schwer ausmachen, aber mit etwas Geduld wurden sie letztendlich erkennbar. In diesem Fall waren die Chassidim die fehlenden Stücke des Puzzles. Sie mochten fromm sein, aber ein Armutsgelübde hatten sie nicht abgelegt. Wo die Chassidim waren, da wurde mit Diamanten gehandelt, das wusste Fischer. Sie hatten ihre Finger stets am Puls der Branche. Sie gehörten zur Achse New York-Amsterdam-Johannesburg. Die Jesuiten des internationalen Diamantenhandels. Auch bei diesem Fall waren sie irgendwie mit im Spiel. Der Schwarze hatte Morris Blackburns Geschäft zusammen mit Cara Herzel verlassen. Dann hatten zwei Chassidim sie in dessen Wohnung auf der anderen Straßenseite besucht. Das war kein Zufall, davon war Fischer überzeugt. Die Chassidim wussten sicher, wo sich Avrim versteckt hielt... Vielleicht wusste es auch der Schwarze. Fischer hatte gesehen, mit welcher Leichtigkeit er Mordecai und Levi ausgeschaltet hatte. Der Mann musste ein Profi sein. Aber für wen arbeitete er? Die Chassidim? Morris Blackburn? Es gab keine anderen Möglichkeiten. Es war an der Zeit, zu handeln. Wenn sie jetzt nicht etwas unternahmen, würde Avrim Herzel vielleicht außer Landes gebracht werden, nach Südafrika oder in die Niederlande. Irgendwo, wo der Diamantentrust sein Geheimnis bewahren konnte.

Ja. Das Muster war offensichtlich. Die Chassidim ... der Schwarze ... Morris Blackburn. Drei lose Stränge, die sich irgendwie überkreuzen mussten. Und wenn das geschah, würde Fischer bereit sein, sie zu einem Knoten zu binden.

„Druck und Hitze, Moische. Auf etwas anderes sind sie nicht gekommen. Sie dachten allen Ernstes, man könne die Kräfte der Natur imitieren, um etwas zu erschaffen, was es in der Natur nicht gibt.“ Avrim Herzel lächelte über so viel Torheit. Der Raum lag im Dunkeln. Das einzige Licht waren die dünnen, geometrischen Linien der Laserstrahlen.
„Selbst dem General-Electric-Konzern fiel keine andere Möglichkeit ein. Also, Hitze: fast neuntausend Grad. Und Druck: über eine Million Kilogramm pro Quadratzentimeter. Das Ergebnis? Ein Kohinoor? Ein Jonker? Ein dreitausendkarätiger Cullinan? Nein, Moischele. Nur Diamantenkörnchen ... nichts als Staub. Es ist unmöglich, die Natur zu imitieren, wenn wir nicht auch ihre wichtigste Zutat verwenden ... nämlich die *Zeit.*“
Zeit. In Morris Blackburns Stirn pochte eine Ader. In diesem Wort also verbarg sich das geheime Wunder des alten Mannes. Avrim Herzel hatte die Zeit beschleunigt. Aber gleichzeitig hielt er sie fest, so dass man jede Minute, jede köstliche Sekunde auskosten konnte. Die strahlend weißen Laserstränge waren wie ein zauberhaftes Gewebe ... ein Mantel, der Blackburn in einen Luxus hüllen würde, von dem selbst Könige nur träumen konnten. Die Sorgen und Nöte seines Krämerdaseins waren ausgestanden. Schluss mit dem Schwitzen, wenn die Bilanzen mal nicht stimmten, die Rechnungen nicht bezahlt wurden, die Mahnungen auf taube Ohren stießen. Jetzt konnte er auf Knopfdruck die gesamte Branche beherrschen und mit Lichtstrahlen das Firmament erhellen.
„Nein, Moische“, fuhr der Alte fort. „In mancher Hinsicht ist der Mensch der Natur überlegen. Der Mensch kann denken, kann improvisieren. Die Natur alleine hätte nie die Atombombe machen können, sie stellt nur die Atome zur Verfügung. Sie konnte Diamanten nur in den Tiefen der Vulkane herstellen,

nichts anderes. Die Natur ist wie eine Frau mit einem herrlichen Körper. Der Körper existiert zwar, aber sie weiß nichts über dessen Struktur. Der Mensch ist wie ein kleiner hässlicher Arzt, der sie untersucht, aufschneidet, sich in das Fleisch der Frau eingräbt, um zu sehen, wie es funktioniert."

Oh, lieber Himmel, dachte Morris Blackburn. Warum kann der Alte nicht das Maul halten! Immerzu sprach er in Gleichnissen und Rätseln. Seine Gedanken irrten umher wie eine Ziege auf der Weide. Doch zwischen den Anekdoten, Beobachtungen und Erinnerungen war das Geheimnis seiner Erfindung verborgen. Es enthüllte sich nur in geflüsterten Fragmenten auf Englisch, Jiddisch, Deutsch und Hebräisch. Morris brachte zu diesen Gesprächen sicherheitshalber einen Kassettenrekorder mit, damit er die Details der Formel später in Ruhe anhören und niederschreiben konnte. Das Rätsel aller Zeiten war nun endlich gelöst. Der Traum der Alchemisten hatte sich erfüllt.

„Genau zwei Minuten und fünfzehn Komma sieben Sekunden." In der Stimme des alten Mannes schwang Erregung. Die Stoppuhr tickte. Dann schalteten sich die Laser ab und die Deckenbeleuchtung des Zimmers ging an.

„Das war mit das größte Problem, Moische. Zu lange Zeit, auch nur ein Sekundenbruchteil, und meine wunderschönen Steine wurden hundertmal zerbrechlicher als Glas. Ein Flüstern, oder ein Bleistift, der vom Tisch kullerte, ließ sie zerschellen. Die Molekularstruktur stimmte, war aber unbeständig. Zwei Minuten, fünfzehn Komma sieben Sekunden. Der Laser muss auf minus einundzwanzig Grad gestellt sein... Das ist alles."

Morris Blackburn starrte auf den langen Arbeitstisch, der in dem Kellerlabor eine ganze Wand in Anspruch nahm. Auf der Drehscheibe aus rostfreiem Stahl lag ein formloser Klumpen Sand und Lehm, wie eine matschige Sandburg am Strand. Die Scheibe drehte sich noch immer mit 7 1/8 Drehungen pro Minute. Blackburn ging einen zögerlichen Schritt darauf zu.

„Geh nur hin, Moischele", sagte Avrim Herzel. „Du darfst im Sand spielen. Viel Spaß."

Blackburn zitterte. So musste sich Pizarro gefühlt haben, als er die Reichtümer der Inkas entdeckte, als er die goldenen Kammern sah, die Berge von Smaragden. Er griff nach dem Klumpen, steckte seine Hände in die klebrige Mixtur, zerbröselte sie, ließ sie durch seine feuchten Finger rinnen. Er fühlte etwas Festes. Er legte es in eine Schale mit Wasser. Der Sand und der Lehm lösten sich ab, Kristalle kamen zum Vorschein, tiefe, klare, feurige Kristalle. Er nahm einen davon aus der Schale und das Wasser perlte ab, als wäre der Stein mit einer Wachsschicht überzogen.

„Ein Diamant", keuchte er.

„Selbstverständlich, ein Diamant", rief Herzel triumphierend. „Was hast du erwartet, Murmeln?"

„Ein Diamant", wiederholte Blackburn flüsternd. Er warf den Rest des Sands und des Lehms in die Schüssel und pflückte die Edelsteine aus dem schwammigen Bodensatz. Als er fertig war, lag ein kleiner Haufen Rohdiamanten auf dem Arbeitstisch.

„Was meinst du, Moische? Fünfzig Karat?"

„Ja, fünfzig ... vielleicht sechzig." Das Sprechen bereitete ihm Schwierigkeiten.

„Erste Qualität. Keine billigen Imitate, alles vom Feinsten. Daraus kannst du – sagen wir mal – zwei oder drei Karat pro Stein schneiden. Der Größe sind keine Grenzen gesetzt. Es ist alles eine Frage der richtigen Mischung von Borazon und Kohlenstoff. Im Laufe der Zeit und mit größerer Ausrüstung könntest du einen hundertkarätigen Stein herstellen. Ach was, warum nur hundert, Moischele? *Tausend*!"

In Blackburns Ohren brüllte es. Ihm war schwindlig. Wahrhaftig! Ihm kam alles so unwirklich vor. Tausend Karat ... zweitausend ... auf Bestellung! Er sah es vor sich... der Blackburn-Diamant. Das wertvollste Juwel der Welt. Der größte Diamant aller Zeiten. Vielleicht würde er ihn einem guten Zweck spenden. Ein Geschenk von Morris Blackburn ... Millionen wert ... sein Name wäre in aller Munde. Und es wäre steuerlich absetzbar.

„Du bist etwas blass, Moischele", sagte Herzel freundlich. „Vielleicht sollten wir nach Hause gehen."
„Gibt es noch mehr zu sagen?"
Herzel schüttelte den Kopf. „Nichts. Jetzt weißt du alles."
Als Blackburns Rolls Royce von der 57th Street zum Sutton Place abbog, wurde aus dem Regen eine Sintflut. Wie ein schwarzer Vorhang, der das Auto bedeckte. Er fürchtete, die Kontrolle über den Wagen zu verlieren und fuhr an den Bordstein, um zu warten, bis der Wolkenbruch vorbei war. Er war zu erschöpft und angespannt, um gegen das Wetter anzukämpfen.
„Sind wir daheim, Moische?" Die Stimme des alten Mannes war ein leises Flüstern, kaum hörbar über dem prasselnden Regen.
„Nein. Noch nicht."
„Es ist warm im Wagen. Wie im eigenen Bett."
Herzel streckte die Hand aus und fuhr mit den Fingern über das Leder. „Ein schöner Wagen, Moische."
Blackburn fühlte sich nicht verpflichtet, ein Gespräch zu führen. Er starrte ausdruckslos vor sich hin. Morgen musste Herzel sterben. Es musste schnell gehen, professionell. David wusste, wie man so etwas machte. Er musste David nur sagen, dass Herzel Schwierigkeiten bereitete. Er sei auf den absurden Gedanken gekommen, Blackburns Diamanten wären gestohlen ... heiße Ware... Dass er mehr Geld wolle ... sehr viel mehr Geld. David würde schon wissen, was zu tun war.
„Wir sagen es ihnen morgen früh, Moische."
„Was?" Blackburn wandte seinen Kopf Herzel zu. „Wem?"
„Der Welt. Wir müssen es der Welt mitteilen. Ich dachte an eine kleine, intime Pressekonferenz. Ich werde alles erklären ... ein paar Beispiele zeigen ... und ihnen sagen, dass du der Treuhänder dieses Verfahrens bist. Die Weltöffentlichkeit soll wissen, dass du allein die Herstellung der Edelsteine kontrollierst."
Blackburn hatte das Gefühl zu sterben. Die Wirklichkeit entglitt ihm. Der Wagen ... der Regen ... der plappernde Alte ... alles verschwamm ... er schwebte weit weg, weit über allem. Er zwang sich, zurückzukehren, zurück in sein Leben und seinen Verstand.

„Der Zeitpunkt ist ... noch nicht ... gekommen. Wir sagen ... nichts." Die Worte kamen ihm fremd vor. Es konnte nicht wahr sein. Aber das war es. Herzel rückte wieder klar in sein Blickfeld. Es war kein Traum. Das Trommeln des Regens auf dem Autodach, das war die Wirklichkeit.
„Wir sagen nichts!", überschrie er das Prasseln. „Nicht jetzt ... noch nicht."
„Doch, Moischele, *jetzt.* Mein Werk hier ist getan. Ich muss nach Hause. Ich muss zurück."
Wut und Angst explodierten in Blackburns Gehirn wie eine Granate. Er wandte sich auf seinem Sitz um. Seine Hände umklammerten die Gurgel des Alten wie ein Schraubstock. Dann drehte er ihm den dürren Hals um, als würde er eine Gans erdrosseln. Er schüttelte Avrim Herzel noch lange, obwohl der Mann bereits tot war, so lange, bis ihn die Wut und die Angst verlassen hatten, bis das Donnergrollen in seinem Gehirn abgezogen war und er nur noch das Prasseln des Regens hörte.

Der Fluss hat seinen Ursprung in sanften Seen, die hoch in den grünen Bergen liegen. Dann fließt er nach Süden und ergießt sich in die Fluten des grauen Atlantik. Der Fluss umspült die Ufer Manhattans. Vierzigtausend Abgüsse ergießen sich darin wie eine Sintflut. Eine Papptasse, die man in Fort Tyron in den Fluss wirft, schaukelt noch in Richmond auf den Wellen. Treibgut von Pier 86 wird an den schlammigen Ufern der Gravesend Bay angeschwemmt. In den braunen Wirbeln des regenstarken Flusses drehte sich der Mann wie eine zerbrochene Puppe. Er trieb mit dem Fluss, hob und senkte sich mit den Wogen. Er war nicht mehr Avrim Herzel, er war nichts außer einem Teil des Abfalls aus der Großstadt, und er trieb den reinigenden, schwarzen Tiefen eines großen Meeres entgegen.

8

In den Autos, die gegen Mitternacht durch die stillen Straßen fahren, sitzen Schwarze. An der Ecke Park Avenue und 65th Street rollt der erste Wagen an den Bordstein und hält an einer Filiale der Chemical Bank an. Zwei Männer steigen aus und huschen über den Bürgersteig auf die gewaltigen Bronzetore zu. Dann fährt die Wagenkolonne die Fifth Avenue in Richtung 63rd Street weiter, wo zwei weitere Männer vor dem Silberjuwelier Carson Scott & Co aussteigen. Von der 63rd Street geht es weiter zur Madison Avenue. Die Wagen halten im Parkverbot. Die Übrigen, insgesamt sechs, steigen aus und verschwinden in den Schatten des kleinen, aber eleganten Gebäudes, in dem die Verlagsgruppe Wilkerson untergebracht ist. Die Truppe ist nur eine von vielen. Park Avenue, Madison Avenue, Wall Street, Chambers Street, Fulton Street und Lower Broadway – überall wimmelt es von Schwarzen. Sie reisen in Pkws, Lkws, in Kleinbussen und VW-Bussen, in Trucks und Campingwagen. Sie haben die Schlüssel zur Stadt und genießen das Vertrauen der Bürger.

In den frühen Morgenstunden steht ein Schwarzer einsam vor dem Tresor einer Bank. Ein Polizist sieht ihn bei seiner nächtlichen Patrouille und tappt mit dem Schlagstock gegen das Fenster. Der Schwarze dreht sich um und hebt die Hand zum Gruß. Schon seit Jahren halten sich die beiden an dieses Ritual. Der Schwarze ist in der Bank, weil man dort gerne blitzsaubere Böden und Fenster hat. Er schiebt seine elektrische Bohnermaschine hinter den Schaltern und an der Tresortür hin und her. Als Angestellter ist er versichert. Niemand traut dem Schwarzen zu, den Safe zu knacken. Solche Männer sind keine Verbrecher. Zwar begehen Schwarze statistisch gesehen mehr Verbrechen als Weiße, doch handelt es sich dabei um Verbrechen aus Not, Verbrechen des Gettos. Ein Schwarzer schmeißt vielleicht mal einen Ziegelstein durch das Schaufenster des Pfandleihers. Oder haut im Central Park einem Besoffenen einen sandgefüllten Strumpf über den Kopf. Doch dieser Mann ist kein Safeknacker. Genauso wenig, wie er ein neues Salatöl auf den Markt bringen will. Es gibt beispielsweise keine Schwarzen, die veruntreute Millionen in Brasilien verjubeln. Der Cop, der seine Runden dreht, weiß das. Deshalb tappt er nur gegen das Fenster. Deshalb winkt ihm der Schwarze guten Gewissens zu. In seiner Arbeitstasche hat er kein Nitroglyzerin. Nur anderthalb Liter Bohnerwachs.

Tagsüber war er Willie, der Nigger von Jackson Beans, aber nachts war er dreimal die Woche Willie Scott und gehörte zu Joe Matthews Putztruppe, einer der Männer, die sich auf der Fifth Avenue zwischen 53rd und 62nd Street abrackerten. Willie arbeitete nur ungern bei Nacht, aber er brauchte nun mal die Knete. Sein Arbeitskollege bei Blackburn war ein Mann namens Lonnie. Lonnie hatte nur ein Interesse – Baseball. Während er seinen Besen über dem Boden vor sich herschob, murmelte er ununterbrochen die Spielergebnisse der Baseball-Liga. Die Statistiken wurden bald zu einer ständigen Litanei. Willie schob seinen Besen oder wrang sein Putztuch aus und dachte an etwas anderes.
„Du wirst doch Lonnie nicht wehtun, oder?“, fragte Willie. Sein Kopf dröhnte noch immer von der Gewalt, die ihm dieser unheimliche Fremde angetan hatte. Er war einer der wenigen, die Willie mit nur einem Blick Angst einjagen konnten. Shaft wartete mit seiner Antwort, bis sie die 56th Street überquert hatten.
„Aber nicht doch.“
„Weil ich nämlich Lonnie ganz gerne mag. Er ist zwar nicht der Hellste, aber er ist einfach ein guter Kerl.“
„Verdammt noch mal, die Idee, ihm eins über den Schädel zu geben, stammte immerhin von dir.“
Willie nickte bekümmert. „Klar ... klar, das war meine Idee. Aber die Art, wie ich zuschlage und die Art, wie du zuschlägst, das ist was ganz anderes. Ich will halt nicht, dass Lonnie etwas passiert.“
„Zerbrich dir darüber nicht den Kopf. Ich werde Lonnie kein bisschen härter schlagen als dich. Der Junge soll nur ein Minüt-

chen schlummern. Nur bis wir ihn in den Schrank verfrachtet haben, ehe er zu sich kommt und mich erkennt." Willie tat bei dem Gedanken der Kopf weh. Er hielt Shafts Versprechen von schmerzloser Körperverletzung für großen Quatsch.

Sie waren wieder auf dem Weg zu ihren Jobs, nachdem sie den größten Teil ihrer Mittagspause im Fifth-Avenue-Bus in Richtung 46th Street verbracht hatten. Shaft hatte Willie an einem Imbissstand deponiert, während er zu dem Kabuff hinaufstieg, das Simon Solomon als Büro diente. Dort holte er sein Geld. Kurz darauf hielt Willie einen braunen Umschlag mit fünfzigtausend Dollar in der Hand. Er umklammerte ihn so heftig, dass die Fingerknöchel seiner braunen Hände so weiß wie Eierschalen wurden.

Fünfzig große Scheine. Seine Gedanken wirbelten umher wie die Kugel in einem Flipper.

„Dass du mir eine überbraten musst, ist mir klar. Aber wann? Wenn du nämlich gleich von Anfang an..." Er verstummte skeptisch. Seufzend machte Shaft Halt und blickte den Kleinen an.

„Noch ein Wort, Willie, und du bist das Geld wieder los."

Willie wurde blass, sein Griff noch fester.

„Gut, dein Traum vom Einbruch ist ausgeträumt. Aber du kommst trotzdem nicht schlecht weg."

„Stimmt schon."

„Und man kann dir nichts anlasten. Außer ein paar Beulen kriegen du und Lonnie nichts ab. Und ihr müsst eben ein paar Stunden im Besenschrank hocken. Wenn die Polizei kommt, ist schon alles durchsucht, aber es fehlt nichts. Die werden sich den Kopf darüber zerbrechen, was es mit dem Einbruch auf sich hat. Auf die Idee, dass du was damit zu tun hast, wird keiner kommen. Also geh mir nicht auf den Sack. Zähl lieber dein Geld."

„Das sagst du so, von wegen es fehlt nichts", warf er ein. „Woher weiß ich denn, dass nicht 'ne halbe Million fehlt? Du räumst in Ruhe aus und Lonnie und ich werden von den Cops ausgequetscht. Und mein Geld finden die auch, selbst wenn ich's im Fluss versenke."

Shaft machte treue Augen. „Glaubst du mir etwa nicht?“
Klar glaubte er Shaft. Genau wie an den Weihnachtsmann, und dass der Mond aus Käse ist.
Willie umklammerte den Umschlag mit seinen Armen. „Natürlich glaub ich dir“, sagte er. „Ich mach mir halt Gedanken, sonst nichts.“
„Um dir die Sache zu erleichtern verspreche ich, dass ich dir erst dann eins überbrate, wenn ich schon fast draußen bin. Ich brauche dich, Willie. Ich will, dass du mir bei jedem Schritt zur Seite stehst. Ich hab nämlich keine Lust, einen Alarm auszulösen.“
Willie beobachtete Shafts Gesicht ganz genau, wollte durch die Maske dringen. Vermutlich waren seine Gedanken verworrener als ein Autobahnkreuz.
„Wonach suchst du eigentlich? Fünfzigtausend Dollar und nicht einen einzigen verdammten Diamanten willst du mitnehmen. Ich kapier's nicht.“
„Lass gut sein, Willie. Versuch's lieber nicht. Ist bestimmt besser so.“

An der Sache war etwas faul, fand David Alexander. Je mehr er darüber nachdachte, desto stärker wurde sein Misstrauen. Es hatte an jenem Vormittag angefangen, als Morris später als sonst ins Geschäft gekommen war. Es hatte einiges zu besprechen gegeben, insbesondere die nicht unwichtige Sache mit der Provision, die ihm vom Verkauf der Max-Lishkin-Diamanten nach Venezuela zustand. Die Summe war eine Beleidigung. Morris bekam den Kaviar, aber ihn wollte er mit Froschlaich abspeisen.
„Du hattest mit mehr gerechnet, David, ich weiß... Aber ich muss dich für ein Weilchen um Geduld bitten. Ich stehe in letzter Zeit unter enormen Belastungen ... finanzieller Art, du verstehst... Es gibt da gewisse Schwierigkeiten ... dies und das ... bitte sei geduldig, David. Es ist wie in jedem anderen Geschäft auch. Es dauert eine Weile, bis die Profite reinkommen. Aber wenn's dann so weit ist...“

Und dann hatte er gelächelt. Das berühmte Morris-Blackburn-Lächeln, das Herzen schmolz, Beine spreizte und Scheckbücher öffnete.

„Ich vertraue dir, Morris."

„Braver Junge, David. Ich liebe dich wie meinen eigenen Sohn. Bald sind wir ganz oben, David ... sehr bald. Sehr, sehr bald."

Und dann, beim Gehen, hatte er ganz beiläufig gesagt:

„Herzel hat uns verlassen, David."

„Uns verlassen?"

„So ist es. Er ... er wurde lästig und etwas schwierig. Er war ein hervorragender Schleifer, einer der besten, aber seine Forderungen wurden immer unverschämter. Was übrigens in direktem Zusammenhang mit der erbärmlichen Summe steht, mit der du vorlieb nehmen musstest. Ich hab den alten Gauner rausgeschmissen. Es gibt auch noch andere Schleifer. Und andere Wege."

„Vielleicht macht er dir Ärger."

„Nein... nein... Das bezweifele ich sehr. Nein, so was würde er nicht tun. Er hat genauso viel zu verlieren wie ich."

„Vielleicht hast du Recht."

„Natürlich habe ich Recht, David. Vertrau mir."

„Nein", stöhnte David Alexander und presste beide Hände an seine Stirn. Er hatte wohl den Verstand verloren, sich diesen Quatsch widerspruchslos anzuhören. Lügner ... Lügner ... hätte er rufen sollen!

Aber wusste er denn, dass Morris log? Wie konnte er sich da sicher sein?

Ich vertraue dir, Morris.

Er hatte ihm immer vertraut, denn Morris liebte ihn... und trotzdem, in letzter Zeit... er spürte eine Veränderung. Als Morris sagte, er liebe ihn wie einen Sohn, waren das nur noch leere Worte. Die Dinge lagen jetzt anders. David spürte die Veränderung, wie ein alter Seemann, der eine Änderung der Windrichtung in den Knochen fühlen konnte.

Er hob den Hörer des Haustelefons.

„Ja, David?"
„Da ist noch eine Kleinigkeit, Morris. Wie wird Herzels Tochter die Sache aufnehmen? Vielleicht macht sie wieder eine Szene ... so wie gestern Nachmittag."
Einen Moment lang herrschte absolute Stille. Alexander dachte schon, die Leitung sei unterbrochen. Als Morris die Sprache wieder fand, war seine Stimme ein heiseres Flüstern.
„Wovon redest du da, David?"
„Ach, weißt du das nicht", erwiderte Alexander ausdruckslos. „Herzels Tochter war gestern hier, auf der Suche nach ihrem Vater. Als Peter ihr sagte, dass er den Gentleman nicht kenne, hat sie eine schreckliche Szene gemacht. Sie beharrte darauf..."
Wieder Stille. Dann: „Schick Peter in mein Büro ... auf der Stelle."
Klick.
Also spielte sich hier tatsächlich etwas ab. Morris war ganz schön aus der Fassung geraten.
„Peter!"
Peter Day kam mit einem verführerischen Lächeln auf Alexanders Büro aus Glas und Walnussholz zu.
„Ja, David? Du wolltest mich?" Ein Wink mit dem Zaunpfahl. Der Kerl war so verführerisch wie ein billiger Strichjunge. Alexander konnte dieses ordinäre Gehabe nicht ausstehen. Er zwang sich zu einem Lächeln. „Mr. Blackburn wollte dich kurz sehen, Peter. Wegen der Frau, die in Ohnmacht gefallen ist."
Peter Day sah auf einmal bestürzt aus. „Sie war doch nicht etwa jemand wichtiges, oder?"
„Nein, Peter... Aber Morris ist etwas... Er fühlt sich heute nicht wohl. Warum, weiß ich nicht, aber an deiner Stelle würde ich die Sache herunterspielen. Sag ihm einfach, die Frau ist von sich aus gegangen – und dass sie wiederkommen wollte."
„Wiederkommen? Davon hat sie kein Wort..."
„Tu, was ich sage, Peter. Glaub mir, ich weiß, wie man Mr. Blackburn handhaben muss."
„Das weißt du... das weißt du ganz sicher...", hauchte Peter Day.

Alexander schaute zu, wie Peter Day zum Aufzug ging. Peters Bericht über den Zwischenfall war lückenhaft gewesen. Helmut hatte die Frau durch den Hinterausgang hinaus gebracht. Mehr wusste Peter nicht.
Er stand von seinem Schreibtisch auf und spazierte gelassen auf die Straße. Helmut deutete einen Gruß an. Wahrscheinlich trug der alte Blödmann Lederstrapse unter seiner Uniform. Alexander nickte freundlich und zündete sich eine Zigarette an.
„Wie geht es Ihnen heute, Helmut?"
„Gut, Mr. Alexander. Sehr gut. Schönes Wetter nach all dem Regen, finden Sie nicht?"
„Ja. Ein wunderbarer Tag." Er genoss den trockenen, kalten Wind, den wolkenlosen, blauen Himmel. „Sagen Sie, Helmut ... das Mädchen von gestern Nachmittag..."

Shaft wollte endlich weg. Der Tag hatte sich endlos hingezogen, die Uhrzeiger waren schwer wie Blei gewesen. Den ganzen Tag über hatte er Klos geputzt. Er musste der Versuchung widerstehen, die Bürste hinzuwerfen und auf die Straße zu rennen, wie ein Falke, der in die Wintersonne fliegt. Aber er war geblieben und hatte seinen Job getan. Dafür wurde er schließlich bezahlt. Und er beschwerte sich nicht, zumindest nicht laut. Er hatte seit seiner Zeit als Soldat keine Scheißhäuser mehr geschrubbt und nie geträumt, dass ihm das wieder blühen würde. Er stellte fest, dass ausgerechnet Frauen, die ja die meisten Putzarbeiten verrichteten, auf dem Klo überhaupt keine Manieren hatten. Überall war Puder und Make-up. Wenn ihnen irgendetwas runterfiel, zum Beispiel ein schmutziges Papiertaschentuch, ließen sie es einfach liegen. Und wie konnten Menschen, die sich beim Pinkeln setzten, nur die Kloschüssel verfehlen? Aber auch das brachten sie fertig, verdammt noch mal. Er war außer sich. Am liebsten hätte er die Flucht ergriffen... Aber er hatte einen Plan, und der hatte Vorrang. Es durfte nichts dazwischen kommen. Er freute sich darauf, den Besen wieder an Elvon abzugeben, der arme Irre.

Durchhalten. Schrubben und durchhalten. Der Tag zog sich hin. Der Letzte, dem Shaft begegnen wollte, war David Alexander. Leider wartete genau der im Flur vor den Umkleidekabinen auf ihn.

„Könnte ich kurz mit Ihnen reden, John?“ Der Nigger war durchtrieben, er musste Acht geben.

„Ja, Sir, Mr. Alexander.“ Schieb's dir in den Arsch, du kleine Schwuchtel.

„Nicht hier. Vielleicht auf einen Drink irgendwo?“ Ein bisschen Fusel, dann quatscht er schon.

„Tja... ich weiß nicht...“ Verdammt, ich hab jetzt keine Zeit, dir einen zu blasen.

„Ich bestehe darauf, John.“ Oh Junge, du musst noch viel lernen.

Na ja... unter anderen Umständen würde ich der Tunte die Zähne einschlagen.

Sie gingen in eine kleine Bar an der Sixth Avenue, eine Schwulenkneipe, in der Alexander und Shaft nicht auffielen. Wenn Alexander sich zu Thanksgiving ein Stück dunkles Fleisch gönnen wollte, war das seine Sache. Sie fanden einen Tisch, so groß wie ein Schmutzfleck auf dem Teppich. Alexander bestellte einen Margarita. Shaft konnte seinem Magen nichts vorlügen – er bestellte Scotch.

„Ich habe Sie beobachtet, John. Im Ernst, ich hatte Sie die ganze Zeit im Auge.“

Shaft lehnte sich zurück und nippte an seinem Scotch. Er war bereit, Alexander im Ernstfall auf die Pfötchen zu klopfen. Er hörte nur halb zu, denn er war in Gedanken ganz woanders. Er brauchte noch einen Film für die Minox-Kamera... Und er musste den Plastiksprengstoff abholen, von einem Typen in der Bronx, der im Keller seiner Mutter Bomben bastelte. Es gab noch viel zu tun, bevor er sich mit Willie um 0.30 Uhr an Blackburns Seitenausgang traf. Er konnte es sich nicht leisten, Alexander zu beleidigen, aber zum Rumfummeln hatte er jetzt keine Zeit.

„Mir ist klar, dass auf Sie Verlass ist", schnurrte Alexander. „Wie Sie sich zum Beispiel um diese Sache gestern gekümmert haben."
Shaft blickte ihn ausdruckslos an.
„Na, Sie wissen schon", fuhr Alexander fort. „Die Frau, die ohnmächtig geworden ist."
„Ach ja."
„Helmut hat mir davon erzählt."
„Ach?" Was soll der Scheiß? Shaft leerte seinen Drink mit einem Schluck.
„Wohin haben Sie sie gebracht, John?"
„Wohin? Raus. Durch die Hintertür."
Alexander spielte einen Moment lang mit seinem Drink, fuhr mit dem Finger am Rand des Glases entlang. „Natürlich ... durch die Hintertür. Helmut hat Ihnen fünf Dollar für ein Taxi gegeben. Haben Sie sie in ein Taxi gesetzt, John?"
„Klar hab ich sie in ein Taxi gesetzt. Sie hatte kein Geld, also hab' ich ihr den Fünfer gegeben."
„Wo haben Sie das Taxi geholt?"
„Wie bitte? Keine Ahnung ... auf der Straße."
„Fifth Avenue?"
„Klar."
„Helmut hat gesehen, wie Sie und das Mädchen die 56th entlang liefen."
Was zum Teufel sollte das alles? „Klar... es hat geregnet. Ich konnte kein Taxi finden, also sind wir rüber zur Sixth gegangen."
„Und dort haben Sie sie in ein Taxi gesetzt?"
„Ja." Am liebsten hätte er David Alexander mit Plastiksprengstoff voll gestopft und ein Streichholz an die Zündschnur gehalten.
„Und wo ist sie hin?"
Shaft zuckte übertrieben mit den Schultern. „Weiß nicht."
„Sie hat Ihnen nicht gesagt, wo sie wohnt?"
„Nein."

„Hat Sie Ihnen ihren Namen gesagt?“
„Nicht, dass ich wüsste.“
„Hat sie jemals den Namen Herzel erwähnt?“
„Nicht bei mir.“
„Erinnern Sie sich noch an die Taxinummer?“
Shaft umklammerte sein Whiskeyglas. Alexander war ein Anfänger, und wenn Shaft etwas auf die Nerven ging, dann waren es Anfänger in der Profiliga.
„Ich weiß die Nummer nicht.“
„Was ist mit dem Gesicht des Fahrers? War er jung? Alt? Welche Haarfarbe hatte er?“
„Ein stämmiger Kerl ... mit einem rotem Bart“, sagte Shaft. Er bemühte sich, ernst zu bleiben.
Alexander lächelte angespannt. Genauer gesagt fletschte er die Zähne. „Ich weiß, dass das aufdringlich klingt, aber ich muss dieses Mädchen finden... aus persönlichen Gründen. Es ist mir, sagen wir, hundert Dollar wert. Der Fahrer kann sich vielleicht noch an sie erinnern.“
„Kann schon sein.“
„Vielleicht weiß er noch, wo er sie hingebracht hat. Das wäre mir persönlich sehr wichtig.“
„Glaub'ich Ihnen gern.“
„Meinen Sie, dass Sie ihn finden können? Taxifahrer haben ja ihr eigenes Revier...“
„Wüsste nicht wie. Gibt 'ne Menge Taxis.“
„Ich würde Ihnen gerne die Hälfte des Geldes jetzt geben ... als Zeichen meines guten Willens.“
Alexander griff nach seinem Portemonnaie, aber Shaft war bereits auf den Beinen.
„Schon gut, Mr. Alexander. Ich traue Ihnen. Ja, Sir, ich werde mein Bestes tun. Morgen suche ich nach dem Fahrer. Danke für den Drink, aber ich muss jetzt los.“
„Natürlich, John. Einen schönen Abend noch.“
Shaft verließ die Bar und ging zur Express-Station am Columbus Circle. Ein Taxi suchen. Was für ein Blödsinn. Er musste

aufpassen, nicht von einem überfahren zu werden. Zum Totlachen. Die Hundert-Dollar-Frage war doch: Wo ist Cara Herzel?
„Zuletzt hab ich sie in meinem Bett gesehen."
Einfach so.
„Verstehen Sie mich nicht falsch, Chef. Wir haben's nicht getrieben. Wir haben eine WG gegründet, sonst nichts."
Er lächelte. Er überlegte, mal in seinem scheußlichen Büro nach der Post zu sehen. Scheiß drauf. Stattdessen würde er mal bei seiner Mitbewohnerin reinschauen. Erst in die Bronx, dann nach Hause.
Wenn David Alexander bereit war, hundert Dollar für sie hinzublättern, dann war sie mehr als nur irgendeine Tussi, die in teuren Boutiquen an der Fifth Avenue aus den Latschen fällt. Aber wer war sie wirklich?

Arnold Berkowitz hatte schon immer Polizist werden wollen. Kein Cop. Ein Polizist. Der Traum hatte ihn eine deprimierende Kindheit in Yonkers und eine kurze, unschöne Lehre in der Wollimportbranche ertragen lassen. Schließlich hatte Arnold Berkowitz dann den Sprung gewagt und war dem New York Police Department beigetreten. Er hatte eine besondere Begabung für gewisse Einsätze. Zum Beispiel hatte er einen Faible für das Dramatische. Berkowitz leitete eine Einsatztruppe, die im Central Park als Frauen verkleidet Raubüberfälle verhindern sollte. Er selbst trug Jeans mit Schlag („Einen knackigen Hintern hast du, Arnold", hatte sein Sergeant gesagt) und eine blonde Perücke. Er hatte seinen Platz in der Welt gefunden. Für jeden seiner Einsätze als verdeckter Ermittler bereitete er sich mit dem Eifer eines Broadway-Schauspielers vor. In seiner Rolle als Chassid hatte er sich selbst übertroffen. Nicht genug damit, dass er sich jetzt Pejes und Bart stehen ließ, auch die Denkweise und Gottesgläubigkeit der Orthodoxen hatte er sich zu Eigen gemacht. Er ging sogar so weit, dreimal am Tag nach Osten gewandt zu davenen.
Nur John Shaft ging ihm gehörig auf die Nerven. Nicht nur,

weil ihm Shaft beinah den Kiefer zerschmettert hätte, sondern weil er ihn für einen brutalen Flegel hielt, dem nicht über den Weg zu trauen war. Womit er natürlich Recht hatte. Berkowitz machte aus seinem Herzen keine Mördergrube, sondern hatte seine Gedanken Lieutenant Anderozzi kundgetan. Leider hatte ihm der gute Lieutenant kaum Aufmerksamkeit geschenkt. Anderozzi hielt Berkowitz zwar für einen fähigen Polizisten, aber auch für eine Nervensäge.

Sein einziger Kommentar zu dem Thema war folgender: „Arnold, sei keine Nervensäge. Lass gut sein."

Durch solche Bemerkungen ließ sich Berkowitz nicht bremsen. Er konnte diesen Shaft einfach nicht leiden, und trauen konnte er ihm auch nicht. Wie es Simon Solomon konnte, ein weiser Mann, ein Davan, das ging über seinen Verstand hinaus. Shaft spielte ein doppeltes Spiel. Irgendjemand musste ihn im Auge behalten.

„Arnold, sei keine Nervensäge. Lass gut sein."

Er würde sich schön fern halten von Shaft, aber ihn nicht aus den Augen verlieren ... womit natürlich nicht seine Augen gemeint waren. Schließlich war man nicht neun Jahre lang Polizeibeamter, ohne sich gewisse Kontakte anzueignen. Arnold hatte mehr als genug Singvögel, die auf seiner Schulter saßen und ihm ihre Liedchen ins Ohr trällerten. Arnold Berkowitz war gemeinhin als fieser Winzling verschrien, bei dem es hieß: anschmieren, was das Zeug hält. Er ließ verlauten, für wen er sich interessierte, und seine Spitzel hörten gut zu – der große Nigger, der bei Blackburn arbeitete, der Typ, der in seinem Büro am Times Square saß und sich Privatdetektiv schimpfte, der Schrecken des West Village. Berkowitz wollte ihn beobachten und bespitzeln lassen. Für jeden sprang dabei was raus. Für die Nutten, die Zeitungsverkäufer, die Taxifahrer, die Fixer, Gauner und Nachtgestalten. Arnold Berkowitz verfolgte Shafts Wege durch die Stadt wie ein Radartechniker einen blinkenden Punkt auf dem Monitor.

Die Wohnung war blitzblank. Sie strahlte wie Tafelsilber. Einen Augenblick lang dachte Shaft, durch die falsche Tür spaziert zu sein. Sogar die Wände waren geputzt. Der Grund für diese Verwandlung stand in einem streng gebügelten Kleid mitten im Wohnzimmer. Sie war ebenso tipptopp wie die Wohnung.
„Ich hoffe, Sie haben nichts dagegen, aber ich habe bei Ihnen etwas sauber gemacht."
„Das sehe ich. Tja ... nun."
Er stand da und wusste nicht, was er sonst noch sagen sollte. In der braunen Papiertüte, die er auf dem Arm trug, war genug Plastiksprengstoff, um die ganze Wohnung über den Fluss bis nach Jersey zu sprengen. Cara Herzel ging auf ihn zu, um sie ihm abzunehmen.
„Sie haben etwas zu essen besorgt, das war nicht nötig. Ich habe eingekauft."
Er hielt die Tüte von ihr weg. „Das hätten Sie nicht tun sollen ... die Wohnung verlassen, meine ich."
„Ich fühlte mich sicher."
„Sie haben sich vielleicht sicher gefühlt, aber tun Sie's nicht wieder ... außer, ich bin dabei."
Sie folgte ihm von einem Zimmer ins andere und plauderte vor sich hin, als hätte sie gerade erst die Sprache entdeckt. Von den 1,95 Dollar in ihrer Handtasche hatte sie Hähnchenflügel, Reis, Tomaten, zwei Zwiebeln und Olivenöl gekauft. Und sie hatte sogar noch 35 Cent übrig! Davon hatte sie dann eine Flasche Ammoniak gekauft, um die Wände zu schrubben. Er wurde aus ihr nicht klug. Bei den meisten Weibern stand zu befürchten, dass sie mit seiner Stereoanlage nach Südamerika abhauten. Aber die da...
„Essen Sie", sagte sie und lud seinen Teller mit Reis und Huhn voll.
Er aß schweigend. Sie aß nur halb so viel wie er und lächelte ihn mit vollem Mund freundlich an.
„Okay. Danke für die Mahlzeit ... und fürs Putzen. Wir sollten jetzt was besprechen."

Sie runzelte die Stirn und wirkte sofort defensiv.

„Ich will über Ihren Vater reden“, sagte er.

Er nahm sie mit ins Wohnzimmer, wo sie angespannt auf der Sofakante saß und ihm dabei zuschaute, wie er vor ihr auf und ab ging.

„Werden Sie nach ihm suchen?“

„Schon möglich“, sagte er. „Das hängt davon ab, was Sie mir sagen werden.“

Er verhörte sie, langsam und geduldig, brachte immer und immer wieder dieselben Fragen auf.

Nein, Morris Blackburn kannte sie nicht. Nein, einen David Alexander kannte sie auch nicht. Und sie wusste auch nicht, warum der israelische Geheimdienst hinter ihrem Vater her war. Von Juwelen war die Rede gewesen. Die meisten ihrer Antworten lauteten nein. Er konnte kaum etwas an brauchbaren Fakten aus ihr herausholen. Shaft drängte sie, sich ganz genau zu erinnern. Nach einem etwa zwanzigminütigen geschickten Verhör konnte sie ihm wortwörtlich wiederholen, was Ben Fischer ihr in seinem Büro erzählt hatte:

„In seinem Besitz befindet sich eine beträchtliche Anzahl an Edelsteinen. Dadurch ist sein Leben in Gefahr.“

„Sind Sie sicher, dass er das gesagt hat? Dass sein Leben in Gefahr ist?“

„Ganz sicher.“

„Ist Ihr Vater Diamantenhändler?“

Sie lächelte. „Natürlich nicht. Er ist Wissenschaftler ... ein Physiker.“

„Aber er hat Edelsteine. Woher?“

„Das weiß ich nicht.“

Er hielt kurz inne. Die nächste Frage könnte knifflig werden.

„Kann es sein, dass er sie gestohlen hat?“

Ihre Wut war wie ein Peitschenhieb. „Unmöglich! Ich glaube, Sie verstehen meinen Vater überhaupt nicht! Ich erzähle von ihm, aber Sie verstehen ihn einfach nicht.“

„Sehen Sie, Cara – bewaffnete Männer sind hinter Ihrem Vater

her. Auch andere Leute. Und Sie können mir nicht sagen, warum. Er ist kein Händler, aber er hat Diamanten. Alle Welt schätzt und bewundert ihn. Aber seine Regierung will ihn mit Gewalt zurückholen. Was soll ich daraus schließen?"
Sie war verstört und ratlos.
„Ich weiß es nicht." Ihre Stimme war ein Flüstern.
Shaft seufzte. Okay, sie wusste es also nicht. Er versuchte es auf eine andere Art. „Sie sagen, er ist Physiker. Woran arbeitete er in Israel?"
„Ich bin mir nicht sicher. Es war streng geheim. Ich weiß, dass er für die Regierung arbeitete, aber das ist alles, was ich weiß."
„Na schön ... das ist immerhin ein Anfang. Er arbeitete für die Regierung, und die Regierung will ihn wieder haben. Er hat vielleicht etwas dabei, was er nicht hätte mitnehmen sollen."
„Er ist ein ehrlicher Mensch!"
„Er muss es ja nicht gestohlen haben. Vielleicht weiß er einfach zu viel. Etwas streng Geheimes, vielleicht Pläne für eine neue Bombe, um Araber in die Luft zu sprengen."
„Er war ein Idealist", sagte sie mit zitternder Stimme.
„Okay. Ein Idealist also." Er hielt inne, zündete sich eine Zigarette an und wartete, bis sich ihre Wut etwas gelegt hatte.
„Was für ein Wissenschaftler ist er? Ich meine, was ist sein Fachgebiet?"
„Er ist ein Pionier im Bereich der Lasertechnik", sagte sie stolz. „Er ist auf der ganzen Welt bekannt."
Shaft konnte damit nichts anfangen. Er erinnerte sich dunkel, irgendwann im Life-Magazin etwas über Laser gelesen zu haben. Das waren Lichtstrahlen. Mit ihnen konnte man schneiden. Den Artikel hatte er im Wartezimmer eines Zahnarztes gelesen. Allerdings hatte er sich kaum darauf konzentriert. Lichtstrahlen. Das ist alles, was er noch wusste.
„Was haben Laser mit Juwelen zu tun?"
Sie starrte ihn ausdruckslos an.
Shaft nickte. Das konnte er auch Morgen herausfinden, indem er bei der Columbia University oder der Bibliothek anrief.

Das Telefon. Das gottverdammte Telefon.

„Wo hast du denn gesteckt?", fragte Amy Taylor-Davis.

„Ich... ich war beschäftigt."

„Zu beschäftigt, um anzurufen?"

„Es war zu viel los. Ich stecke bis zum Hals in einer Sache. Ich muss mich ganz schön abstrampeln, sonst versinke ich darin. Ich rufe an, sobald ich kann."

Er blickte Cara an und lächelte verlegen.

„Ich glaube, Mr. John B. Shaft – B für Bullshit –, dass Sie mich gehörig anlügen."

Eine überwältigende Wut kam in ihm auf. Sie hackte immer nur auf ihm rum und machte ihm Schuldgefühle. Diese Cara hier war um einiges netter, zärtlicher.

„Leck mich doch am Arsch."

„Das ist das erste interessante Vorspiel, das dir in den Sinn kommt. Leider kann ich heute nicht. Heute esse ich Chinesisch. Er ist einer der Diplomaten... „

Er ließ den Hörer auf die Gabel fallen. Diese blöde Fotze.

Er blickte auf seine Uhr. Es war 22.30 Uhr.

„Ich muss kurz raus", sagte er. „Schließen Sie die Tür ab und machen Sie für niemanden auf."

„Kommen Sie heute wieder?", fragte sie kläglich.

Shaft lächelte innerlich. Unter ihrem harten Kern hatte sie doch Angst vor der Dunkelheit.

„Klar komme ich wieder."

Hoffte er zumindest. Aber wetten würde er nicht darauf.

Marc Bellikoff steuerte den riesigen Dodge-Mietwagen gemächlich durch den Verkehr der Christopher Street und sah zu, wie Shaft zügig auf den Eingang der U-Bahn-Station am Sheridan Square zuging. Er hatte eine Baumwolltasche mit einem Airline-Logo dabei.

„Soll ich ihm folgen?", fragte Enoch Belzer.

„Ja. Aber lass genug Abstand. Wenn er am Columbus Circle aussteigt, fahr eine Station weiter und nimm dir ein Taxi zur

57th Street, Ecke Fifth Avenue ... die südwestliche Ecke. Dort wartest du auf uns.“

Er setzte Belzer ab und fuhr zwei Straßen weiter, bis zur Seventh Avenue, wo er einen Münzfernsprecher sah. Er rief Fischer im Hotel an und berichtete ihm, was er gesehen und unternommen hatte. Vermutungen gab er nicht zum Besten. Das war nicht nötig.

„Er wird am Columbus Circle aussteigen“, sagte Fischer bestimmt. „Er geht zu Blackburn.“

„Glaube ich auch“, sagte Bellikoff. „Vorsichtshalber habe ich Enoch auf ihn angesetzt.“

„Wenn er es vermasselt...“

„Er wird schon aufpassen“, warf Bellikoff ein. „Mach dir keine Sorgen.“

„Ich muss mir Sorgen machen. Wir stehen kurz vor dem Ziel ... es darf nichts schief gehen.“

„Soll ich den Wagen zum Hotel bringen?“

„Ja. Wir treffen uns davor.“

Fischer hängte ein. Die Taschen waren unter dem Bett in seinem Zimmer. Er musste sie nicht überprüfen. Er hatte die Gewehre und den kleinen Raketenwerfer selbst gepackt. Auch die Magazine hatte er persönlich überprüft. Er wollte nichts dem Zufall überlassen.

Es war jetzt 23.30 Uhr. Hoffentlich würden sie in ein paar Stunden Avrim Herzel gefasst haben und New York mit dem nächsten El-Al-Flug verlassen.

Fischer zwang sich, nicht daran zu denken. Sie durften nicht versagen ... sie konnten nicht versagen. Er hoffte, dass Herzels Dummheiten niemandem das Leben kosten würden. Doch als er die Waffen unter dem Bett hervorzog, verdrängte er auch diesen Gedanken: Er war zweitrangig. Allein das Ziel war entscheidend.

9

Es war ganz einfach. Willies Hand zitterte ein wenig, als er die Plastikkarte in den Schlitz an der Stahltür einschob. Aber das konnte auch an der Kälte liegen. Die Tür ging mit einem lauten Zischen auf. Er schob sie nach innen auf und sicherte sie mit einem Haken. Dann ging er zu dem Telefon, das in einer Nische an der Wand eingelassen war. Es war genau 0.30 Uhr. Lonnie schob die Bohnermaschine herein und ging dann noch einmal hinaus, um den Rest der Putzmittel zu holen. Das Telefon klingelte. Willie nahm den Hörer ab.

„Lollipop", sagte er. Das war das Passwort, das ihm Joe Mathews für diesen Abend gegeben hatte. Blackburn war Willies dritter und letzter Job für heute Nacht.

„Wie geht's, Willie?", sagte eine Stimme am anderen Ende.

„Gut", erwiderte Willie. „Ganz gut."

„Ich hab eine Frage an Lonnie. Irgend so ein Klugscheißer behauptet, Babe Ruth hält den Rekord für die meisten Homeruns. Aber ich glaube, es war Killebrew."

Lonnie kam wieder rein. Er trug einen Karton mit Bohnerwachs, Scheuerpulver, Putzlappen und Wischtüchern.

„Lonnie, wer hat die meisten Homeruns, Babe Ruth oder Killebrew?"

„Es war Stan the Man", sagte Lonnie. „Und zwar fünf in einem Spiel, 1954."

„Stan Musial. Ihr habt beide verloren", sagte Willie ins Telefon. Lonnie verlor auch. John Shaft trat aus der dunklen Gasse und traf ihn mit einem kurzen Lederknüppel hinter dem Ohr. Einen Moment lang verharrte Lonnie wie ein schwarzer Frisbee in der Luft, dann sackte er mit einem satten Plumps auf den Boden.

„Ich muss jetzt an die Arbeit", sagte Willie und legte auf. Er betrachtete die leblose Gestalt seines Kumpels. „Verdammt, der sieht ja tot aus."

Shaft zerrte Lonnie weiter in den Raum. Willie ging vorsichtig hinter ihm her und machte die Tür zu.

„Der Alarm ist wieder aktiviert", sagte er nervös. „Wenn du die falsche Tür aufmachst, geht hier die Hölle los."
„Was machen wir mit ihm?", fragte Shaft sachlich. Das etwa drei mal drei Meter große Zimmer enthielt nichts außer einer Stechuhr, einem Aufzug und einer Eisentreppe, die zum ersten Stock führte.
Willie wurde mit jeder Sekunde zappeliger. Seine an sich schon gelbliche Haut hatte jetzt die Farbe von Pergamentpapier.
„Du bist sicher, dass er nicht tot ist?"
„Was hast du denn? Wir haben doch alle Dickschädel. Ist wissenschaftlich erwiesen."
„Er bewegt sich nicht. Er ist stocksteif." Schweiß stand auf Willies Gesicht.
Shaft schaute auf seine Uhr. Zwei Stunden. Einhundertzwanzig Minuten. Und er verschwendete kostbare Zeit mit Gesprächen über Lonnies Gesundheitszustand.
„Jetzt hör gut zu, Willie ... wenn ich sage, dass er nicht tot ist, dann ist er's auch nicht. Und jetzt sag mir, wo wir ihn verstauen können."
Willie schluckte hart. Lonnie war so kalt und grau wie der Zementboden. Er sah wirklich ein bisschen tot aus.
„Ich weiß es nicht ... ich weiß es nicht..."
Lieber Himmel, dachte Shaft. Und so einer schimpft sich Einbrecher. Der macht sich vor Angst noch in die Hose, dann muss die Polizei nur den Flecken folgen.
„Ruhe! Du musst dir dein Geld schon verdienen."
„Schon gut, schon gut...", murmelte Willie. „Wir bringen ihn im Aufzug hoch."
„Was ist da oben?"
Willie starrte immer noch auf Lonnie. Seine Lippen waren so trocken, dass ihm das Sprechen wehtat. „Erster Stock ... Büros. Und ein privater Verkaufsraum. Zweiter Stock... Werkstätten. Da arbeiten wir. Die Kachelböden müssen gebohnert werden. Lonnie verstecken wir im Wandschrank im ersten Stock."
Den ersten Stock, der auch von der Vorderseite des Hauses er-

reichbar war, kannte Shaft. Die Aufzüge in den Ausstellungsräumen des Erdgeschosses gingen bis dorthin und nicht weiter. Im ersten Stock interessierte ihn nur Blackburns Büro.

Lonnie fing an, leise zu stöhnen, als die beiden sich bückten, um ihn aufzuheben.

„Hab ich doch gleich gesagt, dass er nicht tot ist", sagte Shaft voller Stolz. „Fühlst du dich jetzt besser?"

„Klar", log Willie.

Sie bugsierten den reglosen Körper in den Aufzug. Shaft kniete neben ihm nieder, öffnete seine Airline-Tasche, nahm eine Rolle sechs Zentimeter breiten Leukoplasts heraus und fesselte Lonnies Hände hinter seinem Rücken. Er verzichtete darauf, ihn zu knebeln. Davon konnte man ersticken. Sollte Lonnie sich ruhig die Lunge aus dem Hals schreien, es konnte ihn ohnehin keiner hören.

„Soll ich die Bohnermaschine hier lassen oder mit hoch nehmen?", fragte Willie mit zitternder Stimme.

„Hier lassen. Es soll aussehen, als wärst du überfallen worden, nachdem du aufgelegt hast. Das ist deine Story, Willie. Man hat dich niedergeschlagen, als du mit dem Rücken zur Tür gestanden hast. Kapiert?"

„Schon klar."

Willie plapperte ihm nur alles nach, ohne Überzeugung. Angewidert schüttelte Shaft den Kopf. Willie und sein großes Ding!

„Also gut. Los geht's."

Der Aufzug war funktionell eingerichtet, ganz im Gegensatz zu den Minipalästen aus Glas und Ebenholz, mit denen die VIP-Kunden vom Foyer in Blackburns Büro fuhren. Es gab drei Knöpfe: 1, 2 und K. Willie drückte auf 1. Shaft hatte im Keller nie einen Lift bemerkt.

„Vor fünf oder sechs Jahren haben sie ein Viertel des Kellers abgetrennt und zugemauert", sagte Willie. „Das ist jetzt ein Lagerraum, wo die Schleifmaschinen sind. Eintritt verboten. Da putzen wir nicht mehr."

„Seit wann?"

„Seit einem Monat ... vielleicht mehr. Es gibt fünf unabhängige Alarmkreise, das ist einer davon."

„Ich muss da rein."

„Unmöglich", sagte Willie schnell. Er fing an zu zittern.

Shaft warf ihm einen eiskalten Blick zu. „Du hast behauptet, du kannst den Alarm abschalten. Also was soll der Scheiß?"

Willie regte sich nicht. Er wurde mit jeder Minute ängstlicher. „Ich kann's schon. Ich hab's nur noch nie probiert. Was ist, wenn was schief geht? Wenn ich aus Versehen was auslöse und plötzlich der Wachdienst auftaucht?"

Shaft schenkte der Frage keine Beachtung. Hoffentlich regte sich Willie irgendwann mal ab. Der Aufzug hielt im ersten Stock an. Die Tür öffnete sich und gab den Blick auf einen kargen Flur mit mehreren Türen frei. Jetzt waren sie an der Rückseite des Hauses. Hier hatten der Buchhalter, der Einkäufer und Blackburns Sekretärin ihre Büros. Außerdem waren hier die Poststelle, zwei Abstellkammern und die Toiletten. Sie zerrten Lonnie ins Klo und verrammelten die Tür.

„Ich fange in Blackburns Büro an. Gibt's da drinnen einen Alarm?" Willie schüttelte den Kopf.

„Bist du sicher?", beharrte Shaft.

„Ja." Willie konnte ihm nicht in die Augen sehen. „Er hat einen Safe, aber der ist nicht ans Alarmsystem angeschlossen."

Shaft nahm ein paar dünne, weiße Baumwollhandschuhe aus der Tasche und zog sie an.

„Okay, Willie. Ich fange jetzt an. Bleibt dicht bei mir. Wenn ich irgendwo rein muss, entschärfst du den Alarm."

Willie starrte auf den Boden. Er sah aus wie ein uralter Mann. „Ich weiß nicht... Ich weiß nicht, ob ich das kann..."

Shaft zwang sich zu einem Lächeln. „Klar kannst du das, Willie... Es ist genau wie in den Büchern, die du gelesen hast. Du schaffst das schon."

„Klar", murmelte Willie. „Klar."

„Wie's im Buch steht. Du bist Elektronikexperte. Fünfundzwanzigtausend Dollar die Stunde, Willie ... netto!"

„Okay." Das Wort war kaum hörbar, aber es war heraus. Er hatte es gesagt – und daran geglaubt. Aber nicht mit ganzem Herzen. Ein Teil von Willie wünschte sich, er wäre nie geboren worden und hätte nie John Shaft kennen gelernt. Aber jetzt steckte er nun einmal zu tief drin. Und in dem braunen Umschlag warteten fünfzigtausend Dollar auf ihn.

Der blaue Dogde hielt an der 57th Street an. Levi Yadin öffnete die Hintertür und ließ Enoch Belzer einsteigen.
„Und?", knurrte Fischer.
„Ging wie am Schnürchen. Ich bin im Wagen geblieben und bis zur 66th Street gefahren. Dann bin ich im Taxi zurückgefahren. Ich kam vor ihm an der Ecke an. Er ging in Richtung 56th Street... zu Blackburn."
Fischer knurrte wieder und Bellikoff lenkte den Wagen auf die Fifth Avenue. Fischer starrte schweigend vor sich hin.
Niemand unterbrach seine Grübeleien. Die Männer im Wagen kannten ihn zu gut. Sein Schweigen war die sprichwörtliche Ruhe vor dem Sturm. Je tiefer die Stille, desto grausamer der Sturm.
Es gab drei mögliche Eingänge, dachte Fischer. Den Vordereingang, die Hintertür, die die Angestellten benutzten, und die Tür in der Seitengasse, die nur mit einer Magnetkarte zu öffnen war. Fischer kannte das Haus nur durch die Beobachtungen, die er und seine Männer angestellt hatten. Er war jedoch zu dem richtigen Schluss gekommen, dass das Haus unter der baufälligen Hülle eine Art riesiger Safe war, der weder vom Verkaufsraum noch vom Angestellteneingang betretbar war. Vorne kamen und gingen den ganzen Tag über Kunden, hinten trugen die Schwarzen den Müll raus. Die Seitentür war weitaus interessanter. Sie wurde zweimal am Tag von etwa einem halben Dutzend älterer Männer benutzt. Sie betraten das Haus am Morgen und verließen es am späten Nachmittag. Fischer hatte in Tel Aviv genügend Goldschmiede und Diamantenschleifer gesehen, um sie auf einen Blick erkennen zu können. Sie tasteten sich vorsichtig

durch die Welt, verbrachten ihr Leben über Arbeitstische gebeugt, ihr Augenlicht hinter dicken Lupen langsam verblassend. Wenn sich Avrim Herzel in dem Haus befand, dann nur in diesem Abschnitt – vielleicht in einer Geheimkammer oder einer Privatwohnung.

Jeder diese drei Eingänge war durch Alarmsysteme gesichert. Bei einem Einbruchsversuch würden im Hauptquartier des privaten Wachdienstes, der für Blackburn zuständig war, sofort die Glocken schrillen. Innerhalb von zehn Minuten hätten sie bewaffnete Männer am Hals, vielleicht sogar noch früher.

Zehn Minuten. Sein Team hatte solche Jobs bereits in sehr viel weniger Zeit geschafft. In Beirut zum Beispiel.

„Wie lange haben wir in Beirut gebraucht?" Die Frage war an alle gerichtet.

„Vier Minuten, siebenundzwanzig Sekunden", erwiderte Mordecai prompt.

Fischer lächelte innerlich. Er war von Mordecai und dessen Begeisterung für Fakten und Zahlen fasziniert. „Vier Minuten und siebenundzwanzig Sekunden ... nicht schlecht ... aber siebenundzwanzig Sekunden zu lang."

Beirut. Damals, vor neun Monaten, hatte er dasselbe Team um sich gehabt. Ein israelischer Botschaftsangestellter war von syrischen Terroristen entführt worden. Man hielt ihn in einem Haus gefangen, das nur zehn Straßen vom Hauptquartier der libanesischen Polizei entfernt war. Eine hochexplosive Situation. Zwischen der israelischen und libanesischen Regierung kam es zu Spannungen. Die Libanesen wollten nicht eingreifen, weil sie weitere Vergeltungsanschläge fürchteten. Die Israelis wollten nicht durch Lösegeldzahlungen einen Präzedenzfall schaffen. Fischers Team löste das Problem. Sie drangen in das Haus ein, rollten Granaten den Gang entlang und traten mit Maschinengewehren im Anschlag jede Tür ein. Zwei Terroristen starben, weil sie im falschen Moment gezuckt hatten. Der Diplomat wurde gerettet und zum Flughafen gefahren, wo ihn ein Hubschrauber außer Landes brachte.

Vier Minuten, siebenundzwanzig Sekunden. Aber damals hatten sie gewusst, dass ihr Mann da war.
„Halt gegenüber von dem Haus an, Marc“, sagte Fischer. Er blickte die drei Männer auf der Rückbank an. Sie hatten viele Fragen, das wusste er. Aber sie stellten keine einzige.
„Wir müssen zuerst beobachten und abwarten“, sagte er. „Ich bin sicher, dass Herzel drinnen ist und dass sie versuchen werden, ihn rauszubringen. Der Schwarze ist gefährlich. Aber das muss ich weder Mordecai noch Levi sagen. Also seid vorsichtig. Wenn der Schwarze mit Herzel rauskommt, müssen wir zuschlagen. Kein Risiko eingehen. Bringt ihn um, wenn es sein muss. Wenn er ohne Herzel rauskommt, brauchen wir ihn lebend, damit wir ihn verhören können.“
„Und wenn er nicht redet?“, fragte Bellikoff.
„Er wird reden“, entgegnete Fischer. „Enoch, geh mit Mordecai zur Kellertür. Levi und ich übernehmen die Seitentür. Marc, du bleibst beim Wagen. Lass uns raus und fahr einmal um den Block, um das Haus weiter aus demselben Winkel beobachten zu können. Wenn ihr Fragen habt, dann raus damit.“
Der letzte Satz war reine Routine. Es hatte keine Fragen zu geben. Es war lediglich eine Phrase, die er seit seiner Militärzeit bei den britischen Truppen 1942 verwendete. Er war Mitglied der Jüdischen Brigade gewesen, einer Sondereinheit der Marine, die das östliche Mittelmeer patrouilliert hatte. Ihr Kommandant hatte seine Männer stets penibel über die Einsätze informiert. Und dann diesen Satz gesagt. Er hatte von seinen Männern erwartet, dass sie zuhören. Bellikoff schaltete die Scheinwerfer aus. Das Team stieg aus. Mordecai Tal öffnete die Taschen im Kofferraum und reichte jedem der Männer eine Maschinenpistole. Er stellte seine eigene Tasche auf den Sitz und entnahm einen tragbaren Raketenwerfer sowie eine Tasche mit fünf Raketen. Sie waren nicht größer als eine Dose Insektenspray und gerade stark genug, um ein Loch in eine Tür zu sprengen. Egal welche Tür. Der Rest des Hauses würde dabei unversehrt bleiben. Er hängte den Raketenwerfer und die Mu-

nition über seine Schulter, nahm seine Maschinenpistole und folgte den anderen in die Dunkelheit.
Jeder normale Polizist wäre tödlich beleidigt gewesen. Maschinengewehre und Raketen auf der Fifth Avenue? Wo kämen wir denn da hin?

Sobald er den Bericht hörte, wusste Arnold Berkowitz, was der Nigger vorhatte. Er hatte gleich geahnt, dass Shaft der Versuchung nicht widerstehen würde. Er hatte weder dessen Intelligenz über- noch dessen Aufrichtigkeit unterschätzt. Der Mann würde sein Wissen über Blackburn zweifellos verwenden, um ein paar Klunker abzustauben. Ein Taxifahrer hatte gesehen, wie Shaft mit einer Tasche die Fifth Avenue in Richtung Blackburn gegangen war und sofort Berkowitz informiert.
„Danke", war Berkowitz' Antwort gewesen. „Ich rufe den Wachdienst."
Er hatte eingehängt und ein Notizbuch aus seiner Schreibtischschublade geholt, in dem jedes Alarmsystem und jeder Wachdienst Manhattans verzeichnet waren. Schnell blätterte er die Seiten um ... Blackburn, Morris: Jwlr. SA. PP. TR 3-2964. Berkowitz erkannte somit auf einen Blick, dass Blackburn ein Juweliergeschäft war, dass es einen „stillen Alarm" hatte und dass der zuständige Wachdienst Paragon Patrol war, der größte Anbieter in Midtown Manhattan.
Am einfachsten wäre es gewesen, bei Paragon anzurufen. Sie wären hingeeilt und hätten Shaft mit gezückten Waffen auf frischer Tat ertappt. Aber das wäre zu einfach gewesen. Er hatte mit dem schwarzen Hurensohn noch eine Rechnung offen, und die sollte auf seine Art beglichen werden. Er würde ihn schnappen, wenn er mit Säcken voller Eissplitter den Laden verließ. Er freute sich schon auf sein Gesicht, wenn ihn der Richter nach Attica schickte, oder nach Ossining oder in eines der anderen Hochsicherheitsgefängnisse. Wie lange er wohl sitzen würde? Zehn Jahre? Zwanzig? Wenn er bewaffnet war, dann lebenslänglich! Der Gedanken heizte ihn richtig an.

Und diese Hitze spürte er noch, als er seinen Wagen vor Donovan & Cathcart abstellte. Die Smith & Wesson unter seinem schwarzen Mantel hatte eine beruhigende Wirkung auf ihn, obwohl sie ihm sonst wie ein lästiges Gewicht vorkam. John Shaft würde sich nicht freuen.
Und wenn er bewaffnet war? Berkowitz überlegte einen Augenblick, dann zog er die Dienstwaffe und hielt sie fest in der Hand. Langsam ging er auf den Hintereingang von Blackburn zu.

Dort gab es so gut wie keine Deckung. Das Licht der Straßenlaternen schien genau auf die fensterlose Fassade, die wie ein Gefängnis oder ein antikes Grabmal anmutete. Fischer und Levi pressten sich flach gegen die verrammelte Tür von Donovan & Cathcart. Von der Straße aus konnte man sie nicht sehen, aber sie hatten auch keine freie Sicht. Sie hörten, wie Arnold Berkowitz mit langsamen Schritten auf sie zukam. Es blieb ihnen nichts anderes übrig, als den Atem anzuhalten und ihre Maschinenpistole eng an sich zu drücken. Ihre Finger ruhten auf den Abzügen.
Berkowitz ging an ihnen vorbei, ohne sie zu bemerken, so sehr war er in den Plan vertieft, Shaft in eine Falle zu locken. Seine Jahre im Einbruchsdezernat hatten ihm einen reichen Schatz an Erfahrungen beschert. Eine Alarmanlage war effektiv, aber nicht narrensicher. Sie warnte nur vor Einbrüchen, aber wenn jemand Zutritt zum Gebäudeinneren hatte, konnte er das System überlisten. In seiner Eigenschaft als Dienstmann hatte John Shaft die nötigen Befugnisse. Er hätte beispielsweise die Kabel der Alarmanlage so verbinden können, dass diese nicht losging, wenn eine Tür aufgebrochen wurde. Außerdem hätte er sich eine Wachsabdruck des Schlosses anfertigen und so einen Schlüssel anfertigen können. Ganz sicher hatte Shaft so etwas getan. Innerlich bereitete sich Berkowitz schon auf seine Aussage vor Gericht vor.
„Die Kabel an der Tür passen zu den Kabeln, die wir in Shafts Wohnung gefunden haben. Außerdem haben wir dort die Gips-

form eines Schlüssels gefunden ... der Zweitschlüssel war benutzt worden, um die Kellertür bei Blackburn..."
Als er das Ende des Hauses erreichte, verspürte er eine regelrechte Euphorie. Die enge Zufahrtstraße hinter Blackburn war eine Sackgasse. Dort wurden nur Müllcontainer aufbewahrt. Es gab keinen Ausweg. Wenn Shaft dort herauskam, und es gab nur diesen Ausgang, musste er dem braven Gesetzeshüter zwangsläufig in die Arme laufen. Von dessen Revolver ganz zu schweigen.

Ein Chassid ... mit Pistole! Es schien unglaublich, aber sowohl Fischer als auch Levi hatten es mit eigenen Augen gesehen. Ein Revolver. Der dunkelblaue Stahl des Laufs schimmerte undeutlich im Licht der Straße. Levi war von dem Anblick zutiefst aufgewühlt: ein religiöser, gottesfürchtiger Mann mit einer todbringenden Waffe in der Hand. Fischer fand es eher amüsant. Paradoxe Verhaltensweisen brachten ihn nicht aus der Fassung. Sie vertieften nur seinen Zynismus. Ein Chassid mit einer Pistole? Eine Nonne mit einer Granate? Warum nicht. Er spürte Levis Unbehagen und musste lächeln. Levi sah nur die Waffe, aber Fischer sah darin das letzte, fehlende Puzzlestück. Der Schwarze und der Orthodoxe hatten sich bei Blackburn verabredet. Jeder Zweifel, dass Avrim Herzel vielleicht doch nicht hier war, verflog sofort. Und doch – der Chassid ging nicht hinein. Was hatte er vor? Warum stand er da? Worauf wartete er?
Im Gedanken ging Fischer alle Möglichkeiten durch. Vielleicht stand der Kerl Schmiere. In dem Fall könnten Herzel und der Schwarze jede Sekunde herauskommen. Oder er wartete auf Verstärkung, vielleicht auf den anderen Orthodoxen, den Alten mit dem weißen Bart. Aber warum mit gezogener Waffe warten? Es gab nur eine Antwort: abwarten und weiter beobachten.
Langsam verflossen die Minuten – drei, fünf ... Fischer konnte die Zeit höchstens schätzen. Er wagte es nicht, seinen Arm zu

heben, um auf die Uhr zu schauen. Der Chassid stand wie angewurzelt da, eine zunehmend bedrohliche schwarze Gestalt, die im Halbdunkel lauerte.

Der Chassid musste weg, entschied Fischer. Der Gedanke war wie eine Falle, die plötzlich zuschnappte. Der Mann war eine Gefahr. Seine Anwesenheit schränkte die Bewegungsmöglichkeiten des Teams ein. Egal aus welcher Tür Herzel und der Schwarze kommen würden, der Chassid war im Weg. Fischer stieß Levi kurz mit dem Ellbogen an, dann schlüpfte er aus dem Türrahmen hinaus. Er bewegte sich völlig geräuschlos, wie ein Mann, der an die Dunkelheit gewöhnt war, mit absoluter Sicherheit. Für Fischer war der Chassid nichts weiter als ein Hindernis – und damit war er bestens vertraut ... Deutsche, Briten, Araber. Der Chassid konnte sich sicher glücklicher schätzen als die meisten anderen: Fischer hatte kein Drahtseil zum Erwürgen in der Hand, kein breites, scharfes Messer, dass er ihm zwischen die Rückenwirbel rammen würde. Er hatte nur seine Maschinenpistole, aber die wollte er nicht benutzen. Und seine rechte Faust. Und auf die kam es an. Er schätzte die Entfernung ab und spannte seine Muskeln zum Sprung.

Arnold Berkowitz hörte nichts, aber er spürte die Gefahr. Keine Sekunde zu früh. Fischer ließ seine Faust wie einen Hammer niedersausen. Er wollte den Schädel treffen; doch Berkowitz beugte sich vor und der Schlag landete auf seinem Schulterblatt und warf ihn zu Boden. Er war betäubt, aber noch bei Bewusstsein, und seine Reaktion war purer Instinkt – er drückte ab.

Die Kugel pfiff an Fischers Kopf vorbei wie eine stählerne Peitsche und schlug in der Mauer ein. Das Geräusch hallte durch die Nacht.

Arnold Berkowitz hatte keine Zeit für einen zweiten Schuss. Noch bevor das Echo in dem Canyon aus Stein und Beton abgeklungen war, sprang Levi Yadin aus dem Türrahmen und pumpte drei Kugeln aus wenigen Metern Entfernung in seinen Körper.

Fischer zitterte vor Wut, nicht weil der Chassid tot war, sondern weil er so blöd gewesen war, abzudrücken. Die Maschinenpistole machte so gut wie keinen Lärm, nur dreimal kurz gebellt, aber der schwere Revolver hatte gerummst wie eine Kanone. Auf der Fifth Avenue würde man das Geräusch vielleicht für die Fehlzündung eines Lkws halten – aber die Männer im Haus? Der Schuss würde sie zwingen, ihre Pläne zu ändern ... immer ein Nachteil.

Verdammt! Er sah die grimmigen Gesichter Enochs und Mordecais, die von ihren Positionen her angerannt kamen.

„Beirut", sagte er. „Nur schneller."

Mordecai Tal nickte wortlos. Er ließ den Raketenwerfer von seiner Schulter gleiten, rannte zur Tür, kniete sich zwei Meter davor hin, schob ein Geschütz in den Lauf und schoss. Ein orangefarbener Flammenstreifen brannte auf, ein kurzer Rückstoß, ein Funkenregen. Dann war die Tür offen. Die Rakete hatte das Schloss sauber herausgestanzt, hatte sich wie ein Bohrer durch weiches Holz gefressen.

10

Die Sache war perfekt gelaufen, wie eine Präzisionsuhr, reibungslos...
Bumm!
Bumm!
Und der Safe in Morris Blackburns Büro stand offen, die dünne Stahltür hing schief von den Scharnieren herab. Erstaunlich, wie wenig Sprengstoff er gebraucht hatte. Es war auch gar nicht laut gewesen. Sogar Willie wirkte gelassener.
„Zähl du nur dein Geld", hatte Shaft gesagt. „Setz dich hin und denk an die Knete."
Das war dann doch etwas zu viel verlangt von Willie. Er war noch immer ganz zappelig vor Angst. Immerhin war er nicht durchgedreht. Er hatte die ganze Zeit über friedlich im Türrahmen gestanden und Shaft dabei zugeschaut, wie dieser den Safe durchsuchte. Er schien nicht auf Geld aus zu sein. Stattdessen hatte er Papiere, Abrechnungen, Scheckbücher, überhaupt alles, was irgendwie beschrieben war, aus dem Safe genommen, ein paar Dokumente herausgesucht, sie auf Blackburns Schreibtisch im grellen Schein der Lampe ausgebreitet und Fotos davon gemacht. Das hatte etwa zwanzig Minuten gedauert. Anschließend wollte Shaft ins oberste Stockwerk.
Das hatte sich als eine Enttäuschung herausgestellt. Sobald sie den Aufzug verließen, wusste Shaft, dass sie hier nichts finden würden. Hier war eine Werkstatt, ein Maschinensaal, in dem sich Werkbänke, Drehbänke, Kreissägen, Werkzeugregale und Facettiermaschinen befanden. Es hätte auch eine Autowerkstatt sein können, eine große, fensterlose, klimatisierte Anlage. Nur der Safe war interessant: ein Banktresor, blank poliert wie ein brandneues Geldstück.
„Der ist verkabelt", hatte Willie erklärt. „Ein Zeitschloss, der mit jedem Polizeirevier der Stadt vernetzt ist. Willst du ihn sprengen? Oder nur fotografieren?"
Jetzt wurde Willie auch noch aufsässig.

Shaft machte einen Rundgang durch das Zimmer, betrachtete und berührte dies und jenes. Er untersuchte gerade ein Stahlgitter, das sich am oberen Ende der Treppe vom Boden bis zur Decke erstreckte, als Arnold Berkowitz den letzten Schuss seines Lebens abgab. Fischer hatte sich geirrt. Shaft hörte gar nichts.

„Wozu ist der Käfig da, Willie?"

„Zur Sicherheit. Außer dem Aufzug gibt es keinen Weg nach oben. Und mit dem kann man tagsüber nur fahren, wenn man den richtigen Schlüssel hat."

Willie kam langsam in Fahrt. Er hoffte, Shaft würde nicht darauf beharren, in den Keller einzudringen. Paragon Inc. hatte ihm und Lonnie eingeschärft, den Keller zu meiden. Da unten waren Kameras und Sensoren, die losgingen, wenn etwas Größeres als eine Ratte an ihnen vorbeihuschte. Der Keller war ein unübersichtlicher Dschungel voller Elektronik. Willie war überzeugt, dass er da unten nur alles vermasseln würde. Es gab eben Dinge, die man nicht aus Büchern lernen konnte. Er dachte immer noch an den Keller, als Mordecai Tal seine Rakete abfeuerte.

Bummm!

Das Dröhnen stieg den Aufzugsschaft hinauf. Die Fahrstuhlkabine wurde quietschend hin und her geschüttelt.

Willie schrie. Nicht laut. Eher wie das Jaulen eines Hundebabys, das auf den Teppich gepisst hatte und jetzt einen Klaps mit der Zeitung bekam.

„Lieber Gott! Was war das?"

Shaft gab keine Antwort. Was zum Teufel hätte er schon sagen können?

Also standen sie da und warteten ab. Nur wussten sie nicht worauf. Dann kam ein Summen und die Fahrstuhltüren schnappten zu. Wie ein Sargdeckel.

Der winzige Funke Mut, der in Willies Brust angeschwollen war, erlosch wie ein Streichholz im Wind.

„Ich will nicht in den Knast!" Seine Stimme war beinah hysterisch. „Du hast mich dazu gezwungen... du..."

Beinahe gelassen schlug Shaft mit der offenen Hand nach ihm. Seine Fingerknöchel trafen Willies Kiefer. Eine harte Rückhand. Willies Beine klappten zusammen, als hätte er Scharniere in den Knien. Er glitt zu Boden.

Shaft beachtete ihn nicht. Von unten hörte er Bewegung. Über das Summen des Aufzugs, der langsam hinunter fuhr, drangen dumpfe Geräusche durch den Schacht. Auf der Treppe hörte er Schritte ... ein unregelmäßiger Rhythmus. Zwei oder mehr Leute gingen die Treppe hinauf, nahmen jeweils zwei Stufen auf einmal.

Sein erster Gedanke war: Vielleicht hatten sie einen Alarm ausgelöst. Das musste Willies Schuld sein. Der Idiot. Er hätte ihn am liebsten erwürgt. Oder zumindest seine Fünfzigtausend verbrannt, einen Schein nach dem anderen. Paragon Inc. Verdammt noch mal! Vor langer Zeit hatten die ihm einen Job angeboten. Er hätte in einem blau-weißen Streifenwagen rumgurken sollen, in einer kitschigen Uniform. Nein danke. Er kannte diese Art von Leuten. Kleinstadtbullen, die es zu nichts gebracht hatten. Und jetzt rannten sie die Treppe hoch. Die Eisenstufen hallten wie Glocken. Jetzt waren sie im ersten Stock. Shaft hörte sie den Flur entlangrennen. Dann ertönte ein splitterndes Krachen – sie traten Türen ein – gefolgt von dem Knattern von Maschinenpistolen.

Moment mal! Maschinenpistolen?

Scheiße, dachte er. Wer zum Teufel war das? Er zog seine kurzläufige .38er. Es war eine Waffe, die riesige Löcher in die Wand stanzen konnte, aber unter den jetzigen Umständen schien sie ihm klein und nutzlos.

Und wieder das Rattern der MGs.

Staubwolken aus Gips und bitterscharfe Rauchfahnen drangen vom ersten Stock zu ihm hoch.

Jetzt wurde es ernst. Er steckte knöcheltief in der Scheiße.

Jeder im Team wusste, was von ihm erwartet wurde. Sie bewegten sich mit absoluter Präzision. Auf Befehle mussten sie nicht warten. Kaum waren sie im Erdgeschoss eingedrungen, hatten sie die Situation erfasst. Ein Aufzug, ein Treppenhaus. Levi Yadin holte den Aufzug. Er sollte ihnen den Rücken frei halten. Der Fahrstuhl musste als Fluchtmöglichkeit ausgeschaltet werden, indem man einfach die Türen aufsperrte. Fischer und der Rest rannten die Treppen hoch und schwärmten im ersten Stock aus. Die meisten Türen waren geschlossen. Sie traten jede auf und schossen an die Decke. Ein verlässliches Mittel, die Ratten, die sich eventuell unter dem Schreibtisch oder im Schrank verbargen, blass und zitternd aus ihren Verstecken zu holen.

Fischer sah, dass jemand die Büros bereits verwüstet hatte, sah den offenen Safe, die Papiere, die überall auf dem Schreibtisch und dem Boden rumflogen. Irgendjemand hatte es eilig gehabt. Aber jetzt blieb keine Zeit, darüber nachzudenken.

Enoch brach die Klotür auf. Er konnte sie nur mit Mühe aufstemmen, denn Lonnie lag wie ein Türstopper dahinter.

Lonnie war ein schweigsamer Mann. Ein Einzelgänger, der keiner Fliege etwas zu Leide tat. Er hatte keine Ahnung, was geschehen war. Er erinnerte sich nur noch, mit Willie über Baseball geredet zu haben. Und dann war alles schwarz geworden. Jetzt lag er auf dem Boden, die Hände hinter dem Rücken gefesselt, während irgend so ein Kerl mit einer brutalen Fresse und einem abgesägten Maschinengewehr vor ihm kniete. Der hässliche, schwarze Lauf zeigte genau auf seine Nase. Das war zu viel für Lonnie. Er rollte die Augen und fiel in Ohnmacht.

In der Mitte des Flures hielt Fischer inne. Eine Rauchfahne quoll aus der durchlöcherten Decke. Der gesprengte Safe ... der gefesselte Schwarze. Alles sehr seltsam. Aber es hatte keinen Sinn, sich jetzt darüber den Kopf zu zerbrechen. Sie hatten kaum noch Zeit. Er rannte auf die Treppe zu. Die anderen folgten ihm.

Shaft drückte auf den Fahrstuhlknopf. Es tat sich nichts. Nicht einmal das Klicken des Motors war zu hören. Kaputt! Das verdammte Ding war im Arsch, und die Schlitzaugen waren wieder hinter ihm her, genau wie damals in Vietnam. Er hatte sie für tot gehalten, die verdammten Reisfresser, aber jetzt polterten sie die Treppe hoch. Das Stahlgerüst erzitterte unter ihren Schritten. Shaft konnte nur ihre Hände sehen, die sich an den Stahlstangen festhielten.

Scheiße noch mal, wer war das nur?

Es lief ihm kalt den Rücken runter. Er umklammerte seine .38er und richtete sie in das Treppenhaus. Er war bereit für die Horde von Reisfressern!

Fischer und Enoch Belzer traten auf der Treppe einen Schritt zurück. Mordecai richtete den Raketenwerfer auf die Kette an der Tür. Die Rakete schrie wie eine arme Seele in der Hölle und krachte in das Eisengitter. Der stählerne Vorhang spaltete sich, die verbogenen Eisenstäbe wirbelten durch den Raum wie Speere. Enoch sprang als erster hindurch, stürzte in das Zimmer, seine Maschinenpistole an der Hüfte. Auf der anderen Seite lauerte Shaft.

Mit der kurzen Pistole in seiner Hand sah er todbringend und fremdartig aus. Shaft wartete nicht, bis die MG sprach. Er drückte ab. Die Kugel war wie eine tödliche Biene in einem Kupfermantel, die krachend durch Enoch Belzers Gehirn drang. Belzer drehte sich in den Rauchschwaden und fiel hinten über. Die Maschinenpistole entglitt ihm und klapperte die Treppe hinunter.

Das Ende vom Spiel, dachte Fischer. Er verspürte einen Stich, als er Belzers Leiche sah. Ein guter Mann, aber vorschnell. Er hätte nicht ins Ungewisse springen dürfen. Fischer presste sich flach auf den Boden. Der Lauf seiner Pistole zeigte um die Ecke. Er hielt die Waffe hoch und richtete den Lauf auf die Decke, so dass die Lampen und Neonröhren aufplatzten und auf den Boden krachten.

„Waffe runter!“, schrie Fischer. „Sofort!“

„Leck mich!“ erwiderte Shaft und suchte unter einer Werkbank Deckung. Verdammte Scheiße. Der Kerl dachte wohl, er könne ihn einfach so abknallen. Der hatte sie nicht alle. Von der Decke fielen Gipsbrocken auf die Werkbank. Man konnte kaum atmen wegen all dem Staub und Rauch in der Luft, und Gott im Himmel, wie still es war, so totenstill. Er sah Willie an eine Wand gekauert und der Anblick seines angstverzerrten Gesichts war nicht gerade beruhigend. Er wischte sich den Schweiß und den Staub von der Stirn und versuchte zu denken. Es gab keinen Ausweg. Die schießwütigen Horden im Treppenhaus ... der Aufzug blockiert ... kein Ausweg.

„Wirf *du* doch deine Waffe weg!“, rief er.

Als Antwort kam ein kurzer Kugelhagel, die Geschosse schlugen in der Wand ein.

Na, immerhin hatte der Arsch geantwortet. Er lehnte sich gegen einen Stahlzylinder, der in einer Ecke der Werkbank stand – ein großer, grüner Zylinder. Dahinter stand ein kleinerer, roter. Sachen zum Schweißen. Shaft kratzte sich mit der .38er am Kopf. Er hatte einmal gesehen, wie Juweliere Silber und Gold mit winzigen Flammenzungen bearbeiteten. Verdammt, das war es! Flammen... der Sauerstoff und das Acetylen wurde in Zylindern wie diesem geliefert. John Shaft stand zwar mit dem Rücken an der Wand, aber er war noch lange nicht erledigt. Seine Tasche lag ganz in der Nähe. Gott sei Dank, denn so musste er nicht auf allen Vieren rumkriechen, um an sein Zeug zu kommen. Er kroch unter der Bank hervor und holte sich den roten Acetylen-Zylinder, zog den Gummischlauch aus dem Metallventil und drehte den Hahn auf. Gas strömte aus. Wunderbar. Aber es könnte schwierig werden. Er könnte sich sein Gesicht verbrennen. Von der Werkbank baumelte ein Feuerzeug an einer Kette. Shaft hielt es an das austretende Gas. Und puff! Ein bleistiftdünner, gelber Flammenstrahl schoss aus der Metallöffnung. Er drehte das Ventil ganz auf, hob den Zylinder über seinen Kopf und warf ihn die Treppe hinunter.

„Bombe!“, rief er. „Eine Bombe!“

Es sah aus wie ein brennendes Flugzeug, oder wie ein Flammenwerfer, der sich selbstständig gemacht hatte. Der Zylinder prallte einmal kurz auf, bevor er die Treppe erreichte und abwärts taumelte, umschlungen von zischenden Flammen.

Shaft rannte sofort los. Er nahm nur am Rande wahr, dass jemand schrie. Jemand brannte. Mit einem Ruck öffnete er die Tasche, schüttete den Inhalt hinaus, griff nach dem Brecheisen und rammte es in den Schlitz zwischen den Aufzugtüren. Er stemmte sich dagegen und die Tür ging auf ... gerade weit genug, dass er seine Hände reinbekam. Er schob die Tür zurück und sprang mit ausgestreckten Armen in den eiskalten Abgrund. Er fiel gegen das Stahlseil und presste es an sich. Runter, Baby, nichts wie runter. Seilrutschen ... wie ein gottverdammter Feuerwehrmann ... rutschen ... rutschen ... rutschen.

Levi Yadin kauerte sich neben der Stechuhr an die Wand. Von hier aus sah er das Treppenhaus, die Tür und den lahm gelegten Aufzug. Sein Augenmerk galt der Tür ... und den zwei schweißgebadeten Kerlen in blauen, goldgeränderten Uniformen, die im Türrahmen standen. Ihre Gesichter waren zur Wand gekehrt und ihre Hände nach oben gestreckt. Viereinhalb Minuten, nachdem Fischer und die anderen oben verschwunden waren, waren die Kerle von Paragon aufgetaucht. Ganz gemütlich waren sie durch die Tür geschlendert, in der Annahme, die Nigger hätten vergessen, die Tür richtig zuzumachen. Das Scheinwerferlicht in der Seitengasse und das Rauschen des Funkgeräts hatte Yadin mehr als genug Zeit gelassen, den Empfang vorzubereiten. Und jetzt standen sie an der Wand. Ihre Schrotflinten lagen auf dem Boden. Der Schweiß rann ihnen in die Schuhe. Zwei fette Kerle mittleren Alters in Karnevalsuniformen.

„Damit kommen sie nicht durch“, sagte der eine zum zehnten Mal.

„Oh Gott“, jammerte der andere. „Kannst du nicht mal den Mund halten?“

„Damit kommt er nicht durch“, wiederholte er trotzig. „Auf keinen Fall.“

Levi hörte nicht hin. Sollten sie doch quatschen. Aber wenn sie sich auch nur in der Achselhöhle kratzten, würde er sie mit einer MG-Salve an die Wand nieten. Seine Nerven waren zum Zerreißen gespannt. Das lag an dem Lärm, der durch das Haus hallte. Das Knattern von MG-Schüssen, der dumpfe Knall einer Rakete, Schreie. Und jetzt ein Klatschen, als wäre etwas auf dem Aufzug gelandet. Die Luke im Dach gab splitternd nach. Levi wirbelte herum. „Wer ist da?“, rief er auf Hebräisch. „Wer ist da?“

Shaft nahm die .38er aus seiner Tasche und sprang durch das Loch in der Decke. Während er fiel, leerte er sein Magazin in Richtung der Stimme.

Vier seiner Kugeln blieben im Boden stecken, aber eine riss Levis rechtes Bein auf, brach seinen Knochen und warf ihn um. Im Fall drückte er ab. Die Maschinenpistole wackelte und zitterte in seiner Hand, als die Kugeln den Türrahmen des Fahrstuhls zerfraßen. Eine davon zischte haarscharf an Shafts Kopf vorbei und flüsterte den Gesang des Todes in sein Ohr.

Wohin, Baby?, dachte Shaft ... nicht durch die Tür. Vielleicht war die Gasse voll von diesen Schweinen. Eine ganze Versammlung von schießwütigen Freaks. Verdammt. Lonnies Kasten voller Putzmittel stand da und hielt die Fahrstuhltüren auseinander. Shaft trat ihn aus dem Weg und drückte auf den Knopf, auf dem „K“ stand. Der Aufzug fuhr runter ... aber wohin?

Ihm war es scheißegal. Über ihm war die Hölle los. Er spürte den Druck der Maschinengewehre, die durch die Wände des Aufzugsschachts schossen. Er hörte nichts außer Bumm, Bumm, Bumm. Auf der Fifth Avenue brach der dritte Weltkrieg aus.

Der Aufzug kam ruckartig zum Stehen und Shaft meinte fast, in ein Grabmal zu steigen. Vor ihm war eine Sackgasse, an deren Wände Umzugskisten und Sandsäcke gestapelt waren. Das Ganze endete in einer Ziegelwand und einer Stahltür. An der Decke brannte eine Glühbirne, umgeben von Maschendraht. Es war wie im Kerker. Shaft rannte zur Tür und rüttelte an der Klinke. Abgeschlossen.

Na klar, dachte er wütend. Was sonst?

Er setzte sich auf einen Sandsack. Er saß in der Falle, da war nichts zu machen. Selbst hier, tief unter der Straße, hörte er das Heulen der Sirenen, die die Fifth Avenue und jede andere

Straße zwischen der Battery und dem Harlem River entlangrasten. Es schien, als wären alle Cops des Staates New York zu Blackburn unterwegs, um bei der Party mitzumischen.

„Das Ende vom Lied", sagte er müde.

Der Aufzug fing an zu klappern. Er bewegte sich nicht, er ratterte nur wie eine dumpfe Glocke. Einen Moment lang war er verdutzt. Dann wurde ihm klar, was los war – jemand ließ sich am Seil runter, genau wie er, bis nach ganz unten.

„Diese verdammten Scheißkerle." Das musste einmal gesagt werden. Vielleicht war es nur einer, vielleicht aber auch drei oder zehn. Ob er sie mit einer leeren Knarre in Schach halten könnte? Zweifelhaft.

Wenn er etwas in Vietnam gelernt hatte, dann die Kunst des Überlebens. Kein falsches Heldentum. Er rollte sich gegen die Wand und vergrub sich unter den Sandsäcken wie ein Fuchs in seinem Bau. Er sah nicht, wie Ben Fisher in den Gang vordrang, den Raketenwerfer im Anschlag. Shaft hörte das nervenzerreißende Schrillen der Rakete, die sich durch die Eisentür bohrte. Einer der Säcke platzte auf und der Sand ergoss sich in sein Ohr. Er hörte eine weitere gedämpfte Explosion, dann nur das Rieseln des Sandes. Langsam hob Shaft den Kopf an. Unglaublich, aber er war gerettet. Er lebte.

Ein kalter Wind blies durch den Gang – frischer Nachtwind. Shaft rannte in einer Rauchwolke durch die geborstene Tür. Er stolperte über die Reste eines Tisches und stieß gegen eine Werkbank, auf der verstreute Instrumente lagen. Ein Labor ... Zentrifugen und Generatoren ... Stromumwandler, Schalter ... Rohre aus Glas und Metall. Sehr verwunderlich. Unter der Bank war ein Loch in der Wand, gerade groß genug, um sich bis zur Menschenmenge der Fifth Avenue durchzuschlagen. Das wollte Shaft auch gerade tun, als der erste der schießwütigen Cops in den Keller kam. In seiner Hand hielt er die größte Schrotflinte, die Shaft je gesehen hatte.

„Ganz ruhig! Still gestanden! Keine Bewegung!"

Shaft gehorchte.

Es gab nichts, was Lieutenant Anderozzi lieber mochte, als mit seiner Frau zu schlafen, besonders im Winter. Oder besser gesagt, neben ihr zu schlafen, denn nach dreiundzwanzig Jahren Ehe war das Feuer doch ziemlich abgefackelt. Aber immerhin hatte sie den wärmsten und weichsten Arsch der Welt und sein kräftiger, schlanker und reichlich durchfrorener Körper schmiegte sich an ihre goldenen Arschbacken wie die Schale an die Grapefruit. Deshalb hasste Anderozzi auch nichts so sehr, wie durch einen Telefonanruf mitten in der Nacht aus dieser Behaglichkeit herausgerissen zu werden. Sein Missvergnügen stand ihm ins Gesicht geschrieben, von der spitzen Nase bis zu den rasiermesserdünnen Lippen.
Er zerknüllte eine kaffeeverklebte Papiertasse in der Hand und warf sie geschickt in den Mülleimer. Zwei Punkte.
„Also noch mal von vorne, John."
„Ich hab' dir bereits alles erzählt", sagte Shaft. Er starrte aus dem Fenster. Über der East 51st Street zog die Dämmerung herauf, aber Shaft wollte nicht den Sonnenaufgang genießen, sondern Anderozzis Blick ausweichen.
„Du bist echt großartig", seufzte Anderozzi. „Keine Ahnung, was du so rauchst, aber sie sollten es legalisieren. Würde die ganze Welt in Schwung bringen. Du hast so viel Dreck am Stecken, dass jede Jury der Welt dich einlochen würde. Und du sitzt da und lässt den lieben Gott einen guten Mann sein."
„Ich habe nichts Unrechtes getan, so wie ich das sehe."
„Dann bist du blind. Stockblind."
Shaft hob verwundert die Hände. „Ist es gegen das Gesetz, einen Mann in Selbstverteidigung zu erschießen? Einen Einbrecher mit einem Maschinengewehr?"
Anderozzi schwieg. Wenn er jetzt den Mund aufmachte, würde er es bereuen. Dann stand er auf, ging zur Tür, machte sie zu und lehnte sich mit dem Rücken dagegen.
„Ich verabscheue Gewalt, Shaft. Ein Polizist, der einen Verdächtigen misshandelt, ist in meinen Augen ein Stück Dreck. Aber, bei Gott, manchmal frage ich mich ... manchmal frage

ich mich, ob es nicht doch eine gute Idee wäre ... nur um Zeit zu sparen ... ob wir nicht eine Streckbank mit Daumenschrauben im Keller einbauen sollten."

„Eine bedauerliche Einstellung für einen fortschrittlichen Vollzugsbeamten, Vic."

„Nenn mich nicht Vic, du sarkastischer Hund. Seit einer Stunde sitzt du da und ich habe noch kein einziges Wort aus dir herausbekommen. Ich habe dich gewarnt, Shaft. Eines Tages wirst du zu weit gehen, und der Tag ist gekommen. Also nenn mich gefälligst nicht Vic. Du bildest dir wohl ein, ich würde dir aus Freundschaft den Arsch retten?"

„Wie lautet die Anklage?"

„Mir fällt schon was ein. Keine Sorge. Auch wenn wir dich nicht einlochen, kostet es dich deine Lizenz. Wenn ich mit dir fertig bin, kannst du nicht mal mehr Straßenfeger werden."

„Das glaub ich gern."

„Solltest du auch." Er ging an seinen Schreibtisch und setzte sich auf die Kante. Er wandte sich Shaft zu und blickte ihm ins Gesicht. Er wusste, dass der Kerl log.

„Was hattest du da überhaupt zu suchen?"

„Ich habe einen Kumpel besucht ... er arbeitet bei der Putzkolonne."

„Bullshit."

„Ich wollte nur meinen Freund Willie besuchen. Die Tür war offen und drinnen wurde geschossen wie in einem John-Wayne-Film. Okay, habe ich halt einen getötet. Aber er hat zuerst geschossen... Mit einer Maschinenpistole, verdammt noch mal."

„Du bist bei Blackburn eingebrochen", stellte Anderozzi nüchtern fest.

„War die Tür aufgebrochen?"

„Nein, aber sobald dein Kumpel sich wieder beruhigt hat, kriege ich es raus."

„Darauf würde ich nicht wetten."

Anderozzi seufzte und griff sich die Zigarettenpackung vom

Schreibtisch. Er steckte sich eine an und blies den Rauch an die schmutzige Decke.
„Der Mann, den du in den Kopf geschossen hast, hieß Enoch Belzer. Sagt dir das was?"
„Nein."
„Wie wär's mit Ben Fischer oder Marc Bellikoff?"
„Sorry." In Shafts Stimme schwang eine Spur Unsicherheit mit.
„Was haben israelische Agenten in einem Juweliergeschäft in New York zu suchen?"
Das hat gesessen, dachte Anderozzi zufrieden. Shaft fiel zwar nicht gerade vom Stuhl, aber seine Augen huschten nervös hin und her.
„Ich warte, John."
„Hör zu...", murmelte er. „Ich weiß nicht, was die da wollten. Das kannst du mir glauben."
„Aber es überrascht dich nicht, dass es israelische Agenten waren?" Anderozzi drückte seine Zigarette an der Tischkante aus. „Du machst mir wieder mal was vor, John. Zur Hölle mit dir. Ein Cop ist tot, zwei israelische Agenten sind tot und der dritte krepiert gerade an den Verbrennungen... Die Scheiße sickert bis zum Bürgermeister durch, und du sitzt da und machst mir was vor. Das gefällt mir nicht. Ich loch dich wegen Totschlags ein."
Shaft griff nach Anderozzis Camels, aber der Lieutenant gab ihm einen Klaps auf die Hand.
„Glaubst du, ich mache Witze, John?"
„Nein", sagte Shaft. „Aber kann ich noch eine rauchen, bevor das Exekutionskommando hereinspaziert?" Er hielt ihm die Schachtel hin. Shaft nahm eine. „Wie kam es zu der Schießerei?"
„Keine Ahnung. Aber eine Kundin von mir wurde vom israelischen Geheimdienst beschattet. Sie ist Israelin."
„Hat das was mit der Solomon-Sache zu tun, an der du arbeitest?"
Shaft schüttelte den Kopf. „Glaube ich nicht."
„Warum haben sie dann Berkowitz erschossen?"

„Kann ich nicht sagen. Ich wusste nicht mal, dass er tot ist."
„Was hatte er bei Blackburn zu suchen?"
Wieder schüttelte Shaft den Kopf. „Ich will dir nichts vormachen ... aber ich weiß es nicht."
„Schön, vielleicht weißt du es wirklich nicht." Er zündete Shaft die Zigarette an. „Noch mal zurück zu deiner Kundin. Warum wurde sie beschattet?"
„Irgendwas mit ihrem Vater ... ein Typ namens Avrim Herzel ... irgend so ein Wissenschaftler. Er hat das Land verlassen und sie wollen ihn wiederhaben."
Anderozzis Augenbrauen bauschten sich auf. „Desertiert? Aus Israel?"
„Ich weiß, ich weiß. Aber ich glaube nicht, dass sie lügt. Und sie wurde tatsächlich beschattet. Ich habe zwei von den Kerlen gesehen und sie sagte, es gäbe noch mehr."
„Wo hast du die Frau kennen gelernt?"
„Bei Blackburn."
„Was hatte sie da zu suchen?"
„Sie hatte einen hysterischen Anfall im Verkaufsraum. Sie wollten, dass ich sie in ein Taxi setze."
„Und das hast du getan?"
„Nicht ganz."
„Was soll das heißen?"
„Ich hab sie mit nach Hause genommen."
Anderozzi grinste schmutzig. „Und hast du sie gut versorgt, John?"
„Nein!" Er starrte Anderozzi an. Wie konnte der Schmutzfink es wagen, an so etwas zu denken?
„Also was?", fragte er unschuldig.
„Die Kleine war... Na ja, sie hatte Schwierigkeiten. Zwei Kerle waren hinter ihr her und sie hatte Angst. Also hab ich die Typen abgeschüttelt."
„Wie?"
Shaft zögerte eine Sekunde. „Ich hab sie in einer Lieferzufahrt zusammengeschlagen."

Tief in einem dunklen Tunnel glimmerte ein Funke. Anderozzi starrte auf seine Fußspitzen. Sie mussten mal wieder geputzt werden. Auch wenn sie sauber waren.
„Okay“, sagte er. „Sie haben gesehen, wie du und das Mädchen Blackburn verließen und du hast sie zusammengeschlagen. Was dann?“
„Nichts. Danach war ich sie los.“
„Glaubst du, sie haben bei Blackburns das Mädchen oder ihren Vater gesucht – oder dich?“
„Möglich. Ich weiß nicht, was sie da wollten. Ich weiß nur, dass die Kerle es ernst meinen. Verdammt, die haben den Laden durchsucht, als wären sie auf Hitler persönlich aus.“
„Und auf was warst du aus?“
Shaft atmete tief durch. „Meinen Kumpel. Meinen Kumpel Willie.“
Anderozzi seufzte. Er war müde ... todmüde. Der Tag war noch lange nicht vorbei. Er ging zum Fenster und starrte auf die graue, schmutzige Wolkendecke über der Stadt.
„Seltsam“, sagte er leise. „Tote, Einschusslöcher, offene Safes und gesprengte Wände. Vor einer halben Stunde rief Morris Blackburn bei mir an. Er war sehr höflich. Ein höchst charmanter Mann. Sagte, ich solle mir nicht zu viele Sorgen machen, denn die Diebe ... die Diebe ... haben nichts gestohlen. War das nicht nett von ihm? Er meinte allen Ernstes, ich würde mich damit zufrieden geben. Sogar eine Bazooka haben wir gefunden. Und Projektilsplitter. Zuerst haben wir es für eine Bombe gehalten, denn im obersten Stockwerk war eine Tasche mit Plastiksprengstoff ... und eine Kamera mit Film. Ein ziemlich gutes Modell, eine Minox. Ziemlich teuer. Schon mal so eine Kamera benutzt, John?“
Shaft überlegte, wie er an die Versicherungsprämie für die Kamera rankommen könnte. „Nein. Ich habe nur eine Polaroid. Für schmutzige Bilder von meinen Weibern. Macht mich an.“
Anderozzi wandte sich vom Fenster ab und blickte Shaft traurig an.

„Wie du dein Geld verdienst, geht mich nichts an. Aber du bewegst dich hier auf dünnem Eis und eines Tages wirst du einbrechen. Ich habe Hunderte wie dich gekannt, John. Sie spazierten eine Weile stolz rum, protzten mit ihrer Lizenz rum, stolz wie Pfauen. Aber jetzt sind sie alle weg vom Fenster. Haben die Klappe zu weit aufgerissen. Vielleicht kann ich dich etwas besser leiden als den Rest. Ich hab keine Lust mitzuerleben, wie du absäufst ... und zwar im Fluss."
„Ein letzter Ratschlag vor dem Knast?"
„Vergiss den Knast", sagte er leise. „Zumindest für jetzt. Sieh zu, dass du aus meinem Büro verschwindest."
Er erwartete keinen Dank von Shaft. Er erwartete nur das, was er tat – nämlich seelenruhig eine Zigarette aus Anderozzis Packung zu nehmen und aus dem Zimmer zu spazieren. Der Lieutenant griff zum Telefon und drückte auf den Knopf der Sprechanlage.
„Anderozzi", sagte er knapp. „Ich will, dass Shaft beschattet wird. Aber seid um Gottes Willen vorsichtig. Und Blackburn auch, rund um die Uhr. Und schickt Anderson zum israelischen Konsulat... Du hast richtig gehört. 70th Street. Ich will alles wissen, was es über einen Mann namens Herzel gibt, Avrim Herzel ... H-e-r-z-e-l."
Lieutenant Anderozzi war der unparteiischste Mensch der Welt. Er lebte bereits länger mit dem Gesetz New Yorks als unter der Fuchtel seiner Frau, und die Justiz, die Gerechtigkeit, war und blieb seine erste, große Liebe. Wer sich damit anlegte, bekam Ärger – egal ob schwarz oder weiß, Jude oder Araber. Oder John Shaft, der dreiste Sack.

11

Sie saß in der Küche, als er die Wohnung betrat. Er ging auf Zehenspitzen, weil er dachte, sie würde vielleicht noch schlafen. Daher schlich er herum wie die Witzfigur von einem Ehemann, der nach einer durchzechten Nacht ins Reihenhaus zurückkehrt. Als er an der Küche vorbeiging, fuhr sie zusammen und verschüttete Kaffee über ihren Morgenmantel – seinen Morgenmantel.

„Ich habe mir Sorgen gemacht“, sagte sie. „Es wurde spät und ... Sie waren immer noch nicht da.“

Blasskaltes Morgenlicht fiel in das Zimmer, machte sie beide zu unwirklichen, grauen Schatten. Ihre Sorge ... und seine Sorge um sie ... es war wie eine gegenseitige Berührung.

„Ich wurde aufgehalten“, sagte er knapp.

„Das Telefon hat geklingelt. Ganz früh am Morgen ... drei Uhr oder halb vier. Ich bin aufgewacht und habe gedacht, Sie sind es.“

„Wer war es denn?“ Eigentlich interessierte es ihn einen Scheißdreck. Er wollte nur freundlich sein. Sie war so verdammt nah, dass er dagegen ankämpfen musste, sie in seine Arme zu nehmen. Normalerweise hatte er nicht mit solchen Gefühlen zu kämpfen.

„Keine Antwort“, sagte sie ernst und betrachtete seine Augen. Ihre Stimme stockte. „Ich sagte, ‚Hallo, wer ist da?‘ Ich hörte jemanden atmen und dann war da nur Stille. Es hat mir Angst gemacht.“

Sie sah immer noch verängstigt aus. Er legte seinen Arm um sie, zog sie an sich. Was zum Teufel hatte er eigentlich vor? Wollte er sie beruhigen? Oder sich selbst? Auch er hatte in dieser Nacht Furcht verspürt. Jetzt mussten sie sich beide beruhigen und die Anspannung loswerden. Seine Finger vergruben sich in ihrem dichten, schwarzen Haar. Er zog ihren Kopf zurück und küsste sie zart auf die Lippen. Ihr Körper nahm seinen Wunsch zur Kenntnis, schmiegte sich warm an ihn. Willkommen daheim, nach einer Nacht mit dem Tod. Das hier ist für die Lebenden. Auf dem Weg ins Schlafzimmer zog er sie aus, nahm ihr den Morgenmantel ab, knöpfte das Hemd des Schlafanzugs auf. Ein Knopf nach dem anderen. Seine Finger bewegten sich langsam und zärtlich, aber mit absoluter Sicherheit. Was geschah wurde von beiden akzeptiert, ruhig, gelassen, ohne die Eile, die mit etwas Verbotenem einhergeht, das man hinter sich bringen will. Wie in einem Traum gingen sie auf das Bett zu. Noch bevor sie es erreichten, war sie nackt. Er drehte sie um und trat einen Schritt zurück ... nur einen ganz kleinen ... nur so weit, dass er ihren Körper betrachten und berühren konnte. Die großen, dunklen Hände, die normalerweise für Geld blutig geschunden wurden, streiften jetzt ganz langsam über ihren flachen Bauch, über ihre Rippen hinweg zu ihren zarten Brüsten. Ihre Brustwarzen waren Knospen in einem blassen Rosa, die unter seiner Berührung erblühten. Er konnte das Leben, das in ihnen pulsierte, zwischen seinen Fingern spüren.

Ihr Körper vermittelte Wärme, war Leben und Versprechen an einem Morgen, der mit sinnloser Gewalt angefangen hatte. Er berührte ihre Schultern, doch sie wandte sich von ihm ab und ließ sich sanft auf das Bett gleiten. Sie streckte sich aus, räkelte sich lasziv in dem milden, grauen Licht und wartete auf ihn. Er lächelte.

„Gibt es einen Grund zu lächeln, Mr. Shaft?"

„Ich lächele, weil ich glücklich bin", sagte er. „Weil du eine Frau bist, eine erwachsene Frau, und weil niemand ausser uns beiden in diesem Bett liegt."

„Ja", sagte sie mit tiefer, heiserer Stimme. Auch sie lächelte jetzt. „Übrigens, ich bin nicht aus Glas. Du brauchst nicht so ... sanft mit mir sein, Mr. Shaft."

Ihre Freizügigkeit überraschte ihn. Er zog sich aus und kniete neben ihr auf dem Bett. Sie streckte ihre Arme nach ihm aus, umfasste mit ihren Händen seine Hüften und zog ihn zu sich heran. Wie selbstverständlich begannen ihre Beine mit dem altbekannten Spiel.

„Ich zerbreche schon nicht", flüsterte sie wild.
Nein. Sie war nicht aus Glas, aber er wollte zärtlich sein. Ganz langsam drang er in sie ein und beobachtete dabei ihr Gesicht. Sie blickten sich in einem stummen Gespräch an und versuchten, einander die Lust an den Augen abzulesen. Sein Körper erzitterte. Sie schloss ihre Augen und begann sanft zu atmen, mit einem tiefen Klang der Ekstase. Sie hob ihre Beine an und umklammerte ihn. Sie bewegten sich gemeinsam in einem ruhigen, steten Rhythmus, der sich immer weiter steigerte, bis in seinem Kopf Sterne verglühten, ihre Finger sich in seinen Rücken krallten und sie Worte in einer Sprache keuchte, die er nicht kannte und dennoch gut verstand.

Nicht Morris Blackburn hatte bei Anderozzi angerufen, sondern David Alexander. Morris Blackburn war dazu nicht mehr im Stande gewesen. Er hatte nur zusammengesunken in seinem Schreibtischstuhl gehockt und auf die Überreste seines Safes gestarrt. David Alexander hatte sich mit sachlicher Gelassenheit um all die kleinen Details gekümmert, hatte schnell und gründlich Inventur gemacht. Selbst die abgebrühten Kerle des Einbruchsdezernats waren beeindruckt gewesen. Nur Morris Blackburn zollte ihm keine Anerkennung.
„Es wird dich sicher freuen zu hören, dass nichts gestohlen wurde, Morris", hatte er gesagt.
Morris Blackburn hatte ihn nur mit verhangenen Augen angestarrt.
Es war jetzt acht Uhr morgens und er stand mit Morris auf dem Bürgersteig vor dem Haus. Der Wind war kalt und brachte die Markise über dem Haupteingang zum Flattern. Das Tuch blähte sich wie ein Segel.
„Du solltest nicht fahren, Morris", sagte er und hielt ihn besorgt am Arm. „Ich kann dich nach Hause bringen."
Blackburn wollte nein sagen. Er wünschte, David Alexander würde seinen Arm loslassen, aber seine Stimme versagte und er konnte sich nicht bewegen.

Alexanders Lächeln war ebenso kalt wie der Wind. Er führte Blackburn zum Rolls Royce, hielt ihm die Tür auf und half ihm beim Einsteigen. Dann ging er schnell und sicher zur Fahrerseite und stieg hinter das Lenkrad. Liebevoll berührte er das Armaturenbrett aus Walnussholz.
„Was für ein schönes Auto, Morris. Du hast Geschmack."
„Was willst du, David?", flüsterte Morris. Seine Furcht war so groß, dass seine Kehle beim Sprechen schmerzte.
Alexander blickte ihn verwundert an. „Wollen? Was könnte ich schon wollen, Morris? Deine Freundschaft habe ich bereits. Mehr will ich nicht. Außer, vielleicht, dein Vertrauen."
Blackburn wandte seinen Kopf ab und starrte aus dem Seitenfenster, während Alexander den Wagen startete und die Fifth Avenue entlangfuhr. An der 55th Street bog er rechts ab.
„Wohin fahren wir?", fragte Blackburn nervös. „Ich will nach Hause."
Alexander nickte verständnisvoll. „Ich weiß, du bist bestimmt müde, Morris. Es war eine anstrengende Nacht für dich ... für uns beide. Ich bringe dich schon noch nach Hause, aber ich dachte, eine kleine Spazierfahrt würde uns gut tun. Ich fahre durch den Park, dann können wir etwas reden."
„Ich will nicht reden", sagte Blackburn. Seine Zunge fühlte sich geschwollen an. Sie war so trocken, dass sie an seinem Gaumen klebte.
„Aber es gibt so viel zu besprechen, Morris. Es macht so viel Spaß zu reden, besonders mit dir. Weißt du noch, wie wir immer geredet haben? All die Pläne, die wir geschmiedet haben, all die Träume. Ich habe dafür gesorgt, dass viele dieser Träume wahr wurden, stimmt's, Morris? Ich habe sie wahr werden lassen, weil ich wollte, dass du glücklich bist. Ich wollte, dass du ein reicher und wichtiger Mann wirst. Das will ich immer noch. Für dich würde ich doch alles machen, Morris. Deswegen tut es mir so weh ... ein bisschen, jedenfalls ... zu wissen, dass du mich angelogen hast."
Blackburn umklammerte krampfhaft die Lehne seines Sitzes,

als könne er sich so davor bewahren, seinen Verstand zu verlieren. „Ich habe dich nie belogen ... nie."

„Sei doch nicht albern, Morris", maulte Alexander. „Ich muss mich über dich wundern, wirklich. Das mit Avrim Herzel, das war gelogen. Du hast ihn gar nicht entlassen, oder? Er war mehr als nur ein Schleifer, nicht wahr, Morris? Ich habe doch gesehen, wie du den Keller für ihn hergerichtet hast. Die Polizei übrigens auch. Und mindestens einer der Männer, die letzte Nacht eingebrochen sind, auch. Du hast gesagt, er solle dort nur ungestört arbeiten ... aber was sollen die ganzen Maschinen? Was hat er da unten eigentlich getrieben? Und wo steckt er jetzt? Du hast doch hoffentlich nichts angestellt, Morris? Du hast ihn doch nicht etwa getötet?"

Morris Blackburn fing an, leise zu winseln.

„Armer Morris." Alexander war ehrlich betrübt. Er mochte es gar nicht, wenn jemand traurig war. Er fuhr mit dem Wagen an den Straßenrand und streichelte Blackburns schweißnassen Nacken.

„Du musst mir alles sagen, Morris. Ganz offen. Dann können wir uns um diese scheußliche Angelegenheit kümmern. Ich kann dir helfen... Ich werde dir helfen. Du weißt, dass ich dich liebe... du weißt, dass ich alles für dich tun würde ... alles."

„Hilf mir", flüsterte Blackburn.

„Natürlich helfe ich dir. Es macht mir nichts aus, dass du mich angelogen hast, Morris ... wirklich. Zumindest im Moment. Ich weiß, dass du mich liebst. Du liebst mich doch, oder Morris?"

„Wie meinen Sohn", stieß er heiser hervor.

Alexander lächelte wehmütig. „Ich will von dir nicht wie ein Sohn geliebt werden, Morris. Ich will, dass du mich wie eine Frau liebst."

Morris Blackburn unterdrückte ein Ächzen, dann beugte er seinen elegant gestylten Kopf vor und erbrach sich. Auf dem Teppichboden eines Rolls Royce war das besonders peinlich.

Fischer war auf sich allein gestellt. Er wusste, dass man den Gegner nie unterschätzen durfte, besonders nicht die New Yorker Polizei. Ihre Ballistikexperten würden innerhalb kürzester Zeit rausfinden, dass die Maschinenpistolen israelischer Herkunft waren. Hätte es nicht diese dummen Zwischenfälle mit Bellikoff und Belzer in der U-Bahn gegeben, hätte die Polizei nicht viel mehr ausrichten können, als über die ganze Geschichte den Kopf zu schütteln. Aber jetzt war Belzer tot und es gab Leute, die ihn identifizieren konnten. Dieser Detective Feldman beispielsweise war bestimmt kein Idiot. Er hatte an dem Tag, als er sie vor dem Damenklo aufgegriffen hatte, Lunte gerochen, davon war Fischer überzeugt. Nein, er war jetzt auf sich selbst gestellt. Bellikoff auch. Das Auto hatte er zurücklassen müssen. In solchen Situationen konnte von diplomatischer Immunität keine Rede sein. Ihre eigene Regierung würde sie verleugnen. So einfach war das.

Fischer starrte aus dem Fenster des U-Bahn-Wagens hinaus, der ihn unter dem East River hindurch nach Brooklyn brachte. Er sah nur sein Spiegelbild, das ihn aus dem schmutzigen Fenster anstarrte, ein hartes, kantiges Gesicht. Das Gesicht eines Kämpfers, der zu viele Schläge eingesteckt hatte. Eingesteckt und abgeschüttelt. Ausgestoßen ... er war ein Ausgestoßener ... nun, er kannte das Gefühl. Das Team war am Ende. Die Mission war beinah fehlgeschlagen. Beinahe, aber noch nicht ganz. Er hatte den Schwarzen falsch eingeschätzt. Der Schwarze hatte Cara, und vielleicht wusste Cara mehr über ihren Vater, als sie zugegeben hatte. Als er sie in Tel Aviv befragt hatte, hatte sie die Unschuldige gespielt, und war den Tränen nah gewesen. Aber Tränen konnte man vortäuschen. Unschuld auch. Sie war mit dem Schwarzen mitgegangen. Er hatte sie zum Reden gebracht. Es ist leicht, eine Frau im Bett dazu zu bringen, Geheimnisse auszuplaudern. Bei dem Gedanken musste er innerlich lächeln ... die Erinnerung an die Gattin eines Kabinettsmitglieds in Ankara ... ein wenig von diesem ... ein wenig von jenem ... schon hatte sie geredet ... ununterbrochen ... hatte ihm Worte ins Ohr

geflüstert, damit er nicht ging ... damit er blieb ... nur noch einmal ... nur noch ein einziges Mal...
Die Bahn rüttelte und ruckelte. Die Luft roch abgestanden, nach Schweiß und Armut. Die letzten Reste übrig gebliebener Träume wurden von einem Teil der Stadt in einen anderen befördert. Fischer gegenüber saß ein Mann, dünn, schäbig bekleidet, mit blassem Gesicht und ausdruckslosen Augen. Wen würde dieser Mann für Geld verraten? Wen würde er nicht verraten?
Cara wusste alles, und sie hatte es dem Schwarzen erzählt. Denn daraufhin war der Schwarze mitten in der Nacht zu Blackburn gegangen, um die Herzel-Formel zu stehlen. Vielleicht steckte der Chassid mit ihm unter einer Decke. Ob der Schwarze erfolgreich gewesen war? Vielleicht, vielleicht auch nicht. Er konnte ja eine Münze werfen. Oder sich die Informationen direkt von der Quelle verschaffen. Er wollte den Schwarzen wieder sehen, aber das konnte warten. Er lehnte sich zurück und schloss die Augen. Er musste ein paar Stunden ausruhen, bevor er neue Pläne ausheckte. Er würde Morris Blackburn schon zum Reden bringen, ihn auswringen wie ein nasses Tuch. Dann konnte er der Sache ein für alle Mal auf den Grund gehen. Dann konnte er dem Schwarzen eine Lektion erteilen. Über dem Kreischen der Räder hörte er noch immer Mordecais Schreie, als die Flammen ihn verzehrten. Ja, er würde den Schwarzen aufspüren.

Cara öffnete die Augen und betrachtete das Muster, das die Sonnenstrahlen an die Decke zeichneten. Es bewegte sich nicht und sah aus, als wäre es in den Putz hinein gearbeitet. Sie hob ihren Kopf von dem zerknautschten Kissen und betrachtete das Gesicht, das neben ihr lag. Ein klares Gesicht mit glatter Haut. So schwarz wie Kaffee. Sie warf die Decke bis zur Hüfte von sich und sah, wie sein Körper sich an den ihren schmiegte. Kein Verschmelzen. Eine klare Grenze. Schwarzer Kaffee in einer weißen Tasse.
Mit ihrem Fingernagel zeichnete sie Muster auf seiner Haut,

aber er bewegte sich nicht. Sie schrieb „Wie schön du bist" auf Hebräisch. Die Buchstaben standen einen Moment als rosa Streifen auf seiner Haut, dann verblassten sie. Er rührte sich nicht. Sie war erstaunt, wie tief er schlief. Sie schlüpfte unter seinem ausgestreckten Arm hervor und ging nackt ins Wohnzimmer. Der Morgenmantel lag auf dem Boden. Sie zog ihn an, dann ging sie in die Küche.
Sie kochte Wasser und bemühte sich, den Kaffee so aufzubrühen, wie er es mochte. In diesem Moment klingelte es an der Tür. Und zwar so beharrlich, als würde sich jemand mit dem Finger dagegenlehnen. Sie überlegte, ob sie Shaft wecken sollte, entschied sich dann aber dagegen. Sie musste niemanden hereinlassen, wenn sie nicht wollte. Das Schellen hielt so lange an, bis sie an die Tür ging.
„Wer ist da?", fragte sie.
Das Läuten verstummte und sie hörte nur Stille.
„Wer ist da?"
„Schalom. Bitte machen Sie auf."

Simon Solomon saß auf der Couch und balancierte eine Kaffeetasse in der einen und einen Teller mit Toast in der anderen Hand. Jüdinnen unterschieden sich von anderen Frauen in erster Linie darin, dass sie zu jedem Getränk „eine Kleinigkeit" servieren mussten. Sie hatte ihm den Toast und den Kaffee geradezu aufgedrängt, obwohl er für beides viel zu angespannt war. Er bestand darauf, Shaft zu sprechen und wäre beinahe ins Schlafzimmer geplatzt, wenn sie ihm nicht den Weg versperrt hätte.
„Trinken Sie einen Kaffee. Sie sind wütend. Er ist erschöpft. Eine schlechte Kombination. Ich gehe ihn wecken."
Natürlich hatte sie Recht, es war in der Tat eine brisante Mischung. Als Shaft gähnend und in Schlafanzughose ins Wohnzimmer kam, war Solomon noch immer wütend.
„Sie schlafen", sagte Solomon bitter, „während meine Welt zu Scherben zerbricht. Auf der 46th Street gibt es kein anderes

Thema als den Einbruch bei Blackburn gestern Nacht. Es herrscht Panik! Ich war ein Narr, auf Sie gehört zu haben."
Auch in Shaft wallte jetzt Ärger auf. Er warf einen Blick über seine Schulter. Cara war im Schlafzimmer. Die Tür war geschlossen. Er wandte sich wieder Solomon zu und piekste den Alten mit seinem langen, dicken Finger in die Brust.
„Und wie ich schlafe! Ich schlafe, weil ich niemandem Rechenschaft schuldig bin, wie ich mir meine Zeit einteile. Was Sie mir da gegeben haben, war kein Auftrag, es war eine Zeitbombe. Und die können Sie gerne wiederhaben. Zum Teufel mit Ihrer Welt – die stinkt bis zum Himmel!"
„Ihre auch!", brüllte Solomon. Er zitterte vor Wut. „So viele Tote! Nur ein paar Türen eintreten, haben Sie gesagt. Warum das Gemetzel?"
Er ließ sich schwer auf die Couch fallen. Die Kaffeetasse fiel zu Boden und rollte unter den Tisch.
Shaft kümmerte sich nicht um den Fleck. Er kratzte sich an der Brust. Er sorgte sich um den Alten. Fehlte nur noch, dass er in seinem Wohnzimmer tot umfiel.
„Es war ein Vergnügen, mit Ihnen zusammenzuarbeiten", sagte er. „Ich habe mich köstlich dabei amüsiert. Aber es gibt gewisse Aspekte dieses Falls, die ich nicht verstehe, und die Sie vermutlich auch nicht verstehen. Außer, Sie haben mich angelogen."
„Sie wissen so viel wie ich", sagte Solomon wütend.
„Wissen Sie, was ein Laser ist?"
Solomon hob beide Hände und zuckte mit den Achseln. „Laser? Ein Lichtstrahl. Wieso fragen Sie?"
„Was haben Laser mit Diamanten zu tun?"
„Diamanten? Gar nichts. Na ja, vielleicht ein bisschen."
„Was für ein bisschen?"
„Ein kleines bisschen. Vor etwa zehn, fünfzehn Jahren wurden mit Lasern Experimente für den Rohschliff von Diamanten durchgeführt. Man hielt das eine Zeit lang für einfacher als an den Rohdiamanten rumzuhacken und zu sägen. Aber es war zu aufwändig. Die Ausrüstung war zu teuer und die Schleifer

wollten nicht umdenken. Dies ist eine sehr konservative Branche, Mr. Shaft, mit einem ungeheuren Traditionsbewusstsein."
„Ist das alles?"
„Ja."
Shaft beugte sich so nah zu ihm hinüber, dass sein Gesicht nur noch wenige Zentimeter von dem Solomons entfernt war.
„Herzel", sagte er zischend und schaute zu, ob der andere auch nur mit der Wimper zuckte. Keine Reaktion. Er starrte ihn ausdruckslos an.
„Es tut mir Leid, Mr. Shaft. Sie haben mal gesagt, ich soll mich normal ausdrücken und jetzt bitte ich Sie um dasselbe. Ich verstehe Ihren Slang nicht. Was ist ein Herzel?"
„Kein was, sondern ein Wer. Ein sehr wichtiger Wer. Ein freundlicher, älterer Herr. Wie Sie, Mr. Solomon, nur dass dieser nette Herr ziemlich viel Blutvergießen zu verschulden hat. Schade, dass Sie nicht wissen, was Herzel bedeutet, wirklich. Und wenn Sie es nicht bald herausfinden, nehme ich ihre fünfhundertsiebzigtausend Dollar und verbrenne sie, wie all meine anderen beschissenen Träume."
Solomon blickte bestürzt drein. „Geben Sie den Fall etwa auf?"
„Der Gedanke ist mir gekommen."
„Ich würde Ihnen das gerne ausreden. Wenn es eine Geldfrage ist..."
Shaft lachte trocken. „Mit Geld hat das nichts mehr zu tun. Ihr Geld ist nichts mehr wert. Ich habe gerade fünfzigtausend Dollar aus dem Fenster geworfen, also nehmen Sie ihre Hand von der Brieftasche und lassen Sie mich in Ruhe. Ich muss nachdenken. Wenn ich den Fall zurückgebe, sage ich Ihnen Bescheid. Zur Abwechslung rufe ich Sie dann an."
Solomon erhob sich zitternd. Alles, was ihm wert war, zerplatzte um ihn herum zu Scherben. Ordnung, Anstand, Vertrauen, Glaube ... all das hatte keinen Platz mehr in dieser Welt. Ein Holocaust, der die Gerechten zu verschlingen drohte. Seine Qual schrie aus jeder Falte seiner gebeugten Gestalt. Er tat Shaft Leid. Er hielt ihm sogar die Tür auf.

David Alexander saß im Dämmerlicht des Nachmittags in Morris Blackburns halbdunkler Wohnung und schaute zu, wie er schlief. Wie er sich wälzte, der arme Kerl. Er schlug mit den Armen um sich und schrie im Traum laut auf. David Alexander seufzte. Wenn er ihm nur helfen könnte. Der arme Morris. Er war sehr sensibel, ließ sich so leicht von unwichtigen Kleinigkeiten in Panik versetzen. Er war schon immer so gewesen, von Anfang an. Morris wollte so viel, er hatte starke Bedürfnisse und war dennoch enorm zart besaitet, wenn es darum ging, diese Wünsche zu erfüllen. Er wollte sich einfach nicht die Hände schmutzig machen.

„Die Details überlasse ich dir, David."

Warum auch nicht?

David Alexander hatte ein Gespür für Details. Er hatte seine Jobs so glatt und geschickt erledigt, dass es zu seinem Markenzeichen geworden war. Die Polizei in sechs verschiedenen Städten hatte eines gemeinsam, ein ungelöstes Verbrechen, das von demselben Mann begangen worden war. Sechs eigenbrötlerische Diamantenhändler waren mit einem .32er-Geschoss im Kopf gefunden worden. Das Markenzeichen eines brutalen Killers. Alexander musste lächeln. Der Satz stand immer in der Zeitung. Ein brutaler Killer. Wie falsch sie lagen! Er war überhaupt nicht brutal. Er hatte nichts gegen diese Männer. Nur umgebracht hatte er sie. Schön, ihre Verblüffung hatte ihn zuweilen amüsiert. Aber brutal? Na, so was!

Mit einem Schrei richtete sich Morris Blackburn auf. Er atmete keuchend, kämpfte noch immer mit einem Albtraum. Alexander ging zu ihm and stellte sich an das riesige, ovale Bett. „Du hast den ganzen Nachmittag geschlafen, Morris. Möchtest du einen Drink?"

Blackburn schüttelte den Kopf. Vollständig bekleidet lag er auf dem Bett, nur seine Schuhe hatte er nicht an. Trotz der Decke, unter der er lag, war ihm eiskalt. Er hatte von feuchtem Sand geträumt, von Lehm, feuchtem Lehm voll wunderbarer Diamanten. Doch er war in dem Dreck versunken, einfach unter-

gegangen. So wie Herzel in dem pechschwarzen Fluss. Er erschauderte und zog sich die Decke übers Kinn.
„Ich muss für ein Weilchen weg, Morris, aber ich bin bald wieder da. Es gibt etwas zu erledigen, das nicht warten kann. Ich wollte dich nicht alleine lassen. Geht's dir gut?"
„Mir geht es gut", flüsterte Blackburn. „Lass mich in Ruhe."
Der Anblick Alexanders neben seinem Bett flößte ihm Entsetzen ein.
„Ich werde dich nie in Ruhe lassen, Morris", sagte Alexander. „Eines Tages wirst du mir dafür dankbar sein. Wirklich."
Er wandte sich ab und ging. Der Klang seiner Fußschritte wurde von dem Teppich verschlungen. Sobald er gegangen war, richtete sich Blackburn auf und drückte auf ein Nussholzpaneel neben seinem Nachttisch. Es klappte sich ganz langsam auf und gab den Blick auf eine gold und silbern glänzende Minibar frei. Darin war eine Gravierung: Für meinen Morris, von seiner Louise.
Die Inschrift schien einer anderen Zeit anzugehören. Wahllos griff er nach einer Flasche und nahm einen großen Schluck, verschüttete die Hälfte über die seidene Decke.

Bullen. Einer vor der No Name Bar, der andere vor einem Laden in der Hudson Street. Wie auffällig sie waren, dachte Alexander, wie lächerlich in ihrem krampfhaften Bemühen, nicht aufzufallen. Schrecklich öde. Er hatte mit ihnen gerechnet. Es hätte ihn überrascht und enttäuscht, wenn sie nicht da gewesen wären. Er ging beschwingt die Straße entlang. Er trug die weiße, etwas abgewetzte Livree, die Blackburns Diener immer dann anhatten, wenn sie das Silber polierten oder sonstige niedrige Arbeiten für ihn verrichteten. Der Karton mit der Aufschrift „Frische Hähnchen vom Grill"setzte der Verkleidung das i-Tüpfelchen auf. Irgendein Botenjunge, der eine Lieferung zu einem der Häuser in der Jane Street brachte, würde gewiss keine Kommentare oder Besorgnis auslösen. Pfeifend ging er die Stufen zu John Shafts Wohnhaus hoch, das Haus des Dienst-

manns, der keiner war. Er sah Shafts Namen auf den Briefkasten und ging rasch die Treppe zum ersten Stock hinauf. Der Flur war sauber und ordentlich. Und stockfinster. Sehr atmosphärisch, dachte er ironisch. Das geheimnisvolle West Village. Er zog die Livree aus und wickelte den Brathähnchenkarton darin ein. Vorsichtig verstaute er ihn neben Shafts Tür. Dann klingelte er.
„Ja?“ Die Stimme war tief und voller Misstrauen.
„Avrim Herzel.“ Den Akzent hatte er perfekt drauf. So hatte ihm der arme Kerl seinen Namen genannt, als er in den Salon spaziert war.
„Ich heiße Herzel... Avrim Herzel... Ich war ein Freund von Morris Blackburns Vater in Deutschland ... vor vielen, vielen Jahren.“
Wie jüdisch er jetzt klang! Wie ein schmutziger kleiner Jude.
Die Tür wurde blitzschnell aufgerissen.
„Hallo, John.“ David Alexander lächelte, während die .32er mit dem gedrungenen Schalldämpfer genau auf Shafts rechtes Auge zielte. „Darf ich reinkommen?“

Er lehnte sich in seinem Sessel zurück und betrachtete die beiden ausgiebig. Sie saßen auf der Couch und blickten ihn an. Die Kleine hatte ihre Hände im Schoß gefaltet, Shaft hatte seine brav in der Luft. Eine hübsche Szene. Ein Bild zum Genießen.
„Na los, bringen Sie es hinter sich“, sagte Shaft.
„Ich habe doch gesagt, Sie sollen den Mund halten, John“, schmollte Alexander. „Und jetzt reden Sie trotzdem. Das ist nicht schön. Man muss sich an die Spielregeln halten.“
Caras Hände zitterten in ihrem Schoss, doch die Bewegung war kaum wahrnehmbar.
„Hübsch sind Sie“, sagte Alexander sanft. „Seit ich Ihre Stimme am Telefon gehört habe, habe ich mich gefragt, wie Sie wohl aussehen. Ihre Stimme klang so nett, als sie fragten, wer am Apparat ist. Ich hätte gerne etwas erwidert, aber damals hatte ich nichts zu sagen. Jetzt schon.“

Er überkreuzte die Beine, doch die Pistole in seiner Hand blieb vollkommen ruhig.
„Es tut mir sehr Leid, Ihnen das sagen zu müssen, aber Ihr Vater ist tot. Er hatte einen Unfall."
Cara zuckte zusammen und wäre beinah aufgesprungen, doch der Schock war zu groß. Ihre Beine konnten sie nicht tragen. Sie beugte sich vor und starrte Alexander mit offenem Mund an. Shaft wollte sich ihr zuwenden.
„Lassen Sie das lieber", schnauzte Alexander. „Eine Bewegung und ich knall Sie ab."
„Haben Sie sowieso vor", knurrte Shaft.
„Ach?", meinte Alexander ausdruckslos. „Ich bin mir noch nicht sicher. Lassen Sie es lieber nicht drauf ankommen."
Shaft blieb, wo er war. Er saß sprungbereit auf der Sofakante. Cara starrte ihn an, stillen Trost suchend.
„Was wollen Sie, Mr. Alexander?"
„Sparen Sie sich Ihren Sarkasmus, John. Das Spiel ist aus. Sie waren ein guter Dienstmann, aber zu unterwürfig. Rückblickend haben Sie Ihre Rolle nicht sonderlich gut gespielt. Erstaunlich, dass ich so lange darauf reingefallen bin. Normalerweise bin ich etwas gründlicher. Hätte ich mir mehr Mühe gegeben, hätte ich Ihren echten Beruf herausgefunden. Privatdetektiv also. Nicht mal Ihren Namen haben Sie geändert. Sonderlich viele John Shafts gibt's im Telefonbuch nämlich nicht."
„Gut, ich bin Detektiv. Na und?"
„Wer ist ihr Auftraggeber?"
„Das ist vertraulich."
Alexanders Lächeln war dünn wie Draht, als hätte man seine Lippen mit einem Bleistift gezeichnet. Ganz gelassen beugte er sich vor. „Dann werd ich's Ihnen sagen. Lloyds of London hat Sie engagiert. Oder de Beers. Sie sollten uns ausspionieren. Wenn jemand eine halbe Stadt in die Luft sprengt, das interessiert kein Schwein. Aber bei nur einem gestohlenen Diamanten steht die ganze Welt Kopf. Sie waren ein Spion, einer von vielen

in der Branche. Der Nigger im Kohlehaufen, sozusagen. Dann sind Sie auf die kleine Mademoiselle Herzel hier gestoßen, die Ihnen ein bisschen was zugeflüstert hat. Nicht wahr, John? Sie hat den Mund nicht halten können und dann haben Sie Ihre Brötchengeber sausen lassen. Und zwar alle beide. Letzte Nacht sind Sie eingebrochen, um an die Herzel-Formel zu kommen. Haben Sie allen Ernstes geglaubt, Morris würde die Formel in seinem Safe aufbewahren? So dumm können Sie doch gar nicht sein."

„Doch", sagte Shaft. Er hatte keine Ahnung, wovon die schwule Sau da redete. Immer nur raus mit der Sprache, dachte Shaft. Er musste Zeit schinden. Verdammt, so viel Zeit wie möglich. Ein Glück, dass der Kerl schwul war. Die waren so eitel, die konnten das Maul nicht halten.

„Um der Wahrheit die Ehre zu geben, Sie waren nicht der einzige Dumme." Lächelnd strahlte er Cara Herzels gequältes Gesicht an. „Ihre Landsleute müssen den Verstand verloren haben. Falls es wirklich ihre Landsleute waren, die den verlorenen Sohn wieder heimbringen sollten. Überall diese Maschinengewehre! Typisch jüdisch." Damit wandte er sein Totenkopfgrinsen wieder Shaft zu. „Es muss ein schlimmer Schock für Sie gewesen sein. Dennoch haben Sie sich gut aus der Affäre gezogen. Sie sind über Leichen gegangen und die Polizei sind Sie auch losgeworden. Zumindest für den Moment. Die können ganz schön aufdringlich sein. Sie fragen und fragen, und irgendwann packt man dann aus. Und dann hat man den Salat."

Wie konnte er den Kerl hinhalten? Die Herzel-Formel – was auch immer das sein mochte – führte zu nichts.

Die Namen. Was war mit den Namen? Solomon hatte einen erwähnt. Irgendwas mit Fisch. Fishbein. Leopold Fishbein. Aber es gab noch andere. Fünf andere. Verdammt, er brauchte noch mehr Namen, die Namen von Männern, die gestorben sind, bevor er bei Blackburn angefangen hatte.

Max Lishkin. Der Name fiel ihm einfach so ein. Ein bekannter Diamantenhändler. Man hatte ihn tot auf einem Parkplatz in

Miami aufgefunden. Der Artikel war ihm damals aufgefallen, als er in der Zeitung blätterte, um zu sehen, wie die Knicks gegen die Celtics abgeschnitten hatten.
„Ich habe die ... die Herzel-Formel nicht gefunden", sagte er ganz cool. Er musste selbstsicher klingen. „Aber meine Auftraggeber sind trotzdem zufrieden. Ich habe einiges über den Lishkin-Fall herausgefunden."
Er hatte den Namen ganz einfach fallen lassen, um Eindruck zu schinden. Alexander stand ganz langsam aus seinem Stuhl auf. Sein hübsches, jungenhaftes Gesicht wurde auf einmal hart.
„Lügner!", sagte Alexander. Seine Stimme war angespannt, klang aber nicht sonderlich überzeugend.
Shaft grinste. „Meine Auftraggeber wollen ihre Diamanten wiederhaben. Keine peinlichen Fragen. Setzen Sie sich, dann können wir verhandeln."
Ganz langsam ließ sich Alexander in den Sessel sinken. Noch immer umklammerte er seine Pistole, schien jetzt aber weniger zielsicher. Er war erschüttert. Doch von dem Schock konnte er sich jeden Moment erholen. Das wusste Shaft. Er musste ihn weiter verunsichern.
„Cara, geh doch bitte an meinen Schreibtisch. In der Schublade rechts oben ist eine Kopie meines Briefes an Brodkin & Co."
Ein kluges Mädchen, dachte Shaft. Sie war auf Draht, hatte sofort geschaltet, keine Sekunde gezögert, ihn nicht erst angestarrt. Sie war ganz einfach aufgestanden und zum Schreibtisch gegangen, als wüsste sie genau, wonach sie suchte. Alexander richtete die Pistole auf sie, dann schnell wieder auf Shaft.
Aber nicht schnell genug.
Shafts rechtes Bein schnellte vor. Der Fuß traf mit der Kraft eines Vorschlaghammers auf Alexanders Knie. Knie können nur nach außen knicken. Seine Kniescheibe zersplitterte und Alexander klappte zusammen. Zuckend fiel er nach hinten gegen den Sessel. Der Schrei blieb ihm im Halse stecken. Noch immer hielt er die Pistole fest. Shaft duckte sich unter den Colt und spürte den scharfen, glühend heißen Druck einer Kugel,

die ihm die Haare auf dem Kopf versengte. Er griff nach Alexanders Handgelenk, um ihm die Waffe zu entwinden, aber der Kerl kämpfte wie ein verwundeter Wolf. Die Finger seiner freien Hand wurden zu Krallen und zerkratzten Shafts Gesicht, suchten nach seinen Augen. Shaft drehte das Handgelenk nach innen. Notfalls würde er die Hand brechen oder abreißen. Der Druck zermalmte Alexanders Fingerknochen am Pistolengriff. Die Knarre spuckte Feuer, doch der Klang wurde von Alexanders Körper verschluckt. Beim Sterben starrte er Shaft ins Gesicht. Sein Blick schien um Verständnis und Vergebung zu flehen. Dann wurden seine Augen glasig vom Tod.

12

Shaft ließ Alexander zu Boden gleiten und legte ihn neben den Sofatisch.
„Ist er tot?", fragte Cara flüsternd.
„Ja", knurrte Shaft. Jetzt hatte er also doch eine Leiche im Wohnzimmer. Er blickte zu Cara auf, die wie angewurzelt dastand und Alexander unverwandt anstarrte.
„Geh ins andere Zimmer", sagte Shaft. „Kein erfreulicher Anblick."
Cara schüttelte den Kopf. „Tote sind nie erfreulich. Glaubst du, er hat die Wahrheit gesagt?"
Shaft nahm eine verfranste, braune Tagesdecke und breitete sie über Alexander aus. „Die Wahrheit?"
„Über meinen Vater. Vielleicht hat er gelogen."
„Vielleicht. Aber er hat gelächelt, als er es sagte. Ich glaube, er hat es genossen, Menschen wehzutun. Vielleicht war es einfach seine Vorstellung von einem Späßchen mit dir. Tut mir Leid, aber ich weiß es einfach nicht."
Er stand auf und ging zum Fenster. Durch einen Schlitz im Vorhang sah er Zivilbeamte die Hudson Street entlangschlendern. Anderozzi hatte eine wirklich riesige Sammlung von Idioten, die für ihn arbeiteten. Alexander hatte mehr Köpfchen gehabt – zumindest war er clever genug gewesen, einen Schalldämpfer zu benutzen, und dazu noch einen ganz guten.
„Sollen wir die Polizei rufen?", flüsterte Cara.
„Noch nicht."
Also, wie war die Lage? Hier lag eine tote Schwuchtel, die vermutlich fünf oder sechs Diamantenhändler in verschiedenen Städten erschossen und ausgeraubt hatte. Eine ballistische Untersuchung würde eventuell einen Zusammenhang zwischen der Pistole in der Hand des Toten und der Mordwaffe aufzeigen. Was auf dem Boden lag, war mehr als eine Leiche, es war ein wichtiges Puzzlestück. Nur nützte es ihm momentan ziemlich wenig.

Er schaute Cara an. Sie hatte ganz schön Mumm. Sie war zwar aschfahl und etwas wackelig auf den Beinen, aber immerhin war sie nicht ausgeflippt und schreiend auf die Straße gerannt. Er wollte allerdings nicht, dass sie weiter da stand und ihm zuschaute. Sie brauchte Trost, wollte hören, dass ihr Vater noch lebte. Er wünschte, er hätte die Antwort parat, aber er konnte ihr nicht helfen. So legte er nur einen Arm um sie und drückte sie fest an sich. Er sagte nichts.

„Jetzt geht es wieder", sagte sie eine Weile später.

„Schön. Aber wenn du hier weiter wohnen willst, solltest du dich nützlich machen. Wie wär's mit einer Tasse Kaffee?"

Als er sie in der Küche rumhantieren hörte, war er erleichtert. Er ging in dem Zimmer auf und ab, von einer Wand zur anderen. Am liebsten wäre er auf die Straße gerannt. Mal so richtig hart und lange durch die frische Abendluft joggen. Die Washington Street entlang, dann bis zu Barrow oder Morton, oder vielleicht Washington Square. Das könnte weder ihm noch Anderozzis Bluthunden schaden. Sollen sie mal ordentlich schwitzen. Er musste grinsen. Er sah ihre Gesichter richtig vor sich, wie er aus dem Haus gerannt kam. Vermutlich würden sie ihn mitten im Satz abknallen, wie auf einer Jagd.

Er tigerte auf und ab. Auf und ab, links und rechts, ein Spaziergang wie in einer Telefonzelle. Immerhin brachte es das Blut in Wallung und seine Gedanken ins Rollen.

Blackburn. Der Mann steckte bis zum Hals im Dreck. Aber er machte sich nicht die Hände schmutzig. Einer von der Sorte eben. Sollen doch George oder Joe oder David Alexander die Drecksarbeit erledigen. Egal wer, nur er nicht. Der aalglatte Bastard saß in seinem Elfenbeinturm, weit weg von dem Schmutz, von den Schreien der Sterbenden. Zur Hölle mit ihm.

„...Haben Sie allen Ernstes geglaubt, Morris bewahre die Formel in seinem Safe auf? So dumm können Sie doch gar nicht sein."

Morris Blackburn hat sich wegen der Herzel-Formel Sorgen

gemacht, deswegen hatte er David Alexander auf seinen „Botengang“ geschickt. Was auch immer das verdammte Ding war, es war zu wertvoll, um es in seinem Safe im Büro aufzubewahren. Wenn nicht in seinem Büro, wo dann?

Er hörte auf, hin und her zu laufen und starrte wütend auf seinen Schreibtisch. „Genau vor meiner verdammten Nase!“

Cara steckte ihren Kopf ins Wohnzimmer und blickte ihn tadelnd an. „Dein Kaffee ist fertig.“

„Trink du ihn!“

Er schritt über Alexanders Leiche, kniete neben ihm nieder und warf den Teppich zurück. Seine Kleidung hatte das Blut aus dem Einschussloch aufgesogen wie Löschpapier. Unglaublich, dass eine einzige Wunde so stark bluten konnte. Als sei er von einem Tiger zerfleischt worden. Aus der Küche drang ein Keuchen. Dann hörte er, wie die Kaffeetasse auf dem Linoleum zersprang. Selbst schuld, wenn sie so neugierig war.

Shaft kramte durch die Taschen des Toten. Er ging schnell vor und bemühte sich, kein Blut an die Hände zu bekommen. In seiner Jackentasche war nichts, nicht mal ein Feuerzeug. In der Gesäßtasche seiner Hose war nur ein dünnes Portemonnaie. Linke Hosentasche, nichts. Rechte Hosentasche, Schlüssel. Ein dünnes, ledernes Schlüsseletui mit den Initialen M.B. in Gold eingraviert. Shaft öffnete es. Haus- und Autoschlüssel. Vergoldet und mit dem Rolls Royce-Wappen darauf.

„Genau vor meiner Nase“, wiederholte er zornig. Was zum Teufel war nur mit seinem Kopf los? Es war alles in dem Notizbuch in seinem Schreibtisch. Die täglichen Beobachtungen, die Gerüchte, denen er Tag für Tag im Geschäft gelauscht hatte und die er abends so sorgsam aufgeschrieben hatte.

Leroys Sohn, Deacon. Der Sohn von Andys Cousin zweiten Grades, Deacon, der unten in Florida in seinem neuen Maverick rumfuhr. Die Anzahlung kam von einem unerwarteten Batzen Geld von seinem neuen Boss – Morris Blackburn.

„Er hat das verdammte Arschloch aus dem Haus geschafft!“, rief er. Cara konnte sich gerne die Ohren zuhalten, wenn ihr

seine Ausdrucksweise nicht passte. Er mochte den Klang seiner eigenen Flüche. Er sprintete zum Telefon und wählte eine Nummer. Der Hörer wurde bereits beim ersten Klingeln abgehoben.
„Shaft“, sagte er.
„Ich habe auf ihren Anruf gewartet.“ Solomons Stimme klang angespannt, besorgt. „Haben Sie sich entschieden, Mr. Shaft?“
„Ja. Ich bin schon in Fahrt. Aber ich brauche Hilfe. Ich werde beschattet. Ich muss mich frei bewegen können.“
„Schon in Fahrt? Wohin denn, Mr. Shaft?“
„Zu Blackburns Wohnung ... am Sutton Place ... aber das können wir später besprechen ... kommen Sie so schnell wie möglich her. Bringen Sie mir einen Mantel und einen Hut ... einen großen, schwarzen Mantel ... und einen schwarzen Hut ... genau wie Ihrer, Mr. Solomon.“
„Ich verstehe nicht...“
Shaft hängte ein und wählte mit kurzen, kräftigen Bewegungen seines Fingers eine weitere Nummer.
Am anderen Ende meldete sich die No Name Bar. Irgendeine Tussi lachte gackernd im Hintergrund. Er konnte die Begrüßung des Barkeepers am Telefon kaum verstehen.
„Ist Rollie Nickerson da?“
„Ja. Er ist hier irgendwo“, sagte der Barkeeper. „Wer will ihn denn sprechen?“
„John Shaft. Sagen Sie ihm, es ist wichtig.“
Er wartete. Das Weib hörte nicht auf zu lachen. Musste wohl der lustigste Witz der Welt sein. Endlich hörte er Rollies Stimme. Er lallte. Die Worte kamen aus seinem Mund wie zähes Harz.
„Na, Shaft, mein Bruder... Wie geht's denn meinem Schokocrossie?“
Innerlich fluchte Shaft. Rollie Nickerson war wieder mal zugekifft. Rollie Nickerson, promovierter Theaterwissenschaftler von der Columbia University – wie immer high.
„Hör zu. Ich brauch einen Gefallen. Bist du nüchtern?“

„Klar, Chef ... jederzeit."
Er klang, als hätte er den Klebstoff aus den Nähten der Barhocker gesaugt.
„Wie voll bist du?"
„Ach, dienstags und donnerstags genehmige ich mir gerne einen kleinen Joint, aber heute bin ich total clean... was für ein Tag ist heute eigentlich?"
„Scheiße! Kannst du gehen?"
„Klar. Was brauchst du denn, mein Negerküsschen?"
„Du musst ein Auto für mich finden."
„Ich soll ein Auto klauen? Super! Immer zu Diensten..."
„Nicht klauen. Finden! Es kann überall sein. Auch in einer Seitengasse. Du musst dich beeilen, aber es ist bestimmt in der Nähe. Ein zweitüriger Rolls Royce. Brandneu. Tabakbraun mit beigefarbenen Ledersitzen. Ein geiles Geschoss. Du kannst es nicht verfehlen."
„Sagst du so. Und dann? Ihm einen Kuss geben oder was? Den Lack zerkratzen?"
„Du sollst es fahren. Park es vor meiner Wohnung, so nah es nur geht. Lass die Schlüssel einfach in der Zündung stecken und geh zurück in die No Name. Alles klar?"
„Was für Schlüssel? Ich glaub, *du* bist derjenige, der high ist."
„Ich schicke jemanden vorbei, der sie dir bringt. Ein Mädchen. Ein sehr nettes Mädchen, also lass die Pfötchen in der Tasche."
Und das war alles. Jetzt konnte er nur hoffen, dass alles glattlief. Dass Solomon antanzte und Rollie nicht mit dem Wagen gegen einen Laternenpfahl oder einen der herumschlendernden Bullen fuhr.
Fünfzehn Minuten später war Solomon da. Sein Gesicht war purpurrot und er war außer Atem vom Treppensteigen. Das erste, was er sah, als er den Raum betrat, waren David Alexanders Füße, die unter der Zotteldecke hervorlugten.
„Oy Gotteynu! Wer ist das?"
„David Alexander. Blackburns Killer."
„Der blonde Goi mit dem Engelsgesicht?"

„Ein Engel war der nicht gerade. Er kam her, um mich umzubringen und ich bin mir sicher, dass er auch Max Lishkin auf dem Gewissen hat. Sie haben die Morde doch mit Berkowitz besprochen. Mit was für einer Waffe wurden die Händler ermordet?"
„Kaliber 32. Alle. Alle wurden mit derselben Pistole erschossen. Die ballistischen Spuren sind identisch."
„Na, Golden Boy hier hat einen Colt in den Fingern. Eine .32er Automatik ... mit Schalldämpfer."
Solomon starrte Alexanders Füße an. Dann wandte er seinen Kopf von dem Anblick ab und spuckte auf den Teppich.
„Ganef!"
Kein Mensch nahm heute auf Shafts Teppich Rücksicht.
„Wir müssen weiter machen." Er nahm den schwarzen Mantel, den Solomon über dem Arm trug, und schlüpfte hinein. Er war etwas eng an den Schultern, aber die Länge stimmte. Der Hut war etwas zu groß und bog seine Ohren herunter. Er kam sich vor wie ein Idiot, aber Solomon schien der Aufzug nicht zu stören.
„Vorsicht mit dem Mantel", sagte Solomon und ließ seine Finger langsam über den Stoff gleiten. „Er gehört Rebbe Goldstein. Ich hätte ihn gerne ohne Löcher wieder."
Seine dünnen Finger legten sich fest um Shafts Arm. „Und Sie auch."
Rollie Nickerson brauchte fast eine Stunde, um das Auto zu finden. Es stand auf einem Parkplatz hinter einem Supermarkt in der Greenwich Avenue. Auf dem Weg zur Jane Street hätte er damit Tausende von Weibern aufreißen können. Er hatte der Versuchung heldenhaft widerstanden. Er parkte auf der gegenüberliegenden Straßenseite von Shafts Haus, hupte dreimal und stieg widerwillig aus. So ein Prachtstück fuhr er nicht alle Tage.
„Was kann ich sonst noch tun, Mr. Shaft?", fragte Solomon. Er schaute zu, wie Shaft sich einen Revolver in den Achselhalfter schob, eine große, blaue Smith & Wesson 44-40. Ein Sammlerstück. Ein Ungetüm. Aber wenn er Blackburn mit einer Waffe

bedrohen wollte, dann musste er ihm auch einen gehörigen Schreck einjagen.
„Sorgen Sie dafür, dass Cara in ein Taxi steigt."
„Ich sollte mitkommen", sagte Cara. „Wenn mein Vater da ist, will ich dabei sein."
„Nein", sagte Shaft tonlos. „Ich will, dass du zurück nach Brooklyn zu deinen Bekannten gehst. Ich rufe an, wenn ich zurück bin."
Er hatte nicht eine Sekunde Angst um seine eigene Sicherheit. Voller Selbstvertrauen ging er runter auf die Straße. Ein großer, schwarzer Rabbi, der in einen dreißigtausend Dollar teuren Rolls Royce stieg, hätte eigentlich Aufmerksamkeit erregen sollen, aber das hier war eben Greenwich Village – niemand schenkte ihm die mindeste Beachtung. Nicht mal die Cops.
Er parkte den Rolls an der 58th Street, Ecke Sutton Place, und ging zu Blackburns Wohnung. Er hielt den Kopf gesenkt. Der schwarze Cowboyhut bedeckte sein Gesicht. Er wirkte gedankenverloren, ein frommer Jude, der mit seinem Gott sprach.
Er kam an einem rotgesichtigen Mann vorbei, der einen aufgedrehten Terrier mit drahtigem Fell spazieren führte. Der Hund zerrte an der Lederleine und bemühte sich, freizukommen und der schwarzen Erscheinung, die aus dem Dunkel kam, in den Arsch zu beißen.
„Platz! Chester! Platz!", schnauzte der Mann. Als Shaft an ihm vorbeiging, berührte er die Krempe seiner Sherlock-Holmes-Mütze. „Schalom."
„Danke", murmelte Shaft. „Gleichfalls." Er ging etwas schneller. Die große .44er baumelte unter seiner Achsel hin und her und ruinierte das Futter von Rebbe Goldsteins Mantel. Die Knarre war Shafts Bundeslade, die Kugeln seine sechs Gebote.
Genau gegenüber von Blackburns Wohnung stand ein Mann am Straßenrand und schaute auf der Straße hin und her, als suche er nach einem Taxi. Shaft beobachtete ihn. Er nahm nicht an, dass der Kerl einer von Anderozzis Jungs war, konnte sich aber nicht sicher sein. Polizisten gab es viele. Er wandte seinen

Blick ab, ließ seinen Kopf noch tiefer hängen und betrat das Foyer des Hauses, das ganz aus schwarzem Glas und Edelstahl zu bestehen schien.
Blackburn war in Wohnung Nummer 9.
Die neun Briefkästen waren sehr subtil. Nicht, dass sie Aufmerksamkeit hätten erregen sollen. Es waren kleine Kunstwerke, schmale Silbertafeln mit Briefschlitzen. Shaft fragte sich, warum der Briefträger sie nicht aus der Wand riss und verhökerte. Neun Briefkästen, neun Stockwerke. Pro Stockwerk eine Wohnung. Es gibt zwei Arten von Menschen, überlegte Shaft, als er im Aufzug nach oben fuhr, die neun in diesem Haus und der Rest von uns.
Oben angekommen, betrat er den Vorraum. Weiß gekachelter Boden, weiße Wände, die Strenge aufgelockert durch kleine Bäume in großen, blauen Blumentöpfen. Die Tür zu Blackburns Wohnung stammte aus einem italienischen Palazzo, eine solide Eichentür mit Messingbeschlägen. Sie war zwar wuchtig und imposant, aber Shaft musste nur den Schlüssel drehen und schon schwang sie auf.
Als er den dahinter liegenden Flur betrat, zog Shaft seine .44er. Ganz still schloss er die Tür und lehnte sich einen Augenblick dagegen. Von rechts hörte er Stimmen, zischend geflüsterte Worte, die er nicht ausmachen konnte. Er ging in den halbdunklen Salon und dann in ein Esszimmer, das auch nach Versailles gepasst hätte. Jetzt konnte er einzelne Worte ausmachen, harte, schrille Worte ... die Stimme Morris Blackburns.
„... das aufschreiben? Ich bin doch kein Idiot."
Durch einen Schlitz unter der Tür, so dünn wie eine Rasierklinge, drang Licht. Shaft bewegte sich schnell, presste sein Ohr gegen die Tür, hörte die dunklen Stimmen auf der anderen Seite. Mit wem Blackburn wohl redete? Wie viele waren in dem Zimmer? Wie viele Killer hatte er noch außer David Alexander? Verdammt noch mal, es könnte ein Dutzend sein. Ein Dutzend Kerle mit Maschinengewehren.

„Beweisen Sie es!“
Eine scharfe Stimme ... wessen? Mit wem zum Teufel sprach Blackburn und worum ging es?
„Mein Gott ... was wollen Sie?“
„Beweise. Sonst nichts. Nur Beweise.“
Mit unendlicher Langsamkeit drückte Shaft den Knauf herunter und öffnete die Tür einen Spalt weit. Jetzt konnte er besser hören und sogar etwas sehen. Es war ein Arbeitszimmer ... sehr modern ... ein Schreibtisch ... schwarze Ledersitze. An einer Wand bewegten sich Schatten, aber er konnte ihren Ursprung nicht ausmachen, ohne die Tür weiter zu öffnen und den Kopf rein zu stecken.
„Ich verlange nicht viel. Fünfhunderttausend im Jahr und Ihren Schutz. Absoluten Schutz.“
Das war Blackburn, der da redete. Seine Stimme überschlug sich. Unter Druck war sie nicht so wohlklingend wie sonst.
„Es geht nicht um Geld...“
Die Stimme regte etwas in Shafts Erinnerung an. Dieser harte, kläffende Klang ... der Akzent ...
„...beweisen Sie mir ohne Zweifel, dass Sie die Herzel-Formel im Kopf haben, und ich bringe Sie innerhalb von zwei Tagen nach Tel Aviv, todsicher. Ohne Spuren.“
Tel Aviv! Shaft öffnete die Tür ein kleines bisschen weiter. Er konnte Teile von Blackburns Gesicht erkennen, sowie den breiten Rücken eines zweiten Mannes.
„Und dann?“
„Ein neuer Name“, sagte der Mann. „Ein neues Leben. Vielleicht in der Schweiz. Aber ich brauche Beweise!“
„Verdammt! Ich will hier weg. Sofort. Heute Nacht. Ich kann keine Zeit verschwenden. Ich liefere Ihnen den Beweis in Israel. Der alte Narr hatte doch ein Labor in Israel, oder? Oder nicht? Antworten Sie!“
Ganz still betrat Shaft das Zimmer. „Was ist aus dem Alten geworden?“ Seine Stimme war sanft, ein Flüstern im Dunkeln. Blackburns Gesicht wurde vor Schreck ganz fahl. Er sah nur

einen großen, schwarzen Schatten. Nur die Waffe in der Hand des Schattens hatte Substanz, hatte Bedeutung.
Ganz langsam drehte sich Ben Fischer um, als wisse er, wer hinter ihm stand.
„Ich habe einen Fehler gemacht“, sagte er bitter. „Ich hätte mich zuerst um Sie kümmern müssen.“
Shaft nickte. Der große, schwarze Hut wackelte auf seinem Kopf hin und her. Absolut lächerlich.
„Stimmt. Wir hätten ein paar Dinge klären müssen. Sie haben sich vorgedrängelt. Mit dem alten Morris wird schön der Reihe nach abgerechnet.“
„Und jetzt gehört er Ihnen.“
„So ist es, Bruder.“
„Dem Sieger gehört die Beute ... aber was, wenn er nicht für Sie arbeiten will? Haben Sie daran gedacht? Für uns würde er es tun. Wir können ihm etwas im Austausch für sein Wissen anbieten. Was bieten Sie ihm?“
„Wovon reden Sie eigentlich? Das einzige, was ich dem Schwein anbiete, ist eine Freifahrt zum Polizeirevier.“
Blackburn lachte schrill und hysterisch. „Sie sind wahnsinnig!“
Shafts Augen waren blasse Halbkreise im Schatten des breitkrempigen Huts. Er sah aus, als hätte er kein Gesicht. „Max Lishkin“, sagte er. „Max Lishkin und fünf seiner Freunde. Von Avrim Herzel ganz zu schweigen. Das ist also wahnsinnig? Sie hätten mir nicht David auf den Hals schicken sollen. Ich mag keine Schwuchteln in meiner Wohnung. David habe ich abserviert und Sie kommen auch noch dran, Sie Weichei. Schön verpackt mit Schleifchen. So werde ich Sie bei der Polizei abliefern. John Shafts Beitrag zu Recht und Ordnung.“
Der jämmerliche letzte Rest von Mut, den Morris Blackburn zusammenkratzen konnte, seit Ben Fischer in seine Wohnung eingedrungen war und seinem Schicksal eine neue Wendung gegeben hatte, floss jetzt davon wie Blut aus einer offenen Wunde. Die Angst saß ihm im Nacken und er musste sich an der Schreibtischkante fest halten, um nicht den Halt zu verlieren.

Fischer grinste spöttisch. „Das kann ich nicht zulassen. Es tut mir Leid, aber es geht nicht anders."
Shaft begriff nicht, wie die kleine Pistole so plötzlich aus Fischers Ärmel in seine rechte Hand gekommen war. Eben noch waren seine Hände leer gewesen, die Handflächen nach außen gewandt, als warte er auf einen Basketball. Im nächsten Moment hatte er schon die kleine, schwarze Pistole in der Hand. Sie krachte wie ein Feuerwerkskörper in einer Blechdose. Jemand schlug Shaft ein weiß glühendes Brandeisen in die Schulter, ließ einen Stoß in die Seite folgen. Zwei Schüsse – und Shaft war immer noch damit beschäftigt, auf den Abzug seiner .44er zu drücken. Doch schließlich feuerte sie. Die Explosion schien den Raum zu zerreißen. In dem Getöse zerbarst Fischers Kopf, wurde zu einem Sprühregen aus grauer, roter und weißer Masse. Sein Körper wurde in die hintere Ecke des Zimmers geschleudert, als wäre er aus einem Kanonenrohr dorthin katapultiert worden.
Morris Blackburn krümmte sich über seinem Schreibtisch zusammen und schaute mit wachsendem Entsetzen zu, wie die schwarze Gestalt, der Inbegriff des Todes, langsam auf ihn zukam. Wie der Golem von Prag kam er auf ihn zu, wie eine Ausgeburt aus einem Albtraum, aus den halbvergessenen Geschichten seiner Kindheit. Ein Golem, der ihn verfolgte, dessen Hände Tod brachten und dessen Atem vor Blut stank.
„Was wollen Sie von mir?" Die Worte, die er hervorstieß, schienen keine Bedeutung zu haben.
„Ich will Sie, Blackburn. Sie."
„Gehen sie weg!" Aber er ging nicht weg. Schritt für Schritt kam er näher. Der Golem, der Todesengel. Blackburn griff nach einem Umschlag, der auf seinem Schreibtisch lag, und hielt ihn Shaft hin.
„Diamanten. Nehmen Sie. Sie gehören Ihnen, Shaft. Ich habe sie hergestellt ... sehen Sie? Diamanten..." Er warf sie ihm vor die Füße, doch sie wurden weggetreten wie Kieselsteine.
„Ich werde Sie der Polizei übergeben, Blackburn." Er konnte

kaum klar denken. Die Knarre lag ihm wie eine kiloschwere Eisenstange in der Hand. Etwas warmes, zähflüssiges rannte seine Seite hinab, über seine Brust. Sein Hemd war klebrig.
„Zur ... Polizei ...“
Blackburn stieß sich von seinem Schreibtisch ab, wirbelte herum und fing an zu rennen. Er sah Diamanten auf einem schwarzem Samtkissen glänzen. Sie schimmerten wie gebändigtes Feuer und er hielt mit ausgestreckten Armen darauf zu. Er wollte in sie eintauchen und den weichen Samt an seinem Körper spüren. Er rannte, und das Fenster zersplitterte nach außen, dann wirbelte er durch die Nacht, nach den Lichtern der Stadt greifend, seine Schreie in der eiskalten Luft verhallend.
Shaft ließ die Waffe fallen. Zur Hölle damit. Er hatte die Knarre ohnehin nie gemocht. Blackburn hatte prachtvoll ausgesehen, wie er in die Nacht geflogen war. Der Junge war toll ... so graziös ... hatte Stil ... wie er in den Wolken verschwand. Bis zur Eingangstür war es ein langer Weg. Kilometerlang. Ein Zimmer nach dem anderen. Endlos. Die Tür schien sich auf ihn zu stürzen ... sie schaukelte vor und zurück. Eine höchst unfreundliche Tür. Zur Hölle mit der Tür, dachte er. Wenn die Tür sich so benahm, wollte er nichts mit ihr zu tun haben. In der Eingangshalle sank er auf seine Knie. Plötzlich war die Tür verschwunden. Er konnte sie nicht mehr sehen. Er sah nur Bullen. Überall Bullen. Und Victor Anderozzi. Was zum Teufel hatte Anderozzi hier zu suchen? Warum kniete er vor ihm? Warum sah er so wütend aus? Er griff nach ihm und schien ihn an den Armen fest halten zu wollen. Er wollte sich nicht die Schuld für irgendwas in die Schuhe schieben lassen.
„Tut mir Leid“, sagte er. „Ich wollte ... den Mantel des Rabbis nicht ruinieren.“

Es schneite. Einen Moment lang stand Shaft still da und ließ die Flocken auf seine Hand fallen. Kühl und feucht. Mehr war Schnee ja nicht. Gefrorener Regen. Weißes Elend. Und eine weiße Weihnacht.

„Worauf wartest du? Einen Schneeball?"
Shaft blickte Anderozzi mitleidig an. „Du bist so unsensibel, Victor. Die einfachen Dinge im Leben entgehen dir völlig. Du siehst die Welt durch harte Augen. Aber eines Tages wird auch das Wetter Bürgerrechte haben und dann gibt es schwarzen Schnee. Wirst schon sehen."
„Schon klar", knurrte Anderozzi.
Sie standen im Schatten des Krankenhauses und Shaft schaute zu, wie der Verkehr sich durch den Matsch schob. Er fand alles wunderschön. Die Stadt war wie verzaubert.
„Wenn es dir besser geht, John, komm vorbei, es gibt noch einiges zu besprechen."
„Gerne, Vic."
„Es gibt noch ein oder zwei Kleinigkeiten zu klären. Damit ich die Sache hinter mir lassen kann."
„Was denn zum Beispiel, Vic?"
„Na, zum Beispiel, warum ein Typ namens William J. Scott, ein schwer arbeitender, gottesfürchtiger Kerl, in mein Büro gepoltert kommt, einen Umschlag mit fünfzigtausend Piepen auf meinen Schreibtisch knallt und ich dir ausrichten soll, dass du dir jeden einzelnen Dollar in den Arsch schieben kannst. Warum würde er so was tun, John?"
„Das macht die Weihnachtsstimmung. Die Menschen geben gern."
Anderozzi stemmte seinen Körper gegen das Schneetreiben. Sein messerscharfes Gesicht zog sich in seinen hochgestellten Kragen hinein. „Hätte ich mir denken können, dass du so was sagst. Warum frage ich überhaupt?"
„Keine Ahnung, Vic", sagte Shaft und nahm den grauen Tag tief in sich auf. „Nicht die leiseste Ahnung."
„Soll ich dich irgendwohin mitnehmen?"
„Nein danke", sagte er. „Ich nehme ein Taxi."

„Ich kenne zwei gute Strecken, sie rechtzeitig zum Kennedy-Airport zu bringen", sagte Norman Greenfeld, als er auf der

Delancy Street rechts abbog und auf die Williamsburg Bridge zuhielt. „Beide sind nicht gerade landschaftlich reizvoll, aber die eine ist schneller.“

„Ich sage, wo es lang geht“, sagte Shaft. „Bei Albany links abbiegen und dann bei Kansas City nach rechts.“ Er betrachtete das Mädchen, das lächelnd neben ihm saß.

„Geh nicht zurück, Cara. Es ist zu kalt zum Reisen.“

„In Tel Aviv ist es warm“, sagte sie.

„In Acapulco auch. Und auf Tahiti. Warst du schon mal auf Tahiti?“

Er nahm ihre Hand in die seine. Sie war noch nie irgendwo gewesen und hatte auch noch nichts unternommen. Er hatte sich Tausende von Dingen vorgenommen, die sie miteinander tun könnten, und jetzt würden sie nichts davon machen.

„Warum musst du ausgerechnet jetzt weg? Am Tag, an dem sie mich entlassen.“

Fest drückte sie seine Hand. „Wenn ich jetzt nicht gehe, schaffe ich es nie. Nein, Mr. Shaft, ich muss zurück nach Israel. Ich muss dort etwas erledigen ... es ist meine Pflicht.“

„Israel!“, sagte Shaft bitter. „Das Land Ben Fischers.“

„Leute wie Ben Fischer gibt es in jedem Land.“

Da hatte sie Recht. Auch in Harlem und dem Barrio lungerten Typen vom CIA rum. Von denen hätte Ben Fischer einiges lernen können.

„Okay, du musst dort deiner Pflicht nachkommen. Sei nicht allzu überrascht, wenn ich eines Tages dort aufkreuze. Immerhin habe ich ein Recht, da zu sein. Schließlich hab ich jetzt drei Liter jüdisches Blut in mir.“

„Und vom Feinsten“, sagte sie. „Die Chassidim sind für die Reinheit ihres Bluts bekannt.“

An Flughäfen kann man eigentlich nicht Abschied nehmen. Man kann ihr höchstens einen Kuss auf die Wange geben, die Hand loslassen und zuschauen, wie sie in der Menge verschwindet. Shaft tat genau das, verließ der El-Al-Terminal und trat in dem ohrenbetäubenden Düsenlärm auf die Straße. Er setzte sich neben Norman Greenfeld ins Taxi und sie fuhren zurück nach New York. Es hatte aufgehört zu schneien. Der klare, blaue Himmel zeichnete sich zwischen den grauen Wolken ab. Herzel in the Sky with Diamonds. Shaft wandte seinen Blick ab.

„Was würdest du mit einer halben Million Dollar anfangen, Norman?“

„Erst mal ausschlafen.“

Shaft lehnte sich zurück und schloss die Augen. Im Taxi war es warm und seine Gedanken begannen zu wandern. Zuerst würde er sein Büro ausbrennen, diese gottverdammte Tuntenfantasie einfach in Flammen aufgehen lassen. Und dann... tja, was dann? Irgendwie musste er das Geld ja auszugeben. Aber ihm fiel sicher was ein.

„Mir fällt immer was ein, Norman“, sagte er.

Und das stimmte auch.

* * *

Die amerikanische Originalausgabe erschien unter dem Titel „Shaft among the Jews“ im Jahr 1972 by Dial Press, New York 1972
Die deutsche Erstausgabe erschien unter dem Titel „Shaft und die sieben Rabbiner“ im Ullstein Verlag, Berlin 1973

Unser Bücher im Internet:
www.pendragon.de

Veröffentlicht im Pendragon Verlag
Günther Butkus, Bielefeld 2002

Lektorat: Kathrin Ackermann, Inga Probst
Umschlag und Herstellung: Baltus Mediendesign, Bielefeld
Foto Umschlag: Bärbel Möllmann, Bielefeld
Satz: Pendragon Verlag auf Macintosh
Gesetzt aus der Adobe Garamond
ISBN 3-934872-35-2
Printed in Germany

D.B. Blettenberg

D.B. Blettenberg

Siamesische Hunde

Vier Männer stehen im Mittelpunkt des actionreichen Polit-Thrillers. Keiner von ihnen ahnt, dass sie sich längst im Netz des thailändischen Rauschgifthandels, der chinesischen Geheimbünde und der internationalen Sicherheitsdienste verfangen haben.

Verfilmt mit Heiner Lauterbach, Rolf Hoppe und Günther Maria Halmer in der Produktion „Bangkok Story“ von Oscar-Preisträger Manfred Durniok („Mephisto“).

„Spannungslektüre, die entspannt. Ein Buch für den Nachttisch, ein Buch für unterwegs, das – so ganz nebenbei – auch noch Wissen vemehrt.“
– Volksblatt –

Krimi · 336 Seiten · Paperback
Euro 12,80/SFr 23,40 · ISBN 3-934872-50-6

KRIMI bei Pendragon